KILL ALL ENEMIES

Melvin Burgess

KILL ALL ENEMIES

Tradução de Alexandre Boide

www.lpm.com.br

L&PM POCKET

Coleção **L&PM** POCKET, vol. 1120

Texto de acordo com a nova ortografia.

Título original: *Kill All Enemies*

Este livro está disponível também em formato 14x21cm.
Primeira edição na Coleção **L&PM** POCKET: outubro de 2013

Design da capa: © Gallimard Jeunesse
Tradução: Alexandre Boide
Preparação: Simone Diefenbach
Revisão: Patrícia Yurgel

CIP-Brasil. Catalogação na fonte
Sindicato Nacional dos Editores de Livros, RJ

B93k

Burgess, Melvin, 1954-
Kill All Enemies / Melvin Burgess; tradução Alexandre Boide. – Porto Alegre, RS: L&PM, 2013.
288 p. : il. ; 18 cm. (Coleção L&PM POCKET; v. 1120)

Tradução de: *Kill All Enemies*
ISBN 978.85.254.3016-8

1. Ficção estrangeira. I. Boide, Alexandre. II. Título. III. Série.

13-05869 CDD: 823
CDU: 821.111-3

First published in Great Britain in the English language by Penguin Books Ltd., 2011

Rua Comendador Coruja, 314, loja 9 – Floresta – 90.220-180
Porto Alegre – RS – Brasil / Fone: 51.3225.5777 – Fax: 51.3221.5380

Pedidos & Depto. Comercial: vendas@lpm.com.br
Fale conosco: info@lpm.com.br
www.lpm.com.br

Impresso na Gráfica e Editora Pallotti, Santa Maria, RS, Brasil
Primavera de 2013

Para Anita

Sumário

Parte 1 – Escola 9

Parte 2 – Brant.. 99

Parte 3 – A banda 207

Parte 4 – Kill All Enemies 271

Agradecimentos 285

PARTE I

Escola

Billie

Eu estava me comportando bem fazia uma semana. Só tinha me metido em uma briga, o que devia ser um recorde pra mim. Estava na cara que aquilo não ia durar muito.

Estava passando pelo estacionamento do bar da esquina junto com Riley e a turma dele quando vimos Rob caminhando na nossa direção. Eu sabia que alguma coisa ia acontecer. Rob é do tipo que sempre atrai confusão. Ele não estava fazendo nada – mas nem precisava. Ele estava errado. Tudo nele estava errado. O tipo físico, as roupas. As orelhas. Isso mesmo, as orelhas.

– Olha só a situação desse aí – comentou Riley. – Que mané. Olha só essas orelhas.

– O que é que têm as orelhas dele? – perguntei. Era uma pergunta sincera. Fala sério... orelhas?

– Você vai ver – disse Riley.

– Ei, Robbie! – ele gritou e partiu pra cima do outro. Lançou um dos braços sobre o pescoço de Rob e o imobilizou com uma gravata.

Eu tinha sido expulsa da Brant só uma semana antes, então estava fazendo de tudo pra não me meter em encrenca. Tinha até arrumado uns novos amigos. A Hannah lá da Brant falou que eu precisava de novas amizades. Não importava que fossem Riley e sua turma de moleques de dentes tortos. Não era isso que eu precisava fazer? Socializar? Me entrosar com o pessoal?

E lá estava eu, sendo obrigada a ver aquele gordinho ser infernizado só porque não gostavam das orelhas dele.

Era o tipo de coisa que normalmente me faria perder a cabeça, mas dessa vez resolvi ficar quieta, só olhando. Eu pensei: "Isso não é problema seu, Billie. Deixa pra lá. Eles não vão matar o garoto. A dor logo passa".

Era mais uma das frases de Hannah. Quando perguntei pra ela o que fazer se alguém viesse comprar briga comigo, ela respondeu: "Ninguém vai matar você. Aguenta firme e depois cai fora. A dor logo passa". E dessa vez nem era eu que estava sentindo dor. Era só mais um gordinho levando umas porradas.

Fiquei lá parada, só olhando. Não movi uma palha.

A cabeça de Rob estava presa sob o braço de Riley, que esfregava suas orelhas com força. E Rob só ficava gritando "Ai, ai, ai!" feito um idiota, suas orelhas ficavam cada vez mais vermelhas e um outro moleque estava chutando sua bunda por trás. Mas eu não tinha nada a ver com aquilo. Estava só olhando, como uma menina bem-comportada. Foi quando Riley veio até mim trazendo Rob pelo pescoço e falou:

– Vai fundo, Billie. Dá uma esfregadinha também!

Eu perguntei:

– Você quer que eu faça isso com ele também?

– É! – confirmou Riley.

– E que tal isto aqui? – sugeri. E dei um soco bem no nariz dele. *Pof.* Lá se foi o Riley pro chão. Então chegou a hora das botinadas. *Pof pof pof.* E aí a namorada dele, uma tal de Jess ou algum outro nome qualquer, tentou entrar no meio e levou uma – *pof*! –, só uma, no meio dos dentes. E lá foi ela pro chão, toda ensanguentada.

– Eu não gosto de valentões – expliquei. E virei as costas pra ir embora, mas bem nessa hora estava passando um ônibus. E todos os passageiros em todas as janelas olhavam pra mim.

Dá pra acreditar? Em público. Bem na frente de qualquer um que quisesse ver. Como sou burra!

Virei a cara pro outro lado e continuei andando, saí do estacionamento. Foi quando ouvi alguém atrás de mim:

– Billie... espera aí... Billie...

Pelo amor de Deus.

O Rob até que era legal. Era novo por ali também – não tanto quanto eu, que só estava ali fazia uma semana –, mas era recém-chegado. A diferença era que em pouco tempo ele tinha conseguido virar um alvo fácil. A gente já tinha conversado uma vez sobre música e esse tipo de coisa. Mas naquele momento eu não estava com paciência pra ele.

Ele me alcançou.

– Valeu... valeu... Isso foi... isso foi... – ele estava todo esbaforido, se encurvando enquanto tentava falar.

– Pode parar – eu disse.

– Quê?

– Pode parar com isso. Você e essas suas orelhas.

– O que é que têm as minhas orelhas?

– Elas chamam muita atenção. Se não fossem essas orelhas, eu não teria sido obrigada a fazer aquilo.

– Posso trocar, se você quiser.

– Quê?

– Tenho umas orelhas mais bacanas lá em casa.

– Quê?

– É brincadeira – ele sorriu pra mim. – Você sabe...

Virei as costas e caí fora, mas ele não desistiu. Veio correndo atrás de mim.

– Eu só queria agradecer.

– Isso você já fez.

– A gente podia ser amigos – ele falou.

Eu virei de frente pra ele.

– Que conversa é essa? – perguntei.

– Por que não? – ele questionou.

– Pessoas como eu não podem ter amigos como você.

– Por quê?

– Porque vocês só querem a amizade de pessoas como eu pra resolver as suas brigas.

– Eu me garanto muito bem sozinho.

– Ah, sim, deu pra ver.

– O que estou falando é que você é nova aqui. Eu também. A gente podia andar juntos.

– Escuta só, eu não posso mais brigar – expliquei. – Esta é a minha última chance, eu já disse isso pra você. Passei por cinco escolas nos últimos dois anos. Fui expulsa até da Brant, e olha que lá eles gostavam de mim. A Statside é a última escola que vai me aceitar. Se eu pisar na bola, vou ser mandada pra WASP. Já ouviu falar da WASP?

– Não.

– É um lugar horroroso. Eu é que não vou parar na WASP por causa de ninguém.

Sem chance. Eu já tinha passado por lá uma vez. Depois do primeiro dia, fui correndo bater na porta da Brant, implorando pra me aceitarem de volta. É um lugar sinistro. Com guardas com cassetetes patrulhando os corredores. Com portas trancadas por toda parte. Com alguém vigiando você até no banheiro. E um bando de psicopatas. Só porque gosto de brigar não significa que eu seja uma psicopata.

– Você não vai ter que ir pra WASP – garantiu. – É só não brigar. Isso eu posso ensinar pra você. É bem fácil. É só apanhar e ficar quieta – ele sorriu pra mim de novo.

Eu dei risada.

– Pois é, mas eu não sou muito boa nisso, não – expliquei. Dei mais uma boa olhada nele. Era um sujeito bem típico. Gordinho e saltitante feito um cachorrinho novo. E sabia ser insistente.

– Olha bem pra você – falei. – É bem o tipo com quem todo mundo fica implicando o tempo todo. Eu seria obrigada a partir pra briga várias vezes por dia se fosse sua amiga.

– A gente pode ser amigos só fora da escola, então.

Eu sacudi a cabeça. Comecei a pensar em uma outra coisa que Hannah tinha me dito: "O seu problema, Billie, é que você sempre escolhe as companhias erradas. Suas amizades nunca duram, e na hora do aperto todo mundo desaparece. Por que não tenta escolher uns amigos um pouco melhores, só pra variar?".

Pois é, legal, mas como é que eu vou saber? Nunca sei dizer se a pessoa está querendo alguma coisa de mim ou se está só tentando fazer amizade. Dei outra boa olhada pro Rob e tentei sacar qual era a dele. Eu não fazia a menor ideia.

– Tá, eu vou pensar – falei.

– Legal! – ele gritou. E me fez rir.

Ele foi comigo até o ponto de ônibus. Eu não ia pegar o ônibus de sempre, porque precisava fazer uma visita. Depois que decidi deixar Rob ir comigo, comecei a gostar da presença dele. Talvez ele pudesse ser um moleque legal – por que não?

– Você não vai se arrepender, Billie – ele disse. – Vai gostar de ser minha amiga.

"Bom", pensei, "isso é o que nós vamos ver."

Chris

DESSA VEZ NÃO FOI culpa minha. Foi o Alex que começou.

Segunda de manhã. A gente estava zumbindo.

Eu sei, eu sei. Não é culpa dos professores se faz duzentos anos que ninguém mais se interessa pelo que eles têm a dizer. É da escola, que é uma chatice. Mas eles bem que poderiam se esforçar um pouco mais. A sra. Connelly, por exemplo, a professora de inglês. Aqueles livros escritos por gente que já morreu há muito tempo não são muito mais interessantes que os cortes da dissecação de uma rã morta que o sr. Wikes estava desenhando na lousa, mas a gente percebe o quanto ela é dedicada. A aula de ciências era outra história. Era a aula do sr. Wikes, o sujeito mais tedioso do universo. Pra ele, ensinar significava ficar de costas pra sala, desenhando na lousa.

Isso não é ensinar. É uma fraude. Se os alunos torturados por ele não fossem um bando de crianças, ele seria processado.

Um tédio naquele nível pode fazer mal. De acordo com o tediômetro de Chris Trent, qualquer um que passe de cem pontos precisa ser demitido da escola e arrumar um trabalho do tipo contar quantos amendoins vêm em cada saquinho. Quando a escala chega aos duzentos pontos, o processo de aprendizagem se inverte, e você esquece tudo o que sabe. Aos trezentos, seu reflexo no espelho começa a envelhecer, e você perde a capacidade de digerir pizza. Aos quinhentos, seu cérebro passa a devorar a si mesmo.

Wikes costumava passar dos mil pontos quase sempre. Então, na verdade, eu estava zumbindo pra preservar a minha própria saúde.

O grande barato do zumbido é que não dá pra saber quem é que está fazendo. Wikes até deixou passar por alguns minutos, tentando fingir que não estava acontecendo nada, antes de sair percorrendo as fileiras, mas tudo o que ele era capaz de ver era um bando de alunos de cabeça baixa, copiando a matéria. Se ele fosse esperto, ficaria de boca fechada – essa é a única situação em sala de aula em que é melhor não dizer nada. Mas ele não conseguiu se segurar. Ser tedioso não basta, sabe... é preciso suportar o tédio em silêncio.

– Muito bem, pessoal, se pararem com isso eu agradeço – ele falou desanimado antes de virar pra lousa e continuar desenhando como se nada tivesse acontecido. Mas só na aparência. Por dentro, estava se remoendo de raiva e rancor. Na verdade, ele até que estava num bom dia – conseguiu se segurar por uns cinco minutos antes de explodir. A caneta voou longe, e ele se afastou da lousa babando como um bicho raivoso.

– Certo! Já chega! Quem está fazendo isso? Pode parar com esse barulho! Quem é que está fazendo esse barulho? – gritou. É um espetáculo e tanto ver Wikes defender seu território. Ele cospe. É como se estivesse marcando o terreno com suas secreções corporais. Se chegar perto demais, você pode ser atingido também.

"Não sou eu, senhor... Não sou eu, senhor... Não sou eu...", todo mundo começa a dizer. Mas é claro que, enquanto um fala, os outros continuam zumbindo, pra manter o ruído num nível constante.

Quando sentiu que aquele chilique não ia dar em nada, Wikes resolveu *dar uma de esperto*. Um grande erro. Começou a percorrer as fileiras como quem não quer nada, meio inclinado pro lado, com os ouvidos alertas. Quando ele chegava perto, era só parar de zumbir e deixar outra pessoa fazer isso até que ele se afastasse. Parecia um cachorro perseguindo o próprio rabo.

Foi quando ele deu o bote:

WIKES [De repente começando a falar bem depressa] Chris, como vai você?

CHRIS (no caso, eu) [Também falando depressa] Vou bem, obrigado, e o senhor?

WIKES Bem, obrigado...

A essa altura, o zumbido já tinha virado uma coisa caótica, o pessoal se esforçava pra não rir, e Wikes acabou perdendo a cabeça de vez.

– Pode parar! Pode parar! Você... É, você! Eu sei que é você!

Ou seja, eu. Como sempre. Ele veio até mim e me arrancou da carteira, gritando e cuspindo.

– Fora! Fora! Não quero mais você na minha aula!

– Tá bom! Me larga.

Foi engraçado, mas... ele não precisava me enxotar daquele jeito. Está certo que ele precisava descontar a raiva em alguém, mas por que sempre em mim? Quando saí, bati a porta com tudo atrás de mim. Ele abriu e enfiou a cara lá pra fora, com os olhos faiscando como o de um roedor enlouquecido.

– Você vai direto pra sala do diretor conversar sobre o que acabou de fazer.

E bateu a porta na minha cara. E foi isso.

Eu não fui pra sala do diretor, claro que não. Wikes *talvez* perguntasse pra ele a respeito, mas tudo indicava que não ia fazer isso. É humilhante demais pra um professor mandar alguém conversar com seu chefe. É como se dissesse: “Socorro! Não sei mais o que fazer!”. O que, no caso de Wikes, era verdade mesmo.

Era a última aula do dia. Eu podia ter ido pra casa, mas não queria que me vissem saindo da escola, então fui pro teatro. Ninguém aparece por lá, a não ser que tenha alguma peça. Lá tem uma salinha onde guardam o material de palco, as fantasias e o resto da tralha toda. É o melhor lugar pra ir quando você não quer ser incomodado.

Fiquei lá, mascando chiclete sentado em cima de um baú cheio de fantasias velhas. Eu estava de saco cheio da escola. Eles bem que podiam me deixar cair fora dali e me virar sozinho, mas não. Precisamos ficar lá até nosso cérebro derreter. Talvez você até goste de ficar sentado em uma sala feito um imbecil lobotomizado, se perguntando por que Shakespeare usava prímulas e não violetas pra simbolizar a ponta do nariz de Hamlet, ou tentando descobrir quantos números primos consegue enfiar na bunda de uma rã antes que ela exploda. Ou talvez você seja como Alex, queira tirar boas notas e ir pra faculdade aprender como ensinar as crianças a contar quantos números primos etc. etc. Ou vai ver que você não tem nada melhor pra fazer. Sei lá.

Mas eu? Eu não vou pra universidade nenhuma. Tenho mais o que fazer. Sou um empreendedor, ou pelo menos é isso que vou ser quando me deixarem em paz pra fazer o que quiser. É assim que se ganha dinheiro, é assim que as pessoas ficam ricas, é assim que se contribui com a sociedade. Não sendo professor, ou médico, ou fazendo faculdade. Criando seu próprio negócio.

Não quero ser empregado de ninguém. Quero ser o *patrão.*

Ninguém quer aceitar que, em vez de ir pra escola, eu devia estar lá fora, correndo atrás do meu primeiro milhão. Não existe nenhum curso técnico de empreendedorismo. A faculdade de administração é o máximo que oferecem, mas não é disso que estou atrás. Eu já faturo um dinheirinho no eBay. Todo mundo usa o eBay, é verdade, mas eu tenho uma *loja* dentro do site. E tenho lucro com ela. No mês passado ganhei cem libras. Não é pouca coisa, não! Só que pelo jeito todo mundo acha que aprender a contar até um milhão em números binários ia ser muito mais útil pra mim, né?

Eu não acho, não.

O primeiro ônibus estava lotado, então Alex e eu fomos andando até o próximo ponto, o que era sempre uma coisa complicada, porque é preciso passar na frente da Statside, e eles engolem você se chegar muito perto. Ou quase isso.

Tinha chovido naquele dia. Quando passamos pela Statside, a maioria dos alunos já tinha ido embora, mas alguns ainda estavam por lá. O ponto ficava perto de uma igreja com um muro de pedra coberto por trepadeiras, e a chuva deve ter despertado as lesmas que viviam ali. Tinha um monte delas pelo chão, rastejando por toda parte – "devoradoras da carne dos que se foram", nas palavras de Alex. Eram bem grandes e marrons e se arrastavam pelo cimento com a carinha pra cima e as anteninhas se mexendo sem parar. Aquele ponto de ônibus devia ser o paraíso das lesmas, porque tinha dezenas delas circulando pelo chão. Se você fosse francês, dava até pra abrir um restaurante com tudo aquilo.

E tinha também dois moleques pisoteando um monte delas.

Tudo bem, eu sei, são só lesmas – ninguém precisa gostar delas. Mas mesmo assim... Aquelas lesmas só estavam aproveitando um pouquinho a chuva depois de passar o inverno inteiro morando numa parede. Isso não é pedir muito, certo? E aí quando elas saem dão de cara com dois moleques idiotas que acham engraçado pisotear um bando de moluscos indefesos só pra ver a meleca deles se espalhando pelo chão.

– Parem com isso – eu disse pra eles.

– Qual é a sua? – perguntou um deles, como se eu fosse algum tipo de retardado por estar protegendo as lesmas. Ele ergueu o pé e, *ploft*, esmagou mais três de uma vez. Não consegui me controlar. Dei um empurrão nele... e, como era de se esperar, um troglodita gordo e imenso surgiu de trás do ponto de ônibus, onde estava ouvindo uma merda qualquer no iPod e devorando um saco cheio de bordas de pizza ou coisa do tipo.

– Ele é meu irmão – grunhiu o troglodita. Nesse instante, ouvi Alex dizendo "Nãããããão". Um dos moleques, dando de ombros, tinha acabado de esmagar outra lesma.

Alex decidiu entrar em ação.

– Ei, vamos embora – ele falou, recuando como um ratinho assustado.

– Que jeito mais idiota de se divertir – comentei.

O gordão me encarou.

– São só lesmas – ele rebateu.

– Elas estão curtindo o dia de chuva. Deixem elas em paz.

O irmão menor levantou o pé e, "ploft", como ele mesmo disse, detonou mais uma. Dei um passo à frente. Ele se escondeu atrás do irmão gigantesco e fez uma careta pra mim.

– Então você gosta de torturar os bichos, é? – perguntei.

O gordão deu de ombros.

– São só lesmas – ele repetiu.

Escondido atrás dele, o irmão menor esticou o pé e esmagou mais uma. Eu tentei chegar até ele, mas o grandalhão me impediu. O pirralho deu uma risadinha. Parti pra cima dele de novo, mas o rolha de poço me empurrou para trás.

– Deixa ele em paz – avisou.

– Sua bola de sebo nojenta – eu falei.

– Vamos embora, vamos embora – implorava Alex de algum lugar atrás de mim.

O gordão ficou todo ofendido, como se ninguém nunca tivesse reparado que ele era uma bola de sebo nojenta. Até o irmão dele deu risada. Grande novidade! Ele não sabia o que responder, já que não parecia ser uma pessoa das mais inteligentes, então esmagou uma lesma em vez disso.

– Sua chupeta de baleia mastigada – xinguei de novo.

O gordão ficou louco da vida. Todo mundo caiu na gargalhada. Ele pisou em mais duas lesmas, uma depois da outra – *ploft*, *ploft*.

Aquilo foi um teste pros meus nervos. Todo mundo se virou pra mim.

– Seu mamute peidorreiro – eu falei.

Ele esmagou mais uma. Estava na hora de começar a falar sério.

– Seu bunda-mole – provoquei.

– Muito bem! Já chega! – ele gritou. – Foi você quem pediu.

Aí ele pirou de vez. Começou a pisotear todas as lesmas que via pela frente, gritando coisas como "Bang, bang, pof, bang, bang" e fazendo umas caretas bizarras de lutador de sumô no meio da arena. Ele estava correndo pela calçada e esmagando lesmas – estava na cara que aquilo não ia acabar bem. Era uma situação tão ridícula que até o irmão mais novo dele escondeu o rosto com as mãos.

– Não, Rob, para com isso – ele gemeu.

E aí... as lesmas enfim levaram a melhor. Com toda aquela gosma espalhada pelo chão, era só questão de tempo. Os pés foram pra um lado, a mochila pro outro, o barrigão dele pra outro e a mochila pra outro ainda. Ele ficou suspenso no ar por um momento, como um hipopótamo flutuante... e depois *plaft*! Bem no meio da calçada. Junto com a merda de cachorro e as entranhas das lesmas, onde era o lugar dele.

– Argh – gemeu o gordão.

– A vingança das lesmas está completa – eu falei.

E bem nessa hora o ônibus chegou. Foi perfeito. Às vezes o universo nos entrega tudo de bandeja.

O gordão conseguiu levantar bem a tempo de ver o ônibus arrancar com a gente dentro.

– Otário! – Alex gritou para ele, agora que não podia mais ser alcançado. O gordão não disse nada. E nem precisava. Ele se limitou a passar o dedo pela garganta, de uma ponta a outra.

Fomos procurar um lugar pra sentar no ônibus.

– Por que você fez isso? – resmungou Alex.

– Eu precisava salvar as lesmas – expliquei.

– Não sabia que as lesmas precisavam ser salvas – comentou Alex. – Aquele moleque é um psicopata. Você viu o tamanho dele? Se ele e a família dele gostam de sair esmagando lesmas por aí, eu é que não vou me meter.

– Você é muito bundão – respondi.

– Não é questão de ser bundão, é de saber se preservar – ele rebateu irritado. – Você podia ter apanhado feio, eu também. E de bobeira.

Eu sacudi a cabeça. Ele é muito meu amigo, mas... Não é por nada, não, eu gosto dele. Ele é legal. Mas... o Alex é do tipo que só consegue pensar nele mesmo.

– Por que você está me olhando desse jeito? – ele perguntou.

– Tem horas que eu não entendo como a gente consegue ser amigos – falei.

– A gente tem um senso de humor parecido – explicou.

– Ah, é. Tinha esquecido.

Foi a vez de Alex sacudir a cabeça.

– Olha o estado do beiço daquela ali – apontou, mudando de assunto.

Um casal tinha entrado no ônibus, um moleque e uma menina, e ela estava com a boca toda ensanguentada. Ele estava todo encurvado na frente dela, como se estivesse com vergonha que alguém visse aquele sangue, e ela estava se escondendo toda assustada atrás dele, fazendo força pra não chorar.

Na Statside, até as meninas levavam porrada.

Eles sentaram algumas fileiras na nossa frente, e ela estava tentando se limpar com uns lenços de papel bem detonados, que pareciam ter ficado esquecidos um bom tempo no bolso de alguém, enquanto ele ficava lá parado, fazendo cara feia. Eu estava com um pacote de lencinhos de papel no bolso, tinha ficado resfriado uns dias antes, e levantei pra oferecer.

– Quer um lenço? – perguntei. O carinha olhou feio pra mim.

– Qual é a sua? – ele falou.

Eu sacudi os lenços de papel.

– Vocês querem ou não querem?

Ele me olhou como se tivesse acabado de ser xingado, mas a menina estendeu a mão por cima dele e pegou os lenços.

– Obrigada – ela agradeceu e virou a cara como quem diz que seu namorado estava sendo um babaca. E estava mesmo.

– Sem problemas – eu respondi e fui sentar.

O moleque virou pra trás e ficou me encarando. Por quê? Por ter ajudado a namorada dele? Vai entender...

Alex estava bravo de novo.

– Por que você fez isso? – ele sussurrou assim que o outro virou pra frente. – Você não tinha nada a ver com isso. Pra que gostar tanto assim de violência?

– Cala a boca, Alex – falei.

Olhei de novo pra menina. Aquela boca ensanguentada estava um horror, mas apesar disso ela parecia ser bonita.

– O que será que aconteceu com ela? – perguntei.

– Arrumou briga com a Billie Trevors – disse alguém atrás de nós.

"Essa beleza não vai durar muito tempo se ela continuar se metendo com gente desse tipo", foi o que eu pensei.

Billie

Minha ideia era ir visitar a minha mãe depois da escola naquele dia, mas estava tão irritada depois da briga que pensei em ir ver o Cookie em vez disso. Ele não é exatamente um namorado, mas é o mais próximo disso que tenho na vida. Trabalha numa lanchonete. E é um tremendo de um maluco – só quer saber de ficar bêbado e dar uns amassos. Por mim tudo bem. Pelo menos com ele eu sei com quem estou lidando.

Mas... o aniversário da minha mãe tinha sido uns dias antes. Eu queria mesmo fazer essa visita. Comprei um presente pra ela, um presente bem legal. Então pensei: "Dane-se o Cookie. Tenho coisas mais importantes pra fazer".

Fazia um tempão que eu não via a minha mãe. Ela é depressiva. Pelo menos era isso que Hannah achava. "Depressão clínica não tratada, é isso o que me parece", ela falou. Pra mim, aquilo era bebedeira não tratada. Durante um tempão, eu não sabia nem o que estava acontecendo. Ela é uma bêbada discreta, a minha mãe. Nos meus dez anos de idade, ela andava tão deprimida que eu nem me lembrava mais de como ela agia quando estava sóbria.

Fui me afastando aos poucos da minha mãe. Comecei a me virar sozinha em casa. Fazer limpeza, cozinhar. Passar no supermercado depois da escola. Se eu não fizesse isso, a gente não ia ter o que comer, ela ia gastar tudo com bebida. Aos dez anos de idade, eu já acordava os meus irmãos, arrumava todo mundo pra ir pra escola, dava comida, comprava os mantimentos e tudo mais. Eu era uma pequena dona de casa. Ia eu mesma descontar o contracheque dela a cada duas semanas, separava o dinheirinho da bebida. Precisava esconder o resto, senão ela roubava.

Mal dá pra acreditar, né? Se não fosse eu, a família inteira teria desmoronado.

Eu não ligava. O único problema foi que comecei a ir mal na escola por causa disso. Até essa época estava tudo certo, mas com todo aquele trabalho em casa foi ficando difícil. Eu acordava às seis da manhã e adiantava uma boa parte do que precisava fazer antes de sair. E aí, assim que punha os pés na escola, começavam a me tratar como uma criança idiota. Faça isso, faça aquilo, obedeça. Sua menina preguiçosa, como você é burra, nem esse pouquinho de lição você fez. Me dava vontade de gritar... Eu podia ter feito aquilo sem problemas, se não tivesse caído no sono enquanto cantava pro meu irmãozinho dormir. Se não precisasse cuidar de duas crianças em casa, e comprar comida, e pagar as contas, e cozinhar, e limpar tudo, e ainda por cima cuidar da minha mãe. Mas eu não podia abrir a boca sobre isso. Se alguém descobrisse o que estava acontecendo, o pessoal da assistência social ia aparecer por lá e a nossa família ia pro espaço.

A única coisa que eu queria era manter a família unida. Como a minha mãe sempre dizia: "Precisamos manter a família unida".

No fim acabaram descobrindo do mesmo jeito. Um dos vizinhos, talvez, ou as minhas faltas na escola. Se eu tivesse conseguido dar conta da escola e da casa ao mesmo tempo, a nossa família podia estar junta até hoje, quem sabe.

Acho que a minha mãe nunca me perdoou por isso.

A assistência social separou a gente. Minha mãe foi mandada pra uma clínica de reabilitação. Nós fomos tirados de casa. A família foi toda desmembrada. Eu devia ter trabalhado mais. Sendo bem sincera, acho que até podia dar conta. Eu era meio preguiçosa. O Sam e a Katie foram mandados pro mesmo lugar, mas a família que ficou com eles não me quis. Eu era grande demais, ou feia demais, sei lá. Uma garota-problema.

Até hoje não entendo. Num dia eu era a responsável por tudo e no outro virava um problema. Como foi que isso aconteceu? Durante um tempão, torci muito pra que alguém percebesse que eu fui a pessoa que mais lutou pela nossa família, mas isso nunca aconteceu.

Eu não via a minha mãe fazia quase um ano. E a Katie e o Sam também. Nem no aniversário deles eu fui. Mas com a minha mãe ia ser diferente. Afinal, ela era a minha mãe, certo? Pelo menos um presente meu ela tinha que aceitar. Pelo menos isso.

Eles estavam morando em Armley, a quilômetros de distância de onde a gente vivia antigamente. Eu demorava vinte minutos pra chegar lá. Era muito esquisito. Parecia que eles viviam em outro planeta, mas era só subir num ônibus e um tempo depois... lá estavam eles.

Eu tinha comprado um presente bem legal pra ela. Minha mãe adorava velas. Tinha uma coleção. Às vezes ela acendia um monte delas na sala, quando comprava alguma comida pronta ou coisa do tipo, mais de vinte, e a gente ficava sentado conversando e comendo à luz de velas. Então eu comprei pra ela uns pares de velas coloridas, presas pelos pavios. Dava pra pendurar no dedo, eram muito bonitas. Economizei uma grana pra comprar aquilo. Embrulhei num papel de presente bacana e tudo mais.

Quando cheguei lá, entrei em pânico e fiquei rondando um bom tempo antes de me acalmar e dar uma espiada pela cerca do quintal. A porta dos fundos estava aberta, e tinha gente lá dentro. Mas eu ainda não estava pronta, então dei mais uma volta por ali e, quando voltei, Katie estava no quintal pendurando as roupas lavadas. Fiquei espiando um pouquinho pelo portão antes de chamar o nome dela. Ela foi até lá e, quando viu que era eu, saiu pra falar comigo, longe das vistas do pessoal da casa, só eu e ela.

Ela tem doze anos, a Katie – dois a mais do que eu tinha quando a assistência social entrou na nossa vida. Estava se desenvolvendo. Criando peitinhos. Ia ser uma mulher muito bonita. Tinha crescido um bocado. Eu pensei: "Pois é. Faz meses que não vejo o pessoal".

– Tudo bem, Katie? Que bom ver você – eu falei.

– Oi, Billie. O que você está fazendo aqui?

– Vim ver vocês, ora essa. É aniversário da mamãe, não é?

– Foi na semana passada – ela falou antes de dar uma olhada pra trás, pra casa. – Tarde demais.

– Ah, dá um tempo. Ela está em casa? – perguntei.

Katie confirmou com a cabeça.

– Está lá em cima.

– Ela está...? – eu perguntei, querendo dizer bêbada.

– Não – Katie respondeu contorcendo a boca e me encarando. – Agora quem bebe é você, Billie, não ela.

Que coisa mais irritante. Ela só disse isso porque eu tinha aparecido bêbada por lá, mas só umas duas vezes, no máximo.

– Não que nem ela, não que nem ela bebia.

– Ela não bebe mais nada, parou de vez – garantiu Katie.

– Ah, é? Então tá. Fico feliz de ouvir isso.

Comigo mesma, eu pensei: "Talvez sim, talvez não. Seja como for, não é a Katie que vai me dizer alguma coisa".

– Como é que está o Sam? – eu perguntei.

– Está bem.

– E o ouvido dele? Ainda infecciona o tempo todo?

– Não. Já faz anos que isso não acontece. Parece que era uma coisa da idade.

– Que bom. Isso é bom, não?

– É, sim.

Ficamos paradas olhando uma pra outra durante um tempo.

– Você não devia ter vindo, Billie – ela falou.

– Eu só vim trazer um presente, tá bom? Tenho o direito de dar um presente pra mamãe, não tenho?

– Tudo bem, mas acho que você não devia ter vindo.

– Ela é minha mãe também, sabia?

Katie me lançou um olhar de quem não estava convencida.

– Mesmo assim, é melhor pra todo mundo se vocês não se falarem – ela insistiu. – Pra família toda.

Fiquei com raiva por ela ter dito aquilo – "a família" – como se eu fosse uma espécie de invasora, uma inimiga... logo eu, que tinha segurado a barra de todos eles por tanto tempo.

– Katie, tenho o direito de entregar um presente de aniversário pra minha mãe, certo?

Ela ficou lá parada, sem dizer nada.

– Fala com ela – eu pedi.

– Billie...

– Só diz pra ela que estou aqui, tá bom?

Katie olhou feio pra mim, mas foi lá pra dentro. Eu estava morrendo de raiva. Precisava pedir permissão pra ver a minha mãe. Mas aquilo não era nenhuma surpresa. Eu não devia estar ali. Sou uma má influência pra família. As coisas se complicam quando eu apareço, pelo jeito.

Katie voltou mais séria do que nunca.

– Você chegou na hora errada – ela falou.

– Ela está bêbada, né?

– Não!

Eu olhei bem pra ela. Até poderia ajudar se ela quisesse, mas não. Ela queria resolver tudo sozinha.

Apontei com o queixo pro cesto de roupa lavada.

– É você quem lava as roupas? – eu perguntei.

– Ela me paga pra fazer isso – respondeu Katie.

Eu logo pensei: "Até parece. Duvido".

Ouvi umas vozes atrás dela. Katie olhou pra casa e depois pra mim. Era um homem.

Eu abri um sorriso.

– Ela está com um cara, né?

– Não exatamente. É só um amigo – Katie falou e olhou pro chão. – Ela pediu pra eu não contar. Você não tem nada a ver com isso.

Eu dei risada, bem na cara dela.

– Acho melhor você ir embora – ela falou.

– Eu quero ver a mamãe – eu insisti.

Katie me encarou. Estava irritada.

– Foi muito legal ver você, Billie. A gente sente a sua falta. A mamãe pediu pra agradecer pela visita. Ela anda conversando bastante com a assistente social pra voltar a ver você quando estiver... quando estiver melhor, mas ela acha que agora não vai dar conta. É melhor você ir embora. Entendeu? É melhor você ir embora – ela repetiu e pôs a mão na maçaneta do portão.

"Dane-se", pensei. "Dane-se isso tudo."

Joguei o presente no chão e deixei por lá mesmo. A última coisa que eu precisava era complicar ainda mais a minha vida, e aquela vaca desnaturada nunca tinha sido uma mãe que se preze pra ninguém.

Saí andando pelo beco dos fundos da casa. Virei pra trás depois de alguns passos e vi a cortina de um dos quartos se fechar. E, sim, dei uma boa olhada na cara dela antes que se escondesse atrás da cortina. Depois fui embora. Entrei no ônibus e me recusei a chorar. Tinha prometido pra mim mesma que nunca mais ia chorar por causa dela, e sempre mantive a minha palavra. Mas naquele dia foi difícil.

Não dá pra entender. Eu fiz de tudo pra cuidar de todo mundo, e tudo por causa dela, por culpa dela. E aí, quando ela sai da reabilitação, quando consegue andar na linha, eu sou a única pessoa que ela se recusa a ter por perto?

Rob

Sabe o que me irrita? O que me irrita é ter um irmão tão idiota que acha legal ficar pisoteando lesmas. E aí um moleque qualquer aparece pra arrumar briga com ele, e eu sou obrigado a defender o imbecil porque é meu irmão. E o que acontece no fim das contas? Humilhação total. Eu termino com a bunda no chão, chafurdando em gosma de lesma. E o meu irmão idiota – aquele que eu fui ajudar – fica rindo da minha cara junto com todos os outros.

Não gosto de bancar o valentão com as crianças menores, mas bem que consigo entender o apelo disso. Davey com a cara no chão, e eu sentado na cara dele soltando um peido demorado e molhado. Toda a tensão se dissipando... tranquilidade.

E o pior é que aquele estava parecendo ser um bom dia. Eu tinha feito minha primeira amizade na Statside. E não era uma amizade qualquer. Se eu dissesse que fui salvo por uma menina, você na certa ia pensar que sou um tremendo de um bunda-mole. Mas e se eu dissesse que essa garota era Billie Trevors e que ela deu uma surra na turma do Riley inteira só pra me salvar? Você ia mudar de ideia rapidinho. Ou não? Ia, sim. Qualquer um com o mínimo de bom senso ia fazer o mesmo, aliás.

Eu sei, parece bom demais pra ser verdade. Quem podia imaginar que eu, Rob Chupeta de Baleia, ia ficar amigo da maior casca-grossa da escola? Do mundo inteiro, até onde eu sei, porque não conheço nenhum ser humano que seja páreo pra Billie Trevors. E ela até pode ser casca-grossa, mas no fundo é gente fina. A gente tem muita coisa em comum. Gosta do mesmo tipo de música. Acha graça das mesmas coisas. A gente já tinha conversado uma ou duas vezes antes, e pelo jeito ela gosta de mim. Ela não é que nem o resto do pessoal da escola. Não vai no embalo dos outros. É do tipo que decide se gosta ou não de alguém seguindo a própria opinião.

Quem dera todo mundo fosse assim...

Aquela escola não é fácil, não. Um bando de tapados... que ficam vigiando os outros o tempo todo. Se alguém não for exatamente como eles, já é logo tachado de esquisito. Os alunos de lá chegam a apanhar por ouvir as músicas erradas ou usar as roupas erradas. Não ser como todo mundo é tipo uma ofensa. Na escola em que eu estudava, em Manchester, as meninas gostavam de mim. As meninas gostam de caras grandes. Aqui, se uma garota gostasse de mim, os tapados da escola iam dar uma surra nela! Fala sério! O Martin Riley e a Jess, a namorada dele, me encheram de tapas um dia desses. Ele não precisou nem me derrubar ou me segurar. Eu fiquei lá parado enquanto ela batia na minha cara até ficar toda vermelha. Ela cuspiu na minha camisa, e ainda fui obrigado a dizer "Obrigado, Jess".

Isso agora acabou. Eu sou amigo da Billie Trevors. Vê se a Jess vai ter coragem de me bater agora. Se o Menino-Lesma soubesse com quem eu ando, lamberia a gosma das lesmas do chão com aquela língua de lesma dele. E com um sorriso no rosto.

Outra coisa que me irrita é perder o ônibus... por causa do Menino-Lesma e do amigo lesma dele e porque fui lerdo demais e não consegui ir atrás deles. E por isso eu tive que ir pra casa a pé com a calça toda suja de gosma de lesma. E aí começou a chover. E aí eu fiquei encharcado, com frio e deprimido, porque cheguei em casa parecendo um idiota, e é bem isso o que eu sou.

E dentro de casa estava a maior gritaria.

Muita gritaria, muita agitação, mas eu descobri uma forma de lidar com isso. Não preciso mais nem pensar a respeito. Ligo meu iPod no último volume e deixo o som do Metallica tomar conta de mim, dos pés à cabeça, reverberando pelo meu corpo e fazendo as minhas orelhas, a minha boca e os meus olhos exalarem raios de luz luminosos. Aí eu abro a porta e entro em casa no meio de uma onda sonora.

O Metallica resolve a maioria dos meus problemas. Quando o Metallica está tocando, não tenho por que me irritar. E nem sentir medo. E nem me preocupar. Eles cuidam de tudo por mim. Quando escuto Metallica, eu me sinto um deus.

Atravessei a sala embalado pela música e cheguei até a geladeira. A geladeira é minha amiga. É bom ter amigos neste mundo. Mas naquele dia ela não estava muito amigável. Sempre sonhei em abrir a geladeira e encontrar bolo, coca-cola, salgados, chocolates e pedaços enormes de queijo. O que eu estivesse a fim. No meu sonho eu sou magro, e o merda do Philip está a sete palmos debaixo da terra. E eu namoro a Billie. E a gente curte dar uns amassos *dentro* da geladeira. E o som do Metallica é mandado diretamente pro meu cérebro.

Tranquilidade.

Peguei um pedaço de queijo e um copo de leite e fui lá pra cima, navegando num mar sonoro. Sentei na frente do computador e abri meu site de heavy metal favorito, Dead Friends. Os amigos mortos são os melhores. Um esqueleto nunca vai chamar você de gordo. Nunca vai dar um tapa na sua cara e obrigar você a agradecer. E com certeza não tem como ser um tapado. E, o melhor de tudo, gosta do mesmo tipo de música que você.

Olhei pras fotos e comecei a batucar na mesa. Aquilo era demais. Era o meu sonho – ser um metaleiro de verdade, tocando uma bateria de verdade numa banda de heavy metal de verdade. E podia até virar realidade se eu ainda tivesse a minha bateria. Ela era irada... muito irada. Eu tocava todo dia, era só ter um tempinho e já estava lá, martelando minha frustração, exalando a minha luz. Cheguei até a começar uma banda com o meu amigo Frankie. Eu era o baterista e ele, guitarrista e vocalista. Foi a coisa mais legal que já fiz na vida, tocar death metal com o Frankie.

Agora isso já era.

Existe uma razão pra eu não ter mais a bateria. Essa razão se chama Philip. Ele é o merda que deu sumiço na minha bateria. Esse Philip já aprontou todas comigo, mas essa foi a pior. Nunca vou me esquecer disso. Ele não tirou de mim só a minha bateria – tirou também o meu sonho. Ninguém devia poder fazer isso com outra pessoa. Agora eu não tenho bateria nem sonho... mas ainda tenho a música. Isso ninguém nunca vai me tirar.

Por enquanto isso basta. Ou tem que bastar.

Ouvi um barulho distante atrás de mim. Virei pra trás. Era Davey. Meu coração disparou. Ele estava abrindo e fechando a boca. Eu não estava ouvindo nada, mas sabia o que ele estava dizendo.

Pulei da cadeira, agarrei o moleque pelos ombros e botei pra fora do quarto. Ele estava se debatendo e esperneando, mas não tinha como escapar. Davey estava gritando, e eu também, mas com o Metallica encobrindo tudo eu não conseguia ouvir nada.

– Fora! – era o que eu estava berrando. – Não! Não! Fora!

E o Metallica rugindo alto.

E Davey abrindo e fechando a boca.

Quando chegamos no corredor, quase na porta do quarto do Davey, ele conseguiu arrancar um fone da minha orelha.

O mundo entrou na minha cabeça. Gritos, urros, berros e choro. Philip e a minha mãe.

– A gente pode jogar, Rob, por favor? Vai? Por favor, Rob... Não, Rob, não faz isso...

E blá, blá, blá. Pirralho de merda.

– Não posso fazer nada! Não posso fazer nada! – eu berrava. – Nada! Nada!

Continuei empurrando até ele entrar no quarto dele. Enfiei o fone de volta na orelha e voltei pro meu. Aumentei o volume e tentei me concentrar de novo, mas era impossível. Ainda fiquei por lá mais uns minutos, mas não adiantou nada.

Levantei e fui ver como ele estava.

Estava na cama, se desmanchando de chorar. Não, na verdade não foi bem assim. Ele não faz mais isso... já está bem grandinho. Já sabe se controlar melhor.

– Tudo bem, vamos lá. Vamos jogar – eu chamei.

Ele nem olhou pra mim, mas apareceu no meu quarto logo depois. Eu tenho o Metallica. Ele tem um irmão mais velho. É assim que as coisas funcionam.

Peguei o Xbox e liguei a tevê. Davey sentou na cama. Ele viu meu iPod e enfiou um fone na orelha.

– Você ainda vai apanhar feio por ficar ouvindo esta coisa – ele falou.

E estava certo. Se Martin Riley e os amigos tapados dele descobrirem que eu ouço Metallica, estou morto. Pra eles, ouvir heavy metal é o primeiro passo pra virar um estuprador de criancinhas.

– Eles nunca vão descobrir – eu falei antes de sentar do lado dele. A tela se acendeu. – Morte aos inimigos – foi a única instrução que eu passei antes de começarmos a jogar.

Chris

Desci do ônibus e fui pra casa, e a minha mãe estava me esperando logo na entrada.

– Precisamos conversar, Chris. Venha aqui, por favor.

Meu pai estava na sala, com cara de poucos amigos. No fim Wikes tinha dado com a língua nos dentes, aquele sacana.

– De novo, não – falei.

– De novo, sim – respondeu meu pai. Ele pegou uma folha de papel, como quem diz que os meus crimes formam uma lista grande demais pra lembrar de cabeça. Talvez fosse esse mesmo o caso... pra ele. – Vamos começar do começo, certo? – ele disse num tom de voz incomodado, como se realmente estivesse dando a mínima. Na verdade, ele até gostava daquilo. Exercitar seu poder sobre coisas que não tinham nada a ver com ele era um dos hobbies do meu pai. – Posto pra fora da aula de ciências.

– Ele não gosta de mim.

– Por que será? – ele perguntou e olhou de novo pro papel. – Falta de educação.

– Eu não sou mal-educado – rebati ofendido. Eu tinha os meus princípios. – Sempre tento ser desobediente com o máximo de educação possível. É uma regra que faço questão de seguir.

– Você está sendo mal-educado agora mesmo – acusou o meu pai.

– Isso não é ser mal-educado... é ser esperto. Uma coisa não tem nada a ver com a outra.

– Chris, pare com isso – interrompeu a minha mãe, enquanto meu pai inchava de raiva como um sapo-boi no cio, uma coisa que eu seria obrigado a dizer se ele continuasse com aquele papo por muito tempo.

– Não fazer o que precisa ser feito na sala de aula é uma tremenda falta de educação e de respeito pelo trabalho do professor.

– Que é pago pra isso – eu lembrei. Ao contrário de mim, que não ganhava nada pra ir à escola, né? Mas eu tinha falado a coisa errada de novo. Dava pra sentir.

– Chris, pare de responder e *escute* – implorou a minha mãe. Mas o meu pai estava começando a me irritar. Se eu conseguia conversar que nem gente, por que ele não podia tentar? Soltei um suspiro e fiz um sinal com a mão pra ele continuar.

Ficou todo mundo em silêncio, e os dois estavam me encarando.

Era um sinal de perigo aquela encarada. Eu devia ter percebido. Meu pai começou a andar de um lado pro outro, e minha mãe parecia estar preocupada com isso.

– Não fez lição de casa – ele falou quando conseguiu se controlar. – Não fez lição de casa *nos últimos quatro anos*!

Ele ia ficando cada vez mais vermelho enquanto falava.

– Já faz quatro anos? Uau – comentei. Nem tinha me dado conta. Fiquei impressionado. – Isso é algum tipo de recorde?

– Não estou achando graça nenhuma – berrou o meu pai. – Você sabe o que vem depois, né? Expulsão. É isso que você quer? Ser expulso da escola?

Eu suspirei de novo. Talvez alto demais, admito. Mas quem estava sendo mal-educado ali, eu ou ele?

– Já falei o que penso sobre isso – eu respondi.

Meu pai ficou roxo. Eu sei, eu sei! Estava na cara que a coisa ia ficar feia. Eu sou linguarudo mesmo, não consigo ser diferente. Não sei me segurar. Mas, justiça seja feita, ele estava pedindo uma resposta como essa.

– Chris... – repreendeu a minha mãe.

– Desculpa – eu falei num tom meio arrogante. – Mas não ouvi nada aqui hoje que me convencesse a mudar meu comportamento.

Meu pai veio pra cima. Ele me segurou pelo pescoço, imprensado contra a parede, com seu bafo de feijão bem na minha cara.

– Você já fez todos os exames... não tem nenhum problema mental. Já ficou de castigo, já ficou sem mesada... não funcionou. Já fez aulas particulares... não funcionou. A única coisa que eu não fiz foi bater em você. Não me obrigue bater em você, Chris.

Ele me largou e me deu as costas. Ficou todo mundo num silêncio constrangedor.

Eu ajeitei as minhas roupas.

– Se você fizer isso de novo – avisei – não vou deixar barato.

Minha voz tremia.

– Somos uma família decente de classe média – falou a minha mãe, encarando o meu pai. – Resolvemos tudo na base da conversa. Nós não batemos uns nos outros.

– Estou sentindo as minhas raízes da classe operária vindo à tona de novo – resmungou o meu pai.

Eu já estava de saco cheio daquilo.

– Podem gritar o quanto quiserem... não vai rolar. É besteira. Vocês podem até tentar, mas vão ver que não vai dar em nada.

– Eu já tentei – respondeu o meu pai. – Durante catorze anos. E a sua mãe também. E mais um monte de gente. Agora é a sua vez.

A minha mãe tomou a frente... e pra encerrar o assunto, sabe como é?

– Chris. As coisas precisam mudar. Até os professores mais legais, os que gostam de você, já estão cansados. Querem expulsar você da escola e mandar para uma unidade de ressocialização escolar. Isso não é brincadeira. Está acontecendo *de verdade.*

– Um filho meu, expulso da escola – resmungou o meu pai.

– Mas nós conseguimos evitar isso – contou a minha mãe.

E da pior maneira possível.

Eu tinha que ficar em casa todas as noites fazendo lição de casa.

– Pelo menos de uma matéria – disse a minha mãe, tentando me incentivar. – Não é muita coisa.

– Ah, não mesmo – eu respondi. – Principalmente levando em conta que passei o dia todo na escola fazendo exatamente a mesma coisa. O dia inteiro. E o dia anterior. E o dia anterior a esse também. E o anterior... E o...

– Como se você nunca faltasse na escola – interrompeu o meu pai, e eu resolvi não responder, pra não ser obrigado a admitir que ia continuar faltando sempre que quisesse.

Pra garantir que eu ia ficar em casa fazendo lição, a porta do meu quarto ia ficar trancada. Isso mesmo. Eu ia ser trancafiado num quarto, como se fosse uma espécie de terrorista.

Só por não fazer lição de casa.

– E pode acreditar, amigão – ameaçou meu pai. – Você só vai sair de lá quando a lição estiver feita.

– Isso é tipo uma pena de prisão – eu disse. – Não roubei nada de ninguém, não bati em ninguém. Vocês estão sendo ridículos. Pra que fazer isso?

– É pelo seu futuro, Chris – ele falou irritado.

– O futuro é só amanhã – eu respondi. – Não quero saber de amanhã. Quero saber de *hoje*.

– Bom, mas o que você vai ter por hoje é isso – ele disse, fechando a porta, trancando a porta e me deixando sozinho com... adivinha só? O desenho de rã do Wikes. Inacreditável! A última coisa que eu queria ver na minha frente na escola era o desenho de uma rã. Aí chego em casa e sou trancado no quarto com outro desenho de rã.

– Nós precisamos chegar a um meio-termo – gritou a minha mãe lá de baixo.

Dá pra acreditar na falta de noção desse pessoal? As coisas deviam ser meio diferentes na época dela de escola, porque, pelo que me ensinaram, um meio-termo significa que as duas partes concordaram em ceder. Só que eles não precisaram ceder nada, eu é que vou precisar chegar em casa depois de passar o dia todo na escola e ainda estudar até tarde da noite. Meio-termo? Que piada.

Como você já deve ter percebido, essa noite foi o resultado de uma longa e tenebrosa batalha contra as forças do mal – uma luta que eles estavam condenados a perder. Já perdi as contas de quantas reuniões a minha mãe e o meu pai fizeram com professores, especialistas, orientadores e coisas do tipo.

No começo eles acharam que eu devia ter algum problema. Fiz um monte de exames. Dislexia, miopia, QI. Devo ser a pessoa mais examinada da cidade de Leeds. Os resultados chegaram – estava tudo bem. Então, quando não tinham mais nenhuma "suspeita", eles partiram pras boas e velhas providências. Ou, pra usar o nome certo, punições.

O que eles não conseguem aceitar é que o problema não é que eu não tenha capacidade de fazer as lições. É que eu *não concordo* com isso.

Então eu não faço.

Mas isso não significa que não estou aberto a fazer concessões. Eu aceito a existência da escola. É um tédio, mas a gente precisa ir. Eu entendo. Frequento. Colaboro... desde que eles não exagerem, claro. Mas, quando chego em casa, tenho que ter o direito de fazer só o que estiver a fim. Isso se chama equilíbrio entre vida pessoal e trabalho. O que eu faço na escola é problema deles. O que eu faço em casa é problema meu. Outra coisa que me recuso a fazer é ficar de castigo depois da aula. Se eles querem me dar uma punição, tudo bem, mas façam isso dentro do horário.

Eles detestam isso. Ficam malucos. Simplesmente não entendem que tenho meus princípios. Ficam achando que é preguiça, ou burrice, ou birra do encrenqueiro do Chris. Os professores ficam revoltados. As suas notas, é o que eles dizem. Até parece. As notas são *deles*. Sabia que eles ganham de acordo com as notas dos alunos? Se todo mundo tirar nota baixa, o salário deles vai pro espaço. Então eu ataco os professores onde mais dói – no bolso.

Ah, danem-se eles. Querem que eu me mate de estudar durante cem horas por semana só pra eles ganharem uma grana a mais? Não mesmo. E isso não é nem uma coisa necessária. Mesmo considerando que você seja idiota a ponto de se endividar todo só pra ter um diploma, por que não esperar até ter dezenove ou vinte anos pra entrar na universidade? Assim você não vai precisar tirar boas notas no colégio nem nada. Pode fazer um curso bem mole de equivalência e ganhar um certificado sem esforço nenhum, só porque você já é adulto. Por que se matar fazendo tudo do jeito mais difícil agora, se a gente pode fazer do jeito mais fácil se esperar mais alguns anos?

Ninguém, mas ninguém mesmo, nunca conseguiu me dar uma boa resposta pra essa pergunta.

Dei uma olhada na lição e em dois segundos cheguei à conclusão de que não ia fazer aquela coisa. Era tão tediosa que eu quase desmaiei só de olhar. Quem gosta de tédio é gente velha. Eles gostam de se entediar. É uma necessidade – eles não têm energia pra se divertir.

Mandei uma mensagem pro celular do Alex. Ele tem sorte. É do tipo que gosta de fazer lição de casa.

Eu digitei: "Cara! Preciso da lição de casa".

Do lado de fora do meu quarto, as tábuas do piso rangeram. Meu pai, o carcereiro, estava fazendo a ronda.

Comecei a jogar um pouco enquanto esperava a resposta... "Nothing House"... sabe aquele joguinho online em que a gente precisa demolir as coisas acertando seu ponto fraco? Com a escola e a família a coisa também funciona assim. Eu não podia fazer barulho, então pus os fones de ouvido, mas mesmo assim precisava ficar esperto.

Já tinha passado por duas ruas e pelo museu da cidade quando o meu pai apareceu na porta. Eu ouvi o barulho da maçaneta sendo aberta.

– Me deixa em paz! Eu estou fazendo essa coisa, não estou? – eu gritei.

– Só quero ver o que você está fazendo...

A porta se abriu... ele entrou. Eu mudei rapidinho a tela pro desenho da rã.

– Mãe! – eu berrei. – Mãe, ele fica me pressionando! Por que não posso ficar sozinho e fazer as coisas do meu jeito?

Ficamos os dois em silêncio esperando a resposta.

– Mostre o que você já fez, Chris. É só isso que ele está pedindo! – ela disse lá de baixo.

Meu pai deu um sorrisinho e foi avançando como um porco na direção de sua poça de lama.

– Me dê isso aqui.

Tentei evitar que ele tomasse o laptop da minha mão e visse as janelas que estavam abertas.

– Jogando. Foi o que eu pensei. Muito bem. Vou desconectar a internet.

– Você não pode fazer isso!

– Posso, sim.

– Mas e se eu precisar fazer alguma pesquisa?

– Você tem lição para fazer. Termine logo.

Não tinha jeito. Fiquei lá quebrando a cabeça um tempão, mas não teve jeito. Eu ia ser obrigado a jogar fora quatro anos de fidelidade aos meus princípios.

Ia ter que fazer a lição de casa.

Demorou horas. Horas e horas. Bom, no mínimo uma hora demorou – mas não é disso que estou falando. Eles me obrigaram a ferir os meus princípios.

Minha mãe me deixou sair do quarto. Meu pai estava no supermercado – ela tinha pedido pra ele fazer alguma coisa na rua e parar de me perturbar.

– Chris, que maravilha – ela falou, tentando dar o melhor reforço positivo de que era capaz. – Incrível! Viu como você consegue quando resolve se esforçar? Foi até rápido demais...

– Mas demorou horas – rebati.

– Ficou ótimo. Tome aqui – ela disse antes de ir até a bolsa e me dar uma nota de cinco libras. – E tem mais de onde veio essa, é só você continuar nesse ritmo, certo?

– Valeu, hein? – eu falei, caprichando no sarcasmo. Ela fingiu que não percebeu.

Enfiei a nota no bolso e saí correndo porta afora. Eu era um homem livre. O pessoal com certeza estava jogando bola no parque. Estava tão feliz que quase saí saltitando. Quando cheguei perto do parque, saí correndo. Não dava pra evitar. Eu pensei: "Isso é demais, isso é demais". Cheguei correndo no gramado e logo entrei no jogo.

Mas eu ainda estava com raiva. Tinha sido obrigado a fazer lição de casa. Desgastei o meu cérebro pra valer trabalhando àquela hora do dia.

De uma coisa pelo menos eu tinha certeza. Aquilo não ia acontecer de novo. De jeito nenhum.

Billie

Eu estava tão irritada quando entrei no ônibus que não conseguia nem pensar direito. Só melhorei um pouco quando já estava quase em casa. Por que a minha mãe não cuidava ela mesma das roupas? Katie devia se preocupar com a lição de casa, ou então ficar com meninas da idade dela, e não no meio do quintal pendurando roupa enquanto a minha mãe ficava na cama enchendo a cara com o namoradinho novo.

O problema era bem esse. Sei como é. A roupa suja é só o começo. Depois disso, Katie vai lá pra dentro passar aspirador na casa e depois fazer o jantar e ainda lavar a louça antes de pôr Sammy na cama. A mamãe anda se sentindo muito cansada, né? Aposto que sim. Aposto que estava tão cansada que precisou ir deitar no quarto com um cara enquanto a minha irmãzinha cuidava de tudo por ela. A palhaçada tinha começado de novo. Katie sem tempo pros estudos. Katie ficando visada na escola. Ferrando a vida dela pra tentar resolver os problemas da minha mãe.

De jeito nenhum a Katie ia terminar que nem eu.

Quase voltei pra lá pra tirar aquilo tudo a limpo na hora. O namoradinho estava lá, mas eu não tenho medo dele. Não adiantava procurar a assistência social. Eu já tentei isso uma vez. Sabe o que me disseram? Falaram pra eu manter distância. Dá pra entender? A minha própria família afundando e eu não podendo fazer nada só porque aquela vaca bêbada quer encher a cara em paz? Não dá pra contar com ninguém, ninguém mesmo, pra resolver esse tipo de problema. Nem com a Hannah.

– Você precisa deixar isso nas mãos da assistência social, Billie – ela falou, mesmo sabendo que eles não resolvem porcaria nenhuma.

Sem chance. Isso não vai acontecer, mesmo que eu acabe me ferrando por causa disso. Aliás, ferrada eu já estou... todo mundo sabe disso. Ela arruinou a minha vida, mas Katie não precisa seguir o meu caminho, certo? Não no que depender de mim.

Eu estava irritada demais pra lidar com tudo aquilo naquele momento. Não sabia o que fazer da vida. Não estava a fim de ir pra casa e encarar a Barbara e o Dan. Tentei ligar pra Hannah, mas ela nunca atende o telefone a essa hora. É o tempo que tem pra ficar com o filho dela.

Cookie estava trabalhando... E, mesmo que não estivesse, eu não estava a fim de encontrar com ele. Não me sobrou mais nada. Fui embora pra casa.

Eu estava rezando pra que eles não tivessem ficado sabendo da briga no estacionamento. Seria bom ter um pouco de paz naquele momento. Mas comigo nunca era assim. Abri a porta de casa e dei de cara com o Dan, que estava à minha espera. Ela sempre mandava o Dan pra começar o serviço sujo.

– Que foi?

– Nós... nós precisamos falar com você. Lá dentro. Por favor – ele acrescentou, tentando ser gentil.

Nós entramos e lá estava ela, a rainha Barbara, sentada em sua poltrona se preparando psicologicamente pro que viria.

– Lá vamos nós de novo – ela falou.

– Quê?

– Brigas, Billie – disse Dan. – Você prometeu que não ia arrumar mais briga.

Eu sabia!

– Quem foi que contou? – eu quis saber.

– A sra. Greene viu você do ônibus – contou Dan. Ele fez uma careta, parecia lamentar por mim.

Barbara olhou feio pra ele.

– Precisamos ficar unidos aqui, Daniel – ela repreendeu.

Está vendo? Nem um pouco de solidariedade eu mereço.

– Não é assim que funciona – falei. – Não dá pra parar assim do nada... as pessoas provocam. É uma coisa que leva tempo. Estou me esforçando.

– Não está funcionando – disse Barbara.

– Mas eu chego lá – insisti. – Estou me esforçando pra valer... isso não conta nada? Estou me esforçando mesmo, de verdade...

Não adiantava argumentar. Ela continuou lá sentada, contorcendo a boca e censurando.

Dan soltou um suspiro.

– Era a sua última chance, Billie.

– Eu tentei. Entrei num regime sem brigas, mas só durou uma semana – eu falei, tentando aliviar o clima pesado com um pouco de humor.

Barbara não achou a menor graça.

– Você prometeu – ela disse furiosa. – Você prometeu, Billie. Quantas vezes você prometeu?

– Eu sei, eu sei.

Olhei pro Dan. Estava me sentindo como um daqueles cachorros sem dono que põem nos cartazes de adoção, com aquelas carinhas de coitadinhos. Eu estava pensando: "Não me põe pra fora, não me faz voltar pro abrigo, não diz que estraguei tudo dessa vez também... por favor... por favor...".

Ela estava sentada imóvel, e eu ali de pé, esperando.

Barbara e Dan foram o quinto casal a abrir as portas pra mim. E pelo jeito agora iam fechar. As pessoas estão sempre querendo se livrar de mim. Já perceberam isso? No fim sempre acabo sendo posta pra correr. É só uma questão de tempo. Mas, idiota como eu sou, sempre fico achando que dessa vez vai ser diferente.

– Você está de castigo – ela finalmente anunciou.

– Ah, obrigada, Barbara, valeu mesmo, eu sinto muito, nunca mais vou fazer isso.

Ela acenou com a cabeça e então ficou bem séria.

– Por um mês – ela completou.

– Quê? Um mês? Eu nunca vi isso. Ninguém consegue ficar trancado em casa por um mês. Não dá pra...

– Não dá pra confiar em você pelas ruas. De jeito nenhum, Billie. É a sua última chance. E desta vez é sério, Billie, eu juro. Um mês.

– É melhor aceitar, Billie – disse Dan. – Você fez por merecer, querida.

– Mas um mês... – eu já estava de saco cheio daquilo. – Isso é idiotice... é só um pretexto. Vocês sabem que eu não vou aguentar ficar um mês em casa. Só estão fazendo isso pra se livrar de mim...

Senti que os meus olhos estavam se enchendo de lágrimas. Fui saindo na direção da porta, mas Dan estava bem na minha frente.

– Não saia daí, Daniel – ordenou Barbara, antes que ele pudesse se mover. E, coitado, tudo o que ele queria era sumir do meu caminho, mas fez o que ela mandou e ficou lá, tremendo de medo. Já tinha acontecido antes. Umas duas vezes. Eu já tinha perdido a cabeça com Dan. Mas a culpa não era dele.

– Fica frio – eu disse baixinho. – Eu não vou bater em você.

E aí, sem nenhum motivo, Barbara ficou louca da vida.

– Não ouse nos ameaçar – ela gritou.

– Como assim? – perguntei.

– Calma, Billie... – pediu Dan.

Eu estava perdendo a paciência.

– Ela está me provocando, você não está vendo? – respondi.

– Ela só está com medo, Billie – ele falou. – Nós dois estamos.

Foi quando Barbara pirou de vez. Ela pulou da poltrona e se empertigou toda, como um cachorrinho valente.

– Eu não tenho medo dela! Ela pode até amedrontar os amiguinhos dela, mas comigo não vai funcionar! – ela berrou.

– Não vem crescer pra cima de mim, não, dona – eu avisei. – Eu derrubo você em dois tempos. Só estou deixando quieto porque sei que não é fácil ser uma velha recalcada que nem você...

Não deu pra segurar! Eu falei tudo aquilo e, antes que ela pudesse responder, dei o fora dali. Se ela continuasse falando, eu ia fazer besteira, com certeza. Tirei o Dan da minha frente com um empurrão e subi correndo pro meu quarto. E, aquela vaca, sabe o que ela fez? Ela já tinha me deixado transtornada, mas não se contentou com isso. Em vez de me deixar chorar em paz, saiu atrás de mim e gritou do pé da escada:

– Não é à toa que a sua mãe não quis você de volta. Quem ia querer?

Eu juro que preferia ser surda. Certas coisas é melhor nem escutar. Ela sabia que eu não ia suportar ouvir aquilo. E foi por isso que falou.

E aconteceu. Fiquei cega de raiva. Já tinha trabalhado um bocado com Hannah pra evitar aquilo, mas não adiantava, não quando as pessoas punham a minha mãe no meio. Sacudi as mãos e tentei me acalmar, mas a cegueira não passava e quando fui ver...

Não sei quanto tempo durou – não deve ter sido muito. Alguns minutos. É impressionante a confusão que dá pra se armar em alguns poucos minutos. Quando dei por mim, sentei na cama e comecei a chorar.

As prateleiras tinham ido abaixo. A cortina tinha ido abaixo. O trilho da cortina estava no chão. O espelho estava quebrado. A escrivaninha estava virada. E eu lá dizendo: "Não, não, não, não, não! Por favor, não!". Qual é o problema comigo? Só de olhar pra aquilo já me deu vontade de destruir tudo de novo.

Minha nossa. O que eles iam fazer comigo depois disso?

Fiquei lá sentada por um tempo. Depois fiz o que Hannah tinha me ensinado. Respirei fundo três vezes, levantei e comecei a arrumar tudo. Com certeza a encrenca ia ser feia. Da última vez, me mandaram de volta pro abrigo da assistência social por uma semana. Desde então, eu estava por um fio.

Mas quer saber? No fundo foi um alívio. Eu estava tentando, me esforçando pra valer. Foi como se me dissessem: "Tudo bem, é isso mesmo. A Billie é louca... não serve pra conviver com os outros. Todo mundo sabe disso. Vamos mandar ela embora. Vamos parar de perder tempo tentando fazer alguma coisa por ela".

Tinha um pedaço enorme e afiado de vidro do espelho caído no chão, então enrolei a cortina na mão pra não me machucar. E foi bem nessa hora, claro, que Barbara apareceu correndo escada acima e entrou. Pensei que ela fosse voar em cima de mim e levantei a mão pra que não chegasse mais perto...

– Aaaaaahhhh! Meu Deus! Socorro, Dan! Ela quer me matar!

E lá foi ela, correndo escada abaixo como se estivesse fugindo da forca. Eu pensei: "Que diabo foi isso?". Foi quando me olhei no que sobrou do espelho e me dei conta de que estava com um pedaço enorme de vidro na mão, com o rosto todo vermelho, os olhos faiscando e uma cara de maluca. Não foi à toa que ela deu no pé! Seria cômico, se não fosse tão trágico.

Fui correndo até a porta.

– Eu não vou fazer nada com você! Barbara? Eu não vou fazer nada com você! Tá bom?

A essa altura, ela já estava lá no jardim. Nem sei se ouviu o que eu falei.

– Dan! Dan! Chame a polícia! – Barbara estava gritando. – Ela enlouqueceu, ela enlouqueceu!

Aquele não era mesmo o meu dia.

O quarto já estava mais ou menos arrumado quando ouvi as sirenes. Eu pensei: "Ela não fez isso. Eles devem estar indo pra outro lugar". Eles estavam na avenida... depois entraram na John Street, e vinham chegando. Entraram na nossa rua.

Ela tinha feito mesmo aquilo.

Só perdi a esperança quando ouvi os carros brecarem na frente de casa e as batidas na porta. Parecia um daqueles seriados de tevê. Fui até a janela ver o que estava acontecendo. Três carros – três! – e um camburão. As portas do camburão se abriram e um monte de polícias saíram agachados, buscando se proteger. Eles eram bem rápidos, aqueles caras. Dei uma olhada lá pra baixo. O que eles estavam querendo?

Tinha um policial agachado atrás do carro apontando um fuzil pra mim.

Um fuzil?

Não dava pra acreditar. O batalhão de elite? Era isso mesmo que estava acontecendo? Tinha um pontinho vermelho de mira a laser passeando pelo meu peito.

– Largue a arma e saia com as mãos para cima – disse alguém, algum figurão da polícia escondido atrás de uma moita ou coisa do tipo.

– Larga o quê?

– Largue a arma e saia com as mãos para cima – ele repetiu.

– Que arma, seus idiotas? Eu tenho quinze anos... ah, esquece...

Não valia a pena nem tentar explicar. Voltei pro quarto e continuei com a arrumação. Ouvi a voz da Barbara lá fora, gritando com eles.

– Não guarde a arma! Ela enlouqueceu. Você não sabe o que ela é capaz de fazer.

Nem assim eles criaram coragem pra ir até o meu quarto. Eu gritei "Podem entrar" quando ouvi passos nas escadas, mas eles insistiram em ficar escondidos atrás da parede. Não pediram nem pra eu sair com as mãos pra cima nem nada do tipo. Nada. Eu saí do quarto como sempre, de cabeça erguida.

– Eu tenho uma catapulta ali no quarto, então é melhor tomar cuidado – eu falei, e eles sorriram como um bando de garotinhas tímidas. Apesar dos coletes à prova de balas e de todas aquelas armas, eles não sabiam o que fazer.

Patético.

Eles ficaram *furiosos*. Só Deus sabe o que ela tinha falado – eles devem ter pensado que eu tinha um AK47 lá dentro ou coisa do tipo. Eles desceram e encontraram os dois lá embaixo olhando, ela e Dan. Ela estava se acabando de chorar, como se fosse ela quem estivesse sendo presa.

– Sinto muito, Billie, sinto muito, sinto muito – ela ficava repetindo.

O figurão da polícia deu a maior bronca nela enquanto eu era revistada, encostada no carro.

– Isso não é um caso pro batalhão de elite, sra. Barking – ele falou.

– Sinto muito – ela murmurou. – Acho que exagerei um pouquinho no susto.

O policial suspirou.

– Billie vai acabar sendo presa mais cedo ou mais tarde, sra. Barking. É só uma questão de tempo. Mas, até lá, nós temos outros criminosos para prender. A senhora pode ser processada por desperdiçar o tempo da polícia, sabia?

Os polícias me puseram no banco de trás do carro, e ela enterrou o rosto no ombro do Dan e começou a chorar. Dei uma olhada pra eles quando o carro arrancou. Ele teve a cara de pau de me dar um tchauzinho.

Chris

Começou a escurecer lá no parque. O pessoal começou a ir embora.

Eu tinha um plano. Como todas as ideias geniais, parecia a coisa mais óbvia do mundo, mas até então ninguém tinha pensado nisso. Era infalível. Era tão simples que não tinha como dar errado.

Eu não ia voltar pra casa.

Era perfeito! Uma coisa bem óbvia, apesar de inesperada. Quero ver me trancar no quarto se eu não estiver em casa – como eles iam fazer isso? Me obrigar a fazer lição enquanto eu podia estar jogando bola com os meus amigos... nunca mais.

Ainda faltavam alguns detalhes pra resolver, claro, tipo comprar coisas pra comer e beber tendo só cinco paus no bolso, arrumar um lugar pra dormir. Mas nada muito difícil de arranjar. Eu podia assaltar a geladeira quando a minha mãe e o meu pai estivessem no trabalho. Ou ficar com algum amigo e comer por lá. Problema resolvido.

Apesar de tipos como o Wikes dizerem que eu sou malcriado, na verdade sou muito bem-educado quando preciso ser – pelo menos o suficiente pra fazer a mãe de todo mundo gostar de mim. Não é nada difícil. É só abrir um sorrisão toda vez que se encontrarem e dizer que a comida está uma delícia, que a casa é muito bonita, e elas já querem até adotar você.

– Tudo bem se eu dormir na sua casa hoje? – eu perguntei pro Alex sem entrar muito em detalhes. Ele se assusta muito fácil.

Ele olhou pra baixo e remexeu os pés.

– Acho que não vai rolar – ele falou.

– Por que não?

– Por causa da minha mãe...

– Ela não liga – eu falei. Ela sempre me deixava dormir lá.

– Não mesmo, mas o seu pai ligou pra lá.

– Quê?

– Ele pediu pra ela não deixar você dormir lá.

– Sério?

– Sério.

O desgraçado estava decidido a complicar minha vida. Eu precisava arrumar outro lugar.

– Ei, Mickey...

– Sem chance, cara. Ele ligou pra minha mãe também.

– Como assim, ligou pra sua mãe? Ele nem tem o telefone da sua casa.

Mickey coçou a testa e olhou pro Alex.

– O que está acontecendo aqui? – eu perguntei.

– A sua mãe pediu o telefone de todo mundo – murmurou Alex.

– E você deu?

– Não teve jeito... ela me pediu!

– Era só dizer não, Alex!

– Ela me pressionou – resmungou Alex, aquele imprestável. – Disse que era pro seu próprio bem, que você ia repetir de ano na escola.

– Pô, Alex, como você é frouxo. Você me ferrou, sabia?

Não precisei falar com muita gente pra descobrir que era tudo verdade. Alex, que se dizia o meu melhor amigo, tinha entregado o telefone de todo mundo que eu conhecia pro meu pai, que passou o resto do dia ligando pra qualquer um que pudesse me ajudar. Dá pra acreditar?

– Alex, isso é covardia demais até pra você.

– Preciso ir – disse Alex. – Eu falei que não ia chegar tarde. Até mais.

Ele deu no pé.

– Desculpa aí, cara – falou Mickey.

– Não posso dormir nem no chão do seu quarto? – perguntei. – Eu entro escondido.

– Não dá mesmo. Desculpa aí.

Um a um, todos deram as costas pra mim. Eu não podia contar com ninguém além de mim mesmo.

Quando cheguei em casa, meu pai estava todo convencido. Então ele pensou que tinha me pegado? Isso era o que a gente ia ver. Olhei pra ele e abri um sorrisinho do tipo "Está pensando que levou a melhor, é? Enquanto você vem com a farinha, o meu bolo já está pronto. E até a cobertura já está pronta, seu velho careca espertalhão".

Isso acabou com a diversão dele, e ele fechou a cara. Deu pra ver direitinho a empolgação indo embora e o queixo dele caindo. Ele tentou disfarçar por um tempo, mas eu não me segurei e transformei o meu sorrisinho em um riso de deboche. Foi quando ele começou a gritar.

– Você está tramando alguma coisa – acusou. – Dê uma olhada nele, Doreen... esse *sorriso*!

Eu fiquei sério, mas era tarde demais.

– Não adianta, Chris. Eu estava olhando para você. Pare de irritar o seu pai. Ele só está fazendo isso para o seu bem... e você sabe disso.

Eu encolhi os ombros pra mostrar claramente que não estava nem aí. Ela parou de falar.

– Ele não pode fazer nada, não tem nem para onde ir – ela disse pro meu pai. – Nós já falamos com todos os amigos dele. Ele não tem dinheiro. Só está querendo mostrar que não baixou a cabeça. Desta vez ele não tem para onde fugir.

Mas dava pra sentir que ela não tinha muita certeza do que estava dizendo.

Rob

A COISA FOI FEIA. Durou horas. Eu e o Davey ficamos lá em cima, com o Xbox ligado e o volume da tevê bem alto. Quando a minha mãe ou o Philip subiam pra usar o banheiro, a gente baixava o som pra eles não virem encher o saco.

Dá pra acreditar no quanto eu sou bundão? Se eu tivesse vergonha na cara, descia correndo a escada assim que ele levantasse a voz pra ela. Eu não sou um pirralho – pelo menos do tamanho do Philip devo ser. Mas nunca fiz nada. E sabe por quê? Por medo. Eu sou um covarde. Em vez disso, fico no quarto jogando videogame e fingindo que não está acontecendo nada.

A Billie jamais ia fazer isso. Se alguém falasse com a mãe dela desse jeito, ela ia voar em cima do cara. *Pof, pof, paft!* Você precisava ver. Ela é tão rápida que nem dá pra ver direito o que está acontecendo. Quando vê, o outro já está no chão. Eu não teria coragem de contar pra ela. Se ela soubesse como sou bunda-mole, nunca mais ia falar comigo. Ela é a Rainha da Briga. E eu sou um cagão.

Antes eu não era assim.

– Pode ir, então, vai, vai! – minha mãe gritou lá embaixo.

– A casa é minha! Você acha que eu vou embora da minha própria casa, sua vaca idiota? – ele berrou de volta.

Philip. Me transformando num bosta. Transformando minha mãe numa pessoa de bosta. Transformando tudo em bosta. Davey estava olhando pra tela, tentando ignorar o barulho, e eu pensei: "Você está a salvo... ele gosta de você".

Davey era filho dele. Eu era só uma pedra no caminho.

Já fazia horas que eles estavam brigando. Onde arrumavam tanto motivo pra discussão? A gente estava morrendo de fome. Tive que sair pra comprar umas batatas fritas, porque o meu dinheiro não dava pra muita coisa. Mas as batatinhas quebraram o galho.

Eles sossegaram mais ou menos às dez. Ele saiu. Eu fui dormir. Estava de saco cheio. Tinha jogado videogame durante um tempão. Davey queria continuar – por ele, jogava a noite toda –, mas eu não aguentava mais. Assim que Philip saiu, pus Davey pra fora e deitei na cama. Queria saber se a minha mãe estava bem, mas aí pensei: "Melhor deixar ela se recuperar primeiro. Ela não vai querer falar comigo agora". Ouvi Davey descendo a escada. Pensei: "Vou só tirar um cochilo e daqui a pouco eu desço...".

Eu devo ter dormido, porque, quando abri os olhos, minha mãe estava sentada na minha cama, falando comigo.

– Robbie, meu amor, está acordado?

Eu acordei, ainda sonolento, e me lembrei do que tinha acontecido.

– Está tudo bem? – eu perguntei.

– Bom, você sabe como é – ela falou.

– Essa foi feia – eu disse. – O Davey ficou assustado.

– Eu sei, meu amor. Você cuidou dele muito bem. Ele me contou que estava jogando aqui com você. Que comprou batata frita – ela elogiou e apertou minha mão, abrindo um sorriso tristonho. – Eu não sou uma mãe muito boa, né?

Eu sempre ficava irritado quando ela falava daquele jeito.

– Você é ótima. A culpa não é sua.

Ficamos em silêncio, olhando um pro outro.

– Cadê o Philip? – eu perguntei, torcendo pra que ele tivesse ido embora de vez.

– Saiu – ela respondeu, olhando pro outro lado. – Escuta, amor, olha só, comprei uma coisa pra você.

Ela me entregou a sacola que tinha na mão. Um presente. Não era nem meu aniversário. Dei uma olhada dentro da sacola... Adivinha só? Uma camiseta do Metallica. Uma não, *a* camiseta do Metallica. Inacreditável. Olhei nas costas pra ver se tinha o que eu esperava ali.

E tinha.

– Uau! É demais. Olha só isso, mãe. Que beleza!

– Gostou?

Se eu gostei? Era a coisa mais legal que eu já tinha ganhado na vida. Na frente tinha um esqueleto irado numa moto e atrás umas letras pingando sangue que diziam...

Drogado
Viadinho
Satanista
Filho da puta

Era tão linda que eu quase chorei. Dei um abraço de urso bem apertado nela.

– Ah, mãe, onde você arrumou dinheiro pra isso? – eu perguntei, lembrando que ela estava sempre sem grana.

– Eu andei economizando uns trocados.

– O que eu fiz pra merecer isso?

Eu pulei da cama de cueca. Não estava nem aí – podia até estar pelado. Vesti a camiseta e fui me olhar no espelho.

– Olha só! Se liga! Não ficou bacana?

– Ficou ótima, meu amor. Você está lindo.

– Não é? Ficou ótima mesmo.

– Você merece, Robbie. Por cuidar do Davey. Você merece tudo de bom no mundo.

Eu ainda estava me olhando no espelho, me admirando.

– As coisas estão difíceis – minha mãe comentou. – O Davey precisa de você, Robbie. Não esquece disso, tá bom?

– Não se preocupa. Eu cuidaria de mais um monte de moleques se precisasse. Você tem crédito comigo, mãe.

Voltei pra cama e dei outro abraço nela, e ela levantou pra sair do quarto. Eu me ajeitei na cama. Ela me olhou e deu risada.

– Você não vai dormir com ela, né?

– Dormir com ela? Eu vou viver com ela!

– Mas você não vai usar na escola, certo?

– Não esquenta. Eu uso por baixo da blusa. Ninguém vai ver.

Mas ela tinha razão de estar preocupada. Usar uma camiseta com palavras como viadinho e outras coisas nas costas e ir pra escola... era suicídio. Só que eu não ia tirar, não. Ia ter que tomar um pouco de cuidado, só isso. Ou então morrer. Uma coisa ou outra. Naquele momento, isso não fazia diferença.

É por isso que eu amo a minha mãe. Ela não tem dinheiro, a vida dela não está nada fácil, e mesmo assim consegue guardar uma grana pra me comprar as coisas. Uma camiseta como essa, imagina só... não custa nada barato.

– Eu te amo, mãe.

Ela se inclinou pra frente e me beijou. Os meus dedos do pé se dobraram todos. Eu me senti um garotinho de cinco anos de idade. Foi muito legal.

– Não esquece... você vai sempre cuidar do Davey, né?

– Não esquenta. Ele pode contar comigo.

– Eu sei que pode, meu amor. Boa noite!

– Boa noite.

Ela saiu do quarto. Fui dormir pensando: “Sou o cara mais sortudo do mundo. Quem precisa de uma bateria?”.

Aquela tinha sido a melhor noite da minha vida. Mesmo se eu nunca mais me sentisse daquele jeito de novo, morreria feliz.

Billie

Eles tiram o seu cinto e os cadarços do seu tênis antes de porem você na cela, pra evitar enforcamentos. É como uma caixa selada. Não tem janelas. A porta tem a espessura de uma perna. Aço maciço. Quando fecha, é como se o resto do mundo desaparecesse. Você pode gritar, berrar e bater à vontade – não faz a menor diferença. A única coisa que resta é ficar trancado ali e tentar não enlouquecer.

Barbara... que vaca! Falando da minha mãe daquele jeito... ela sabia que eu ia surtar. Foi o jeito que ela arrumou de me chutar de lá e poder dizer: "Olha só... não foi culpa minha. Foi a Billie que estragou tudo de novo".

E depois ainda chamar a polícia. O batalhão de elite. Isso vai pra minha ficha. Valeu, Barbara. Era bem o que eu precisava.

Eles chegaram a me enganar por um tempo. Barbara e Dan, e Hannah e Jim lá na Brant. Por um tempinho, pensei que fosse conseguir pôr a cabeça no lugar, seguir em frente na vida. Mas esse é só um joguinho que eles fazem pra se manter ocupados.

Aposto que vão me acusar de agressão, apesar de eu não ter nem encostado a mão nela. Não vou nem mais pra WASP – vai ser o reformatório mesmo. A prisão pra menores. E, se isso acontecer, podem tirar o meu cinto, os meus cadarços e tudo o que quiserem, que não vai adiantar. Eu arrumo um jeito, mesmo que for preciso rasgar minhas próprias veias a dentadas.

Sai dessa, Billie. Para de ficar reclamando e... toma uma atitude.

Não sei quanto tempo me deixaram lá. Horas. O oficial de plantão quando eu cheguei era o desgraçado do Farrell, que só escolheu esse emprego pra poder maltratar os outros à vontade. Eu sabia que o turno tinha mudado porque depois apareceu um outro cara e me trouxe um chá. Jolly. Apesar de ser chamado assim, não parecia ser um cara muito feliz; muito pelo contrário, tinha uma tremenda cara de sofredor, mas com o tempo você percebe que ele não é tão ruim. Pra um polícia. Na primeira vez que ele apareceu na minha cela com um copinho de chá na mão e aquela cara de derrota, pensei que a mãe dele tinha morrido ou coisa do tipo.

– As pessoas me chamam de Jolly. Você deve saber por quê.

– Não, eu não sei por que – eu respondi irritada.

– É o meu nome – ele explicou. – Jolly.

Na hora eu não entendi muito bem, mas depois achei engraçado. Ele estava com as minhas coisas nas mãos, e sentou do meu lado no banco.

– Agressão com arma branca, Billie. As coisas estão cada vez piores – ele falou.

– Eles não podem me acusar de agressão com arma branca! Eu nem encostei nela.

Jolly ficou lá sentado olhando pra mim por um tempo.

– Certo, você se safou de novo – ele disse finalmente. – Sem nenhuma acusação. A sua sorte ainda não acabou.

– Sorte? E o que eu estou fazendo aqui? Você está de brincadeira.

– Uma tremenda sorte, se você quer saber – ele falou. – Apontar um pedaço de vidro de meio metro bem na cara dela. Você podia ter sido acusada até de tentativa de homicídio.

Eu estava agachada, amarrando os sapatos. Olhei pra cima pra ver a cara dele.

– O batalhão de elite... – falei.

Ele ficou quieto, me olhando.

– O batalhão de elite... – repeti.

– Ela deve ter entrado em pânico – ele argumentou. Eu não disse nada. Depois de um tempo, Jolly ergueu as sobrancelhas. – Isso não vai ficar nada bem na sua ficha, hein? – ele falou e se inclinou pra frente, chegando mais perto. – O chefe passou uns quinze minutos dando o maior esporro no pessoal. Encontrei com eles na cantina mais tarde, e pareciam estar bem irritados. Principalmente depois de um cara pedir uma escolta armada pra ir até a esquina comprar um chocolate.

Eu comecei a rir, mas ele continuou bem sério. Como sempre.

– Você está achando graça, né? – ele perguntou. – Mas não vai achar graça nenhuma quando encontrar aqueles caras lá fora – ele falou e apontou com a cabeça. – E eu achando que o seu nome estava queimado...

Maldito Jolly. E ainda por cima era verdade. Os polícias já me odiavam antes mesmo desse vexame do batalhão de elite. Mas isso não é justo! Não fui eu que fiz todo esse pessoal de idiota... foi ela, a Barbara!

Não que eu precisasse de muita ajuda pra isso.

Jolly balançou a cabeça e levantou.

– A sua assistente social está aqui.

– Pra onde é que eu vou? – perguntei, saindo com ele da cela. Jolly encolheu os ombros.

No corredor nós passamos por um dos polícias que estavam na casa. Eu não resisti.

– O que, você está aqui, não tem mais nenhuma criancinha pra aterrorizar ainda hoje? – eu perguntei.

– Ouvi dizer que roubaram um pirulito ali na esquina. Você podia aparecer lá metendo bala.

– Parabéns, Billie, você acabou de ficar ainda mais visada – Jolly disse baixinho.

– E você não acha que eu tenho razão?

Ele não respondeu. Isso me deu a sensação de que ele concordava comigo.

Minha assistente social, Jodie Grear, estava me esperando lá fora. Eu estava me fazendo de durona, me segurando pra não dar nenhum gostinho de satisfação pros polícias, mas, assim que saí e ela abriu a porta do carro, tive que cair na real.

– O que vai acontecer comigo? – eu perguntei.

– Você deu sorte, Billie. Eu tenho um lugar pra você, pelo menos por alguns dias.

Entrei no carro. Era pra ser uma boa notícia. E acho que era. Eu podia ter passado a noite naquela cela. Mas quer saber? Acho que prefiro isso a outra família adotiva. Foram cinco em quatro anos. Já estava de saco cheio. Fiquei pensando: "Será que eles vão ser uns sacanas? Vão me alimentar direito? Vão ser legais? Eu vou ser considerada parte da família ou só uma fonte de renda?".

Pelo menos na cadeia ninguém fica fingindo que quer ser sua mãe.

Jodie ligou o carro e arrancou, puxando conversa sobre coisas banais – tentando fazer parecer que estava tudo normal. É isso o que eles fazem. Como se me tirar da cadeia e sair à procura de um lugar pra eu dormir fosse uma coisa normal.

– Desculpa – eu disse de repente.

– Por quê? – ela perguntou.

– Por incomodar. Você devia estar em casa, vendo tevê.

– Ora, não se preocupe, querida. Eu sou paga pra isso.

"Pois é", eu pensei. "Você é paga pra isso." Jodie continuou tagarelando, mas eu virei a cara. As pessoas precisavam ser pagas pra se importar comigo. Eu devia ser estatizada. Sou praticamente uma indústria, o emprego de um monte de gente depende de mim.

Paramos na frente de uma casa geminada. Eu não sabia nem em que rua estava. Fiquei lá sentada olhando pra porta. Sim, eu sou a mesma Billie de sempre. Mas, quando estou parada diante de uma nova porta sem saber o que esperar, me sinto uma garotinha de uns dois anos de idade.

Rob

LEVANTEI, PUS A ROUPA, mas não achei as meias. Estava com elas na noite anterior. Onde tinham ido parar? Fui andando de mansinho pelo corredor e bati na porta. Minha mãe sempre sabia onde estavam as minhas meias. Abri a porta. Philip estava lá deitado, minha mãe estava toda coberta.

Limpei a garganta. Uma criatura pôs a cara pra fora das cobertas. Uma cara que eu nunca vi antes.

Fechei a porta. Minha nossa. Onde estava a minha mãe?

Fui lá pra baixo. Peguei o cereal pra comer. Ia acabar me atrasando. Fiquei pensando se devia ir acordar Davey. Eu estava com medo. Ouvi um movimento lá em cima, alguém indo no banheiro. Era ele. Fiquei paralisado. O barulho de passos parou. Quando sentei pra comer, começou de novo. Descendo as escadas. Era ele. Estava lá embaixo olhando pra mim, mas ainda assim tomei um susto quando ele falou.

– Robbie.

Tomei um susto tão grande que derrubei o cereal... e justo na camiseta! Comecei a me limpar desesperado.

– O que é isso? – ele perguntou, olhando o que eu estava vestindo.

– Metallica – falei. – Foi a mamãe que me deu.

– Ah, foi? – ele disse e fez uma careta. – Bom, não usa isso na escola. Você vai acabar apanhando.

Ele apontou lá pra cima.

– Dois chás, e seja um bom menino.

Eu olhei pra cima. Ele deu uma piscadinha.

– Tudo bem, sem problema – eu respondi.

Ele se virou pra subir. Lá em cima, dava pra ouvir que Davey já tinha acordado.

– Philip?

Ele olhou pra trás.

– Cadê a minha mãe?

Ele encolheu os ombros de leve.

– Ela foi embora, Robbie.

– Pra onde?

– Não sei. Pra casa da irmã dela em Manchester, acho.

Ele se virou e observou a minha reação.

– Agora somos só nós, hein, filho? – ele falou.

Eu não era filho dele. E sim. Ia ser só a gente dali em diante.

Davey desceu. Philip deu um abraço nele.

– Esse é o meu garoto – era o que ele sempre dizia.

Davey bocejou, olhou em volta e viu minha camiseta. Os olhos dele quase saltaram da cara.

– Você não vai usar isso na escola, né? Pai! Não deixa ele usar isso na escola! Ele vai acabar apanhando.

– Isso é uma escolha dele, não?

– Mas, pai...

– Dois chás... e vê se não demora, hein, Robbie? – disse Philip.

Eu olhei pra ele, e nesse momento Davey estava virado pra mim, então ele pôs o dedo na frente da boca, apontou pro Davey com a cabeça e deu outra piscadinha. Depois virou as costas e subiu.

Não era nada justo, me pedir pra guardar os segredinhos dele, como se eu tivesse alguma coisa a ver com aquilo. Como se eu fosse amiguinho dele. Se fosse a Billie, teria descido a mão nele ali mesmo. Davey ia acabar descobrindo mesmo... não tinha outro jeito. Ele tinha o direito de saber que a nossa mãe tinha ido embora e que o pai dele estava com outra mulher na cama. Mas não ia ser eu quem ia contar, porque sempre faço o que o Philip manda, o tempo todo.

Dá pra ver nos olhos dele quando fala comigo. “Você é um bosta”, é o que dizem os olhos dele. “Eu te transformei num bosta e você vai continuar sendo um bosta, e nem adianta tentar fazer alguma coisa a respeito.”

Ele tem razão. Eu sou um bosta. Nunca vou perdoar esse cara por ter feito isso comigo. E nunca vou me perdoar por ter deixado. Então, em vez de contar tudo pro Davey, saí pela casa em busca de um bilhete. Eu queria que ele soubesse. Ela deixou um bilhete da última vez que foi embora. Procurei pela casa inteira e não encontrei nada, claro, porque, se ela deixou mesmo algum recado, Philip deve ter achado antes de mim.

Mas eu sabia o que estava acontecendo, na verdade. Ela tinha deixado um recado, sim. A camiseta. Aquela conversa no meu quarto na noite anterior. O tempo que ela passou com Davey antes de ir falar comigo. Ela queria que a nossa despedida fosse uma coisa legal e sabia que se contasse a verdade ia criar uma situação horrorosa. Mas eu preferia que ela tivesse contado, porque agora tudo dependia só de mim. Inclusive o que fazer com o Davey. E eu não tinha a menor ideia.

Naquele momento, eu só tinha uma coisa boa na minha vida. Pois é... isso mesmo. A camiseta. A última lembrança da minha mãe. A despedida e o agradecimento dela, além de uma forma de dizer que me amava, e que a gente ainda ia se ver de novo. Estava usando por baixo da blusa da escola, bem perto da pele, que era onde ela devia ficar. Na minha cabeça, estava decidido a não tirar aquela camiseta nunca mais. Pelo menos até voltar a ver a minha mãe.

Falei pro Davey que tinha deixado em casa, pra ele não se preocupar. Estava tudo sob controle, ninguém ia ver. A gente estava no ponto de ônibus. O pessoal ia chegando. O ônibus da Reedon passou. Eu nem reparei. Não dei a menor bola. Estava curtindo a sensação de estar com uma camiseta do Metallica...

E aí senti o impacto, do nada. Fazendo um splash bem no meio da minha cara. Puxei a blusa e vi que era só suco de caixinha. Dava pra sentir o cheiro. A minha blusa de escola fedendo a fruta, o que só podia significar que...

– Quem foi que fez isso? – eu gritei. – Quem foi que fez isso?

– Foi alguém de dentro do ônibus... eu vi – gritou Davey. – Acho que cuspiram isso em você – ele acrescentou.

– Eu mato um! – berrei. – Mato e arrebento!

Porque o líquido estava começando a molhar... pois é! A minha camiseta sagrada. Eu é que não ia deixar a minha camiseta ficar suja de suco. Sangue, talvez. Mijo, merda, que seja. Mas suquinho de fruta e Metallica?

De jeito nenhum.

Arranquei a blusa da escola. Tinha uma mancha enorme bem na estampa, perto das pernas do esqueleto.

– Quem fez isso? Eu mato quem fez isso! – continuei gritando. Estava com tanta raiva que não conseguia nem pensar direito.

Davey arregalou uns olhos enormes quando viu o que eu estava vestindo.

– O que você está fazendo? – ele cochichou. – Você não pode usar isso. É provocação. Põe a blusa... as pessoas vão ver.

Eu estava de saco cheio daquilo. Tinha chafurdado em meleca de lesma, tinha sido humilhado, tinha sido abandonado pela única pessoa que me amava de verdade.

Aquela camiseta era a única coisa que eu tinha na vida. Agarrei ela com as duas mãos e sacudi na cara dele.

– Eu não estou mais nem aí, Dave. Isso aqui sou eu – falei. – Está vendo? Isso aqui sou eu!

Mas Davey não estava olhando. Estava olhando pra calçada atrás de mim.

– O Riley está vindo aí – ele choramingou. – Põe a blusa, rápido.

E foi bem isso o que eu fiz. Não valia a pena apanhar por nada. E fiz tudo bem rápido – não sou aquele tipo de gordo lerdo. Pus a blusa correndo e ainda sobrou tempo pra fazer cara de paisagem quando Martin Riley, o Rei dos Tapados, e seu pequeno grupo de tapados passaram por mim. Ninguém seria capaz de imaginar que, por baixo da blusa da escola, tinha uma descrição de tudo o que eles mais odiavam nas minhas costas.

Só que eu não tinha vestido a blusa direito. Estava meio levantada nas costas. Enquanto eu ficava lá numa boa, me sentindo todo esperto e seguro, Riley e seu bando de tapados leram – pelo menos ler eles sabiam – que estava escrito "Filho da puta" na minha camiseta, na altura da bunda. Quando fui ver, ele já estava arrancando a minha blusa.

– Sai fora – gritei.

Riley leu o resto da mensagem. Os olhos dele se arregalaram, a cara dele se contorceu.

– Seu maldito.

– Eu posso explicar – tentei dizer.

Aí ele e os amigos dele me cercaram, e quando vi já estava no chão.

Chris

Terça de manhã. Hora do café. Meus pais – ou melhor, meus carcereiros – comiam suas torradas com um olhar *desconfiado*. Minha mãe é muito boa em esconder seus sentimentos, mas meu pai não consegue se controlar. Ele ficava me espiando, lançando uns olhares de raiva – como se não confiasse em mim. Minha mãe estava sendo... arrogante não, porque isso ela não é. Ela é confiante. Mas no fim dá no mesmo. A presunção é a mesma, só que mais bem disfarçada.

Nesse tipo de coisa, por mais estranho que possa parecer, o burro do meu pai leva vantagem sobre a espertinha da minha mãe. Não é uma questão de inteligência, e sim de instinto. Ela pensou e pensou e concluiu que não tinha como dar errado, que o plano deles era infalível. Já o meu pai tinha certeza, sem saber como nem por que, de que eu ia acabar dando um jeito de estragar tudo.

Ele estava certo.

Voltei pra casa na hora do almoço pra pegar as coisas que eu precisava pro meu Plano B. Preferia que o Alex estivesse comigo, apesar de ter se mostrado tão confiável como um escorpião de estimação. Seria uma espécie de última chance pra ele.

– E eu lá estou pedindo uma última chance? – ele resmungou.

Eu estava disposto a insistir, mas aí a coisa azedou de vez no caminho da escola. Fiz uma "coisa errada" no ônibus. A gente estava sentado um do lado do outro, como sempre. Eu estava tomando um suco de caixinha quando o ônibus passou pelo ponto onde estava o pessoal da Statside – e adivinha quem estava lá? Ninguém menos que o Chupeta de Baleia, o exterminador de lesmas, e o irmãozinho dele.

Não pensei duas vezes. Tirei o canudo da caixinha, estendi a mão pra fora da janela e apertei com força. Um jato forte de suco saiu voando pelos ares e... na mosca! Bem na cara do gordão.

O que aconteceu em seguida foi espetacular. Ele começou a sapatear na calçada, quase se dobrando em dois enquanto tentava limpar a cara com a blusa. Foi bizarro. Parecia que eu tinha jogado ácido sulfúrico ou coisa do tipo nele, não um simples suco de fruta. E aí ele começou a correr pela rua atrás da gente, como se fosse conseguir alcançar o ônibus e destruir tudo com as próprias mãos.

Uau.

Assim que ele sumiu das vistas, Alex se voltou contra mim.

– Você não devia ter feito isso – ele falou. – Ele vai te matar quando descobrir que foi você. Ah, cara. Não conta comigo pra sair dessa, não – ele disse e cruzou os braços.

– Eu nunca posso contar com você pra nada, Alex – eu respondi.

Aquele hipócrita... na hora achou a maior graça. Só que ele estava certo. Eu não devia ter feito aquilo. Mas eu não esperava que o Baleia ficasse tão irritado. Que tipo de maluco gosta tanto de uma camiseta a ponto de sair correndo atrás de um ônibus por causa dela?

– Por que você precisa arrumar encrenca o tempo todo? – ele perguntou. – Por que você não pode ser como todo mundo?

Revirei os olhos.

– Por que alguém ia querer ser como todo mundo? – eu questionei.

– Porque é assim que as coisas funcionam – ele respondeu.

Quando o ônibus chegou na escola, ele ainda estava de cara amarrada, e eu também. Vi que nem adiantava pedir pra ele me ajudar na hora do almoço.

Eu cuidava da minha lojinha online na garagem. Tem um computador lá com o meu banco de dados e acesso à internet. A conexão sem fio não funciona na garagem, então tive que puxar um cabo do roteador. O meu negócio tinha altos e baixos. Estava numa fase de baixa, porque meus pais tinham congelado meus bens. Era mais uma tentativa de me dobrar. Congelar os meus bens... como se eu fosse o coronel Khadafi ou alguém do tipo. Se as coisas continuassem daquele jeito, eu corria o risco de ir parar na prisão de Guantánamo.

Eu tinha coisas muito boas esperando pra ser vendidas. Roupas velhas são um ótimo negócio. Quanto mais velhas, melhor. Você pode transformar velharias em peças retrô simplesmente mandando pra lavanderia e pondo uma etiqueta dizendo "estilo anos 50" ou "design anos 70" ou até anos 80 se for uma coisa muito vagabunda. Comprei a maior parte em bazares de igreja e vendas de garagem, mas algumas coisas tinham saído das gavetas e dos armários dos meus pais. Principalmente da minha mãe, que tinha um fetiche por sapatos e vestidos. A maioria ela nem usa. Outras pessoas vão usar. As que comprarem de mim.

Eles congelam os meus bens, eu faço os deles circular. Quem foi que começou? Não preciso dizer mais nada.

Tem também mais algumas coisas que eu ainda não consegui vender. Meu autorama. Minha bicicleta, que é das boas, aliás. Tento até não usar muito, pra não arranhar e estragar o valor de revenda. O baixo do meu pai, que não é meu, mas um dia vai ser. Eles vão deixar tudo o que têm pra mim no fim das contas mesmo, então na verdade estou só pegando um adiantamento.

E tem a minha bateria também. Ganhei uns dois anos atrás. Presente de Natal. Queria montar uma banda de rock, ter um monte de garotas aos meus pés todas as noites, mas quando ganhei a bateria vi que pra isso ia ter que ficar umas quatro horas por dia treinando pra aprender a tocar aquela coisa.

O equipamento que eu estava procurando estava escondido debaixo de uma pilha de tábuas. Os artigos de acampamento. Tinha uma barraca bem grande, pra quatro pessoas, e outra pra duas, que eu comprei no eBay pra revender. Custou uma mixaria. Tinha também um fogareiro a gás, copos de plástico e outras coisas que a gente usava quando ia acampar nas férias uns anos atrás. Ninguém encostava naquilo fazia tempo.

Peguei a barraca pra quatro pessoas. A outra era mais leve, mas aquilo podia demorar.

Era disso que eu precisava. Ah, e de dinheiro. Isso dava pra conseguir na gaveta em que ficava a grana pras compras da semana. Eles nunca percebiam quando eu tirava uns trocados. Dessa vez foi diferente... tirei quarenta libras, um valor justo. Eles punham cem libras por semana ali, mas comida só pra um custa mais caro.

Deu tudo certo. Eles nunca iam descobrir. Eu ia passar as noites acampado... na escola. Genial, né? Ninguém ia pensar em me procurar justo lá. A minha escola tem um terreno gigantesco. Uma parte é usada pra jogar futebol e rúgbi, mas o resto não serve pra nada. E lá pro fim do lote tem um rio, e depois um matagal só. Encontrei um lugar ótimo, escondido no meio de uns arbustos.

Era perfeito. Eu podia continuar indo pra escola e saindo com meus amigos toda noite. Aí era só armar a barraca pra dormir e pronto. Só até a poeira baixar, sabe como é?

O segundo round quem venceu foram eles. Fiz a lição de casa pela primeira vez em quatro anos. Mas eu estava derrotado? Ia me entregar? De jeito nenhum.

O terceiro round ia ser meu.

Rob

O PROBLEMA NÃO FOI a surra. Um moleque como eu apanha o tempo todo. O problema foi a camiseta, o que fizeram com ela. Foi cuspida, atirada na lama. Jogada em poças d'água, na merda e na grama. Num momento estava perfeita... no instante seguinte, imprestável.

Pelo menos eu ainda estava vestido com ela. Tinham feito de tudo pra tirar, mas não teve jeito. Quanto mais eles chutavam, com mais força eu me agarrava a ela. Nem me preocupei em me proteger. Isso não importava, o que importava era a camiseta. Deixei que me chutassem, me cuspissem e me puxassem à vontade.

Cheguei na escola e fui direto pro banheiro. Eu podia ter chorado. E chorei, na verdade.

Eu estava todo detonado. E imundo. Tinham tentado arrancar a estampa do esqueleto da frente, e a roda da moto estava pendurada. Mal tinha ganhado a camiseta e ela já estava destruída. Por que as pessoas querem sempre destruir as coisas que mais importam pra gente? Por que sempre querem bater onde dói mais?

E foi nesse momento, no ponto mais baixo da minha vida, que um milagre aconteceu.

Se você estivesse lá comigo, não ia nem ter percebido. Não é o tipo de milagre que as pessoas veem acontecer, como um aleijado andando ou coisa do tipo. Foi uma coisa que me aconteceu por dentro. E de repente percebi...

A minha mãe tinha me deixado com um cara que me odeia – o homem que destruiu meus sonhos e que me tratava que nem merda. Eu não tinha amigos. Tinha sido jogado na lama, cuspido, espancado, xingado, e a minha camiseta, a única coisa que prestava na minha vida, estava rasgada, enlameada e encatarrada. Mas e daí? Melhor ainda! Aquela não era uma camiseta qualquer! Era uma *camiseta de heavy metal*. Do Metallica. Não foi feita pra ser limpinha. Ela pedia pra ser rasgada. Pedia pra ser coberta de sangue, suor, lágrimas e catarro. Aquela camiseta precisa ser puxada e quase arrancada de você pra justificar sua existência.

Entende o que eu quero dizer? O que eles fizeram, Riley e sua gangue de tapados, foi batizar minha camiseta. Fizeram com que ela virasse uma camiseta de heavy metal *de verdade*.

Não é incrível como uma coisa simples pode mudar a nossa vida? Um milagre é isso. Não luzes piscando, corais de anjos e pessoas ressuscitando. Pode acontecer a qualquer hora e ninguém saber, a não ser a pessoa que estava vivendo aquilo. Comigo foi assim.

Pela primeira vez na vida, eu não era só um simples fã... estava vivendo aquele sonho. *Eu* era heavy metal. De repente o pior dia da minha vida virou o melhor. Foi uma coisa muito louca – não dava pra ser melhor que aquilo.

– Valeu! – eu gritei. – Valeu por terem me espancado. Valeu por terem me jogado na lama. Obrigado, obrigado. Vocês salvaram o meu dia.

O sinal tocou. Estava na hora da aula. Eu estava me sentindo ótimo. Me virei pra sair. Tinha um molequinho parado na porta, me olhando de boca aberta. O que ele imaginou que estava vendo, isso eu não sei.

Ele viu o meu renascimento.

– Obrigado por me odiar! – eu gritei.

Tirei o moleque da minha frente com um empurrão e saí pro corredor. Era como se eu tivesse morrido e ido pro céu.

Aquele dia foi um teste pra mim. Um teste pesado. A notícia se espalhou. Todo mundo sabia o que eu estava vestindo debaixo da blusa da escola. Apanhei de novo no intervalo, mas nem liguei. Abaixei a cabeça, agarrei a camiseta e aguentei firme. A coisa durou o dia todo. As pessoas me empurravam no corredor, xingavam, faziam ameaças. Eu nem dava bola. Já tinha passado por tudo aquilo antes. Eu sabia uma coisa que eles nunca iam ser capazes nem de imaginar – que as piores coisas do mundo podiam se transformar em beleza pura, bastava um pensamento. Foi uma experiência religiosa, uma visão. De repente entendi como era ser um santo. Tudo bem, eu sei que os santos chegam perto de Deus e tudo o que eu tinha era uma camiseta do Metallica, mas e daí? Naquele momento descobri quem eu era.

Tentei encontrar Billie pra contar tudo pra ela. Não sabia se ela ia entender, mas era a única pessoa que eu achava que seria capaz de fazer isso. Mas ela não tinha ido na escola naquele dia, então tive que ficar com o bico fechado.

Davey apareceu pra falar comigo na hora do almoço. Eu estava num estado lamentável – todo encatarrado, com lágrimas nos olhos, a cara toda vermelha de tanto levar tapas.

A novidade era... ele descobriu quem tinha espirrado suco em mim de manhã.

– Foi aquele moleque que ficou me enchendo o saco por causa das lesmas ontem. Ele mesmo.

O Menino-Lesma! Aquele intrometido, metido a besta, tarado por moluscos.

Eu ia matar aquele moleque. E não seria bullying, seria justiça. Nem um pacifista aguentaria tanto desaforo.

Davey ficou olhando pra minha cara.

– Você ainda está com ela debaixo da blusa, né? Tira isso, Rob, tira isso, tá bom? Vão acabar matando você.

– É isto o que eu sou, Davey – eu expliquei.

E aí eu lembrei. Tinha uma coisa pra contar pra ele. Estava decidido – eu nunca mais ia decepcionar o meu irmãozinho. Ele ia ficar sabendo mais cedo ou mais tarde.

– Foi a mamãe que me deu – falei. Ele me olhou como se soubesse. Mas eu contei assim mesmo. – Ela foi embora, Davey, saiu de casa.

Davey franziu a cara inteira.

– Ela não pode ir embora – ele respondeu.

– A gente devia ficar feliz por ela – eu disse. – Agora ela está segura. Pensa bem, Davey... ela não largou a gente. Largou o Philip. Nunca se esqueça disso.

– Você devia ter feito alguma coisa. Devia ter falado pra ela não ir embora! – ele gritou do nada e saiu correndo. Tentei ir atrás, mas ele era rápido.

Eu não podia ter feito nada. A gente ia ter que encarar aquela situação. Fui direto pro refeitório. Não ia deixar ninguém me impedir de comer.

Foi quando a coisa ficou feia pra valer.

Estava quase chegando a minha vez de comprar o sanduíche quando alguém me deu um empurrão por trás que quase me fez derrubar tudo o que estava no balcão.

– Eu vou acabar com você, seu maldito – ameaçou.

Eu explodi de vez. Não aguentava mais. Era a única coisa que eu podia fazer. De que adiantava continuar escondendo? Todo mundo já sabia... o que eu era, como eu era, o que eu pensava de todos aqueles idiotas. Eu não ia mais me esconder. Não estava adiantando nada. Eu precisava deixar tudo às claras.

Arranquei a blusa e fiquei lá parado com a minha camiseta do Metallica, orgulhosamente filho da puta, viadinho, drogado e satanista. Estava toda rasgada e imunda, e eu estava todo suado e vermelho, com lágrimas nos olhos – na verdade chorando como um bebezinho.

– Alguém tem alguma coisa contra? – desafiei. – Então vem aqui resolver. Seus desgraçados. Podem vir!

E eles foram. Todos de uma vez – os alunos e os funcionários da escola. A primeira onda me atingiu. Levantei os braços pra me defender.

– Obrigado! Obrigado... – comecei a gritar, mas alguém deu uma cotovelada na minha boca e eu tive a minha honrosa e gloriosa queda.

Billie

O LUGAR QUE ELA arrumou era bom. A sra. Grear. Nunca tinha ficado na casa dela. Já era tarde quando chegamos. Eu comi e fui direto pra cama. A comida era boa... tinha coisa de sobra. Tem lugares em que não oferecem nada pra gente, mas ali não. Ela me fez um pratão de feijão com linguiça, apesar de já ser bem tarde.

– Isso é bom porque sustenta – ela falou.

Perguntei se eu iria dormir lá na noite seguinte.

– Até onde eu sei, sim, querida – ela respondeu.

Então ainda estava tudo no ar.

Quando liguei o celular, encontrei um monte de mensagens da Hannah pedindo pra telefonar pra ela, o que eu não fiz. Não estava com saco pra falar com ela. Só queria fechar os olhos e dormir, fazer a realidade sumir da minha cabeça.

Eu achava que ia poder dormir até mais tarde no dia seguinte, mas não rolou. A sra. Grear me acordou às sete e meia. Pensei que já tivesse sido expulsa da escola, mas não. Eles não tinham nem ficado sabendo da briga.

– Você sabe o caminho daqui pra lá? – ela perguntou.

Eu não sabia nem onde estava, mas no fim das contas não era muito longe da minha área de sempre. Era só cortar caminho pelo parque que eu já chegava à avenida principal.

Foi legal fazer um passeio pelo parque naquela manhã. O dia estava bonito, ensolarado. Fiquei pensando que tinha sido bom sair da casa da Barbara e do Dan. Sempre soube que isso ia acontecer. E na escola ainda não sabiam de nada. Vai entender. Talvez eles não me expulsassem de lá.

Bem na hora em que eu estava pensando que ia ficar tudo bem, elas me atacaram.

Sabiam muito bem o que estavam fazendo. Estavam em quatro. Uma grandalhona me deu uma gravata, enquanto as outras seguravam meus braços e minhas pernas. Me arrastaram pra trás das moitas perto do muro. A grandalhona puxou meu cabelo pra olhar bem pra minha cara. Quando eu digo que ela era grande, não é só modo de dizer, não. Tinha o corpo roliço e atarracado como um tronco de árvore. Devia estar com um resfriado bem forte, porque a pele em volta do nariz de porco dela estava toda vermelha, e ela chegou bem perto de mim com aquela cara gorda.

– Eu sou a rainha agora – ela falou.

– Que conversa é essa? Não tem rainha nenhuma... eu sou eu e pronto, sua gorda – eu disse, me debatendo. Mas elas tinham me pegado de surpresa. E estavam em quatro. O que eu podia fazer?

A grandalhona franziu a testa. Vai ver eu tinha usado palavras difíceis demais. Ela começou a andar de um lado pro outro, fungando. Eu já contei que ela estava resfriada? Ela ficou um bom tempo fazendo aquilo, fungando com força, puxando bastante catarro. Aí ela chegou mais perto, abriu a boca e tossiu em cima de mim.

Bem na minha cara.

Quando fui ver, ainda estava sendo dominada pelas lacaias dela, mas devo ter quase escapado, porque algumas já estavam bem estragadas. Uma estava com o nariz sangrando depois de levar uma cotovelada ou coisa parecida.

– Acaba com ela logo, Betty, ela vai escapar! – alguém gritou.

Betty estava lá parada me olhando com a boca aberta, como se não acreditasse. Depois finalmente contorceu a boca, chegou mais perto, fechou a mão, que era do tamanho de um cachorrinho pequeno, e me deu um soco na boca do estômago.

Eu me dobrei inteira. E fiquei sem ar. Elas me puxaram de volta e ela deu outro soco. Depois me largaram. Mas ainda teve aquele momento desagradável em que você está no chão se contorcendo, tentando recuperar o fôlego, e aparece um monte de pés chutando você. Aí elas deram o fora.

Me pegaram pra valer. Pensei que fosse morrer sufocada. Deve ter parecido que eu estava tendo um ataque, me retorcendo toda em cima da grama, tentando respirar. Pra mim, parecia que tinha levado meia hora pra recuperar o fôlego. Mas podia ter sido pior. Umas costelas doloridas. Um vergão vermelho no rosto onde tinha sido agarrada. Um sangramento na orelha por causa de um chute quando estava no chão e uma teta doendo. Como eu disse antes, podia ter sido pior. Mas não muito. Uma parte do meu cérebro me falou pra ligar pra Hannah, mas logo ficou quieta. O máximo que ela podia fazer era tentar me convencer a deixar barato, e eu não ia deixar barato.

Comigo não tem essa, não.

Levantei e voltei pra casa da sra. Grear pra me recompor. Ela foi muito legal – me pôs no chuveiro, ligou pra escola avisando que eu ia me atrasar e nem falou nada da briga. No fim, acabei tirando mesmo a manhã de folga. Podia até ter tirado o dia todo, mas eu tinha um assunto pra resolver, certo?

Não sei o que aconteceu na escola naquele dia, mas estava uma loucura. Já tinha rolado uma briga feia por lá, e Rob estava no meio. Como eu disse, um moleque como aquele só atrai confusão. Parece que ele estava usando uma camiseta que não devia. Ia ser expulso por bullying. O Rob praticando bullying? Aquele pessoal não sabia de nada mesmo.

Tive uma discussão com um dos professores, o sr. Miles, sobre isso.

– O Rob não pratica bullying... ele sofre bullying. O que aconteceu?

– Ele estava usando uma camiseta com umas... palavras inapropriadas – ele explicou. – O diretor pediu pra ele tirar, mas ele se recusou.

O professor encolheu os ombros, como se não tivesse mais nada a dizer.

– Tá certo. Entendi – eu falei. – Então o que aconteceu foi que ele apanhou por usar a camiseta errada e foi expulso por usar a camiseta errada. Quer saber? Vocês são piores que os alunos daqui.

– Billie, não sou eu que faço as regras. Era uma camiseta bem inapropriada.

– Tá bom, mas vocês não podem expulsar alguém só porque... ah, na verdade estou cagando pra isso.

Ele começou a gritar comigo, mas a essa altura eu já tinha virado as costas e ido embora. Ele também sabia que não valia a pena continuar com aquela conversa. Eu também não duraria muito por ali. Já estava pensando: "Vejo você na Brant, Rob... isso se me deixarem voltar pra lá". Uma coisa era certa: quando aquela semana acabasse, o pessoal da Statside não ia querer me ver nem de longe.

Chris

Era uma quinta-feira. A gente estava fazendo a dança das cadeiras. Wikes estava desenhando na lousa de novo, dessa vez os rins de uma rã. Eu estava pensando em ir até o quadro no intervalo e escrever "autorretrato" embaixo do desenho. Estava ansioso pra isso. Por mais patético que possa parecer, seria o ponto alto do meu dia.

Eu já tinha dormido duas noites na barraca. Na primeira comi peixe com batata frita, o que foi bom. Na noite seguinte, fui até a casa de um moleque chamado Terry. Ele é meio nerd. Pedi pra ele me mostrar a coleção de brinquedos dele. Estava atrás só de um lanchinho da tarde, mas a mãe dele me convidou pra jantar. Foi meio esquisito, mas pelo menos eu estava alimentado.

Eu estava numa boa. Fazendo o que tinha planejado. Seguindo as regras – as minhas regras. Estava indo pra escola. Até podia abrir mão disso se tivesse algum lugar pra ir, mas nunca tinha, porque durante o dia está todo mundo, bom, na escola. Estava me comportando bem, produzindo bastante na sala de aula, mas nada de lição de casa. Um acordo perfeitamente razoável.

É uma pena quando as pessoas não conseguem ser razoáveis.

Mas brincar de dança das cadeiras é legal.

Enquanto Wikes desenhava na lousa, o pessoal ficava de pé, levantava a carteira e ia andando na pontinha do pé. Nem era preciso ir muito longe, um metro pra começar já estava bom. O lance era que, quando ele olhava pra trás, a posição de todas as pessoas na sala tinha mudado. Sem fazer nenhum barulho.

É muito divertido.

Na primeira olhada ele não fez nada. A gente tinha carregado as carteiras uns dois metros pro lado, então estava todo mundo aglomerado numa parede lá do fundo. Vai ver ele nem registrou a cena. Pareceu meio confuso, mas pegou outra caneta e continuou desenhando.

Na segunda olhada a gente tinha levado as carteiras lá pra frente, estava todo mundo bem perto dele. Isso ele percebeu, com certeza. Dava pra ver os tiques começando.

A terceira movimentação foi bem sutil. A gente simplesmente virou as carteiras pra trás, ficou todo mundo virado pra parede.

Wikes deu um grito horroroso e jogou a caneta na gente – acertou o Alex no ombro.

– Vocês pensam que eu sou idiota? Pensam que não sei o que está acontecendo? Podem parar com isso agora mesmo. Agora! Agora! – ele gritou e bateu a mão com tanta força na mesa que até se machucou.

Foi muito engraçado. Wikes ficou sapateando e sacudindo a mão machucada. O pessoal estava literalmente caindo da cadeira de tanto rir. Até os bons alunos, os que gostavam de fingir que estavam aprendendo alguma coisa com aqueles desenhos na lousa, até eles estavam gargalhando. Wikes interrompeu o sapateado e ficou só olhando pra gente. Depois decidiu que não valia a pena se irritar e continuou com o desenho.

– Esta sala... – ele resmungou baixinho. Eu estava bem perto dele. Acho que era isso que ele estava resmungando. – Esta sala...

Ele encostou a caneta no quadro, mas não estava fazendo nada. Então, só por um instante, encostou a cabeça na lousa, e eu percebi que ele estava escondendo o rosto. Coitado do Wikes, estava chorando.

E aí a brincadeira perdeu a graça.

Uma coisa era se vingar do cara por ser tão preguiçoso, mas eu não queria que ele chorasse. Não gosto de bullying. Aquela foi a primeira vez que percebi... talvez fosse isso o que eu estivesse fazendo. Só porque ele era um professor não significava que podia sofrer bullying.

Ninguém mais percebeu. Estava todo mundo gargalhando que nem um bando de macacos.

– Parem com isso – eu cochichei. – Ele ficou chateado... parem.

Alex e Jamie, que sentavam na mesma fileira que eu, ficaram quietos e fizeram sinal com as mãos pros outros pararem. Mas Wikes também deve ter me ouvido, porque se virou, como se nada tivesse acontecido. Os olhos dele estavam vermelhos, o que comprovou que eu estava certo.

– Chris Trent – ele disse baixinho – Lá fora. Agora. Vai.

Levantei e saí, e ele foi logo atrás. Estava tão tranquilo que fiquei até com medo. "O que foi que eu fiz agora?", pensei.

Lá no corredor, ele foi direto na minha direção. Tive que dar um passo atrás pra manter a distância. Mesmo assim, ele deu um passo à frente e pôs a mão na parede, deixando o braço por cima do meu ombro, e se inclinou pra perto.

– Você é o líder da gangue, Trent. Não pense que eu não sei – ele falou e engoliu seco algumas vezes, tentando escolher as palavras. Ainda estava chateado. – A escola está deste jeito por causa de alunos como você.

Ele estava tão perto que eu sentia seu bafo na minha cara. Tentei deslizar pro lado, mas ele deu um passo e bloqueou meu caminho. Era uma situação pra lá de desconfortável.

– Eu pedi pro pessoal parar – argumentei, mas ele não deu muita bola.

– E deve estar orgulhoso de si mesmo – ele falou. – Não tem nada melhor do que fazer sujeira e mandar os outros limparem.

– Professor...

– Uma péssima influência. Você é um merdinha, sabia? – ele falou.

Nem consegui acreditar no que estava ouvindo. Ele deixou aquilo bem claro, mas ainda assim eu não acreditava.

– Como assim, professor? – eu perguntei.

– Como assim, professor? – ele repetiu. Depois fez uma careta e sacudiu a cabeça. – Tenho nojo de você. Um maldito egoísta, é isso que você é. A sua mãe deve ser uma vadia das mais preguiçosas pra criar um filho assim.

– Quê?

– Pode ficar por aí mesmo. Vou contar tudo pro diretor.

Ele se virou pra voltar pra sala. Mas... ele não tinha o direito de dizer uma coisa daquelas! Não podia me xingar daquele jeito!

Eu agarrei o ombro dele.

– O que você falou? Chamou a minha mãe de quê? – eu sussurrei.

Wikes olhou pro ombro e deu um sorrisinho.

– Está me agredindo agora? Vou dizer pra você o que eu falei, Trent. Nada. É a minha palavra contra a sua. Acho que nós dois sabemos em quem vão acreditar, não?

Eu fiquei em choque, parado, olhando pra ele. O que tinha acontecido com as regras? Por que ele estava fazendo aquilo?

– Se não tirar essa mão nojenta de mim agora, vou dar queixa de agressão. E quer saber de uma coisa, Trent?

Tem um monte de gente nessa escola querendo se livrar de você. Não é mesmo? Não é mesmo, Trent?

– Sim, senhor – eu disse sem nem pensar, tirei a mão dele e virei pro outro lado... mas só porque estava com vergonha de ver um professor falando daquele jeito, eu acho.

Wikes acenou com a cabeça, virou as costas e voltou pra sala. Fiquei lá parado feito um idiota, porque ele tinha me tratado como lixo e ainda assim eu falei "sim, senhor", "não, senhor", "fique à vontade, senhor", como um menino bonzinho. Ele fechou a porta em silêncio. Aí eu virei as costas e fui embora.

Eu estava tentando fazer o pessoal parar! Certo, às vezes sou eu que começo. Se ele quiser me xingar, ele que sabe... mas chamar a minha mãe de vadia e ficar tudo por isso mesmo, aí não!

Fiquei muito irritado. Saí pelo corredor pisando duro. Eu pensei: "Chega. Já aturei essa babaquice por tempo demais".

Queria ir direto pra minha barraca, mas, quando estava cortando caminho pelo corredor do teatro, uma professora passava por lá e, como não queria ficar dando explicações, desci as escadas, passei pela cortina e fui me esconder atrás do palco.

Era a sra. Connelly. Ouvi que ela parou ali em frente – ela tinha me visto entrar –, mas depois decidiu seguir seu caminho. Devia estar indo fazer alguma coisa pra alguém, foi o que eu achei.

Fui dar um tempo lá na salinha atrás do palco e sentei em cima do baú de fantasias. As lágrimas corriam pelo meu rosto. A minha relação com a escola é uma coisa engraçada. Eu fico entediado, mato aula e faço o que for preciso pra me livrar das lições e dos castigos, tentando viver a minha vida normalmente. Mas na verdade a escola acaba comigo. Só percebo isso quando acontece uma coisa dessas, aí fica tudo escancarado.

Eu queria ir pra casa. Queria esquecer tudo aquilo. Só que, mais que qualquer outra coisa, queria poder dizer pra alguém como era injusto que um idiota como Wikes ficasse jogando tudo o que eu faço o tempo todo na minha cara – logo ele, que faz as pessoas sofrerem dia após dia, ia xingar a minha mãe de vadia e se safar sem nenhuma punição.

Comecei a fuçar nas fantasias. A maioria era só coisa ridícula. Uns tutus de balé minúsculos – deviam ser pra crianças de sete anos, acho. Tive que alargar um todinho pra poder vestir, e mesmo assim só chegou até as minhas costelas. Eu tenho a barriga peluda. Ficou patético. Comecei a me sentir melhor.

Meias listradas bem compridas. Legal. Tinha também uma calça de tecido brilhante, também meio pequena, então continuei com a minha cueca por baixo, senão ia aparecer tudo. Uma tiara. Uma capa de super-herói. Depois ataquei a mesa de maquiagem: espetei o cabelo com gel, deixei a cara branca de pó, pintei os olhos de azul e a boca de um vermelho bem escandaloso, todo borrado.

Perfeito.

Tive que me esconder debaixo de um casaco pra voltar pra sala – a última coisa que eu queria era ser expulso da escola sem mostrar meu ponto de vista.

Bati na porta...

– Pode entrar – disse Wikes.

Abri a porta com um pontapé e fiquei ali parado em uma posição que acho que se chama *plié*. Depois saí saltitando pela sala, dando umas piruetas, e me escondi debaixo da mesa do Wikes.

A sala virou um pandemônio. Estava todo mundo rindo e gritando. Ele tentou me arrastar de lá, mas eu me agarrei no pé da mesa.

– Fora daqui! Fora daqui! O que você pensa que está fazendo, garoto? Fora daqui!

– Estou protestando – eu gritei. – Estou protestando por você ter chamado *a minha mãe de vadia*!

A sala inteira ficou em silêncio quando eu disse aquilo. Wikes ficou paralisado por um momento, lambendo os beiços. Depois balançou a cabeça.

– Inventar mentiras não vai ajudar você em nada, Chris – ele disse, sem se alterar. – Vamos ver o que o diretor acha disso. Marion – ele falou pra uma das meninas –, vá chamar o diretor para mim, por favor.

Ele sentou na cadeira e ficou olhando pela janela. A menina saiu correndo da sala. Mais ou menos um minuto depois, eu saí de baixo da mesa e fui esperar pelo diretor sentado numa carteira.

Billie

Não demorei muito pra descobrir quem era a tal grandalhona. Betty Milgram. Ela e as amiguinhas estudam na Langram, que fica na mesma rua da minha escola, só que mais pra frente. Eu já sabia o que fazer antes mesmo de limpar o catarro da cara. Então ela queria brincar de rainha comigo. O que uma rainha faz quando é desafiada? Ela chama o seu exército, certo?

Aquilo ia virar uma guerra.

A saída na Langram é às três horas, mais cedo que a nossa. Então às duas e meia eu levantei e saí da sala. O sr. Carradine não podia fazer muita coisa pra me impedir.

– Aonde você vai? – ele perguntou.

– Está na hora – eu falei olhando pra trás; não pra ele, pro pessoal da sala. Alguns levantaram e vieram atrás de mim.

Carradine ficou lá tagarelando.

– Mas ainda não está na hora da saída... o sinal ainda não tocou.

– Melhor deixar pra lá, professor – disse um dos alunos. Ninguém veio atrás da gente. Devem ter ficado contentes, isso sim.

Fui andando pelo corredor, gritando “Está na hora!”. Queria juntar só alguns alunos da minha série, mas os das outras salas estavam saindo também. A notícia tinha se espalhado. O que era bom, melhor do que eu esperava. As pessoas começaram a enfiar a cabeça pra dentro das salas e gritar: “Briga! Briga na Langram! A Billie arrumou briga!”. Até gente de salas que não tinham nada a ver apareceu. Quando saímos na rua, devia ter uns cinquenta, e ainda tinha gente passando pelo portão. Tinha também os professores tentando botar ordem na coisa toda, mas àquela altura já estava tudo fora de controle.

A gente estava indo pra guerra. Estava esperando a polícia aparecer a qualquer minuto – pensei que alguém já tivesse ligado avisando –, mas eles só apareceram mais tarde. Alguns se dispersaram no caminho, mas ainda tinha uns vinte ou trinta quando chegamos. Eu era a líder do grupo. Aquela briga era minha. Tirei a gravata do uniforme da escola e amarrei na cabeça. Não foi nada planejado. Só mais tarde foi que lembrei – *Rambo*. Você sabe, o cabeludo com uma faixa amarrada na cabeça. Eu via os filmes dele na tevê com a minha mãe quando era pequena.

Quando a gente chegou perto do portão e começou a ver o pessoal com o uniforme da Langram, todo mundo saiu em disparada. Meu pessoal – meu exército – estava ao meu lado. Eu me virei e levantei a mão. A gente foi pra cima. Uau! Os alunos da Langram fugiram em disparada. Demos outro grito e apertamos o passo – ihhh-haaaa! Cara! Eu estava no meu limite. Toda aquela baboseira de escola, casa, dane-se tudo. O que interessava mesmo eram momentos como aquele.

Fomos chegando mais perto, berrando e urrando. A molecada da Langram estava toda entalada no portão, todo mundo tentando voltar correndo lá pra dentro. Acuados como ratos, sem ter pra onde correr. Fomos direto na direção do portão e começamos tudo ali mesmo. Empurrando e chutando todo mundo, até os mais velhos, os da minha idade, aparecerem e a briga começar de verdade. Lembro de alguém vindo por trás de mim, puxando meu cabelo. Eu me virei e dei um soco bem forte bem na orelha dela, que foi pro chão, gritando com a mão na orelha, aquela vaca idiota. Eu podia ter arrancado o nariz da cara dela se quisesse.

Você precisava ver! Foi demais. Todo mundo se batendo. E quem liderava tudo era eu. Estava lutando a minha própria guerra. Eu tinha o meu círculo mais próximo, as duronas, Jane O'Leary e Sue Simpson, minhas capitãs. A briga tinha se espalhado por toda parte, do pátio até o portão. Foi quando eu vi a grandalhona, a Betty, e as comparsas dela. Tinham acabado de dar as caras perto da saída.

Betty contorceu a carona feia dela toda quando me viu chegando. Fechou os punhos e arregalou os olhos de porca. Não tinha pra onde correr, a gordona, estava cercada pelos próprios colegas. Ia levar uma surra e sabia disso. Eu ia ensinar uma boa lição pra ela.

– Matem essas vadias! – eu gritei, e Jane e Sue soltaram um berro bem ao meu lado. Fomos pra cima, e eu precisei dar um pulo pra acertar a cara da Betty, bem perto daquele nariz gordo, e senti um crec bem de leve, aquela sensação de que alguma coisa quebrou dentro dela.

PARTE 2

Brant

Chris

Fiquei na sala do diretor esperando meus pais chegarem pra eles "discutirem" meu futuro. Ninguém acreditou em uma palavra do que eu disse. Engoliram a versão do Wikes com anzol, linha, vara e tudo.

Ele mentiu. Na maior cara deslavada, mentiu e mentiu sem parar. Procurou não ficar olhando pra mim, mas, quando os nossos olhos se cruzaram, ele me encarou sem nem piscar. Sem mover um músculo. Como se o mentiroso fosse eu – como se fosse eu que tivesse xingado a mãe dele e me safado sem nenhuma consequência.

– E, mesmo se eu acreditasse em você – disse o meu pai –, ainda ficaria do lado do sr. Wikes.

Fui suspenso por duas semanas e ia ser mandado pra uma URE – Unidade de Ressocialização Escolar. Se acontecesse de novo, ameaçou o diretor, a mudança ia ser definitiva.

– Viu só no que deu?– meu pai falou pra minha mãe no carro, a caminho de casa. – Ele começa se recusando a fazer lição de casa e termina dando empurrões nos professores no corredor.

– Não entendo por que você fez isso, Chris – disse a minha mãe. – Isso não é do seu feitio. O que foi que deu em você?

– Eu já disse... é mentira dele. Ele chamou você de vadia – contei. – Eu estava defendendo você. Isso não conta?

– Pare com isso, Chris. Não suporto esse tipo de encenação.

Ela sacudiu a cabeça e olhou feio pra mim pelo espelho.

– Lá na Brant eles não vão aturar suas brincadeirinhas, fique sabendo desde agora – declarou meu pai com um ar de triunfo.

Está vendo o que eu sou obrigado a aguentar? É quase um estado policial. Todo mundo se volta contra você se tiver ideias próprias. Contei exatamente o que tinha acontecido, sem tirar nem pôr, mas se estivesse fazendo bolhas de sabão daria no mesmo.

Não dá pra confiar em ninguém. Nos professores, nos pais – estão todos só esperando pra dar o bote.

Inclusive o seu melhor amigo.

Isso vai ser um grande choque pra quem acredita em coisas como "amizade", "lealdade" etc. A minha ideia era ficar lá por um tempinho e depois voltar pro meu acampamento. Mas o meu assim chamado melhor amigo, Alex Higgs, contou pra minha mãe onde ficava a minha barraca naquela mesma noite. Pelo jeito acreditou na conversa dela de que era pro meu próprio bem. Não foi fácil ouvir aquilo da boca dos meus pais.

Resultado? Fiquei trancado o fim de semana inteiro sob a marcação cerrada dos dois. Sendo bem sincero, foi um alívio quando chegou a segunda-feira, o dia de ir pra Brant. Ou, nas palavras do meu pai, "a lata de lixo do sistema educacional".

Foram os dois me levar de carro. Dupla vigilância. Eles ainda não tinham chegado a um acordo. Acho que a minha mãe finalmente estava percebendo que eu não ia dar o braço a torcer no lance da lição de casa, enquanto o meu pai ainda se irritava profundamente quando parava pra pensar que tinha um fracasso acadêmico dentro de casa.

– Por que você se preocupa tanto com nota, lição, essas coisas? – eu perguntei. – Você ia bem na escola e olha só onde foi parar!

– Que história é essa? Eu tenho um bom emprego – ele falou.

– Tem, mas odeia o que faz – eu lembrei.

– Não é essa a questão – ele rebateu. – A questão é que eu pude escolher.

– Ser infeliz por escolha própria? Estou fora.

Ele tinha tanta convicção de que estava certo que seria incapaz de imaginar que na verdade eu estava falando sério. Não tenho o menor interesse em ir bem na escola. É tão difícil assim entender? É isso que a educação faz com as pessoas? Torna todo mundo incapaz de entender as coisas? Muito obrigado, prefiro ficar com as minhas próprias certezas, se você não se importa.

Ele estava com raiva de mim. Eu queria ter uma câmera. Aquilo daria um ótimo reality show, mas ninguém ia acreditar que era de verdade. Quando chegamos na Brant, ele começou a bater a cabeça de leve no volante.

– Meu filho. No meio desses fracassados – ele resmungou desanimado.

– Eles não são fracassados – repreendeu a minha mãe. – São crianças que têm problemas, como todo mundo, aliás.

– Problemas? – meu pai perguntou, virando pra ela. – Que problema esse aqui tem? – ele questionou, apontando com a cabeça pro fracassado no banco de trás do carro. – Uma família desestruturada? Pobreza? Ele não tem problema nenhum... só é preguiçoso.

– Mas nem por isso é um fracassado – corrigiu minha mãe nervosa.

Ela estava de costas pra mim, então não deu pra ver a cara dela, mas senti que a coisa estava ficando feia. Me movi no banco em silêncio pra abrir a porta.

– Acho que já... – eu comecei, mas ela explodiu antes de eu terminar.

– Como você tem coragem de dizer isso na frente do seu filho? – ela gritou pro meu pai. – Um fracassado... não acredito que estou ouvindo isso.

– Não sei por que não – rebateu o meu pai. – Isso estava na cara fazia tempo. E agora olha só pra gente. No fim ele ainda vai acabar com o nosso casamento – ele falou soltando um riso amargo. – Vamos pôr as coisas nos devidos lugares. É culpa minha se ele é incapaz de ir bem na escola?

– Não diga que ele é incapaz!

– Você quer que eu diga que ele é o quê? Um aluno nota dez?

– Ele só tem quinze anos! Como você pode dizer que ele é um fracasso, seu idiota? – minha mãe rosnou.

Pra mim aquilo tudo já bastava. Eu abri a porta.

– Tchau – disse baixinho.

– Espere aí – mandou a minha mãe, mas eles estavam tão ocupados um com o outro que nem perceberam quando saí. Fechei a porta sem fazer barulho – era melhor não atrair a atenção de uma fera selvagem no momento do seu, digamos, antiacasalamento. Tinha um grupo de moleques meio barra-pesada fumando a uns poucos metros de mim, me olhando como se eu fosse o perfeito filhinho de mamãe. Estavam certos. E, pra piorar, estavam usando roupas normais e eu, o uniforme da escola. Isso significava que... não! Os alunos podiam usar as roupas que quisessem...?

Eu ia ser o único ali de uniforme. Aquilo não ia ser nada bom.

"Tudo bem", pensei, "se eles quiserem sair na mão, então que venham." Eu distribuiria umas boas porradas de filhinho de mamãe, e queria ver só se eles iam gostar.

Fui andando depressa na direção da porta, e estava quase conseguindo entrar sem chamar atenção, mas aí minha mãe percebeu o meu sumiço. Ouvi a porta do carro bater atrás de mim e os passos dela na calçada. Tentei escapar, mas parecia que ela tinha se teletransportado ou coisa do tipo. Ela me agarrou num abraço escandaloso antes mesmo que eu pudesse me virar. Com o canto do olho, vi os moleques que estavam fumando observarem a cena com atenção.

– Meu filhinho! – ela gritou.

"Não", eu implorei em silêncio, "por favor, 'filhinho' não!" Ela me apertou contra o peito ofegante e me deu um abraço bem forte. Bem ali. No meio da calçada. Em frente à Unidade de Ressocialização Escolar Brant.

– Não interessa o que diz o seu pai. Você é um gênio. E para mim sempre vai ser – ela falou quase sem fôlego. – Isto é só uma coisa temporária, afinal de contas. Um fracassado aos quinze anos de idade. Vê se pode! – ela comentou, abrindo um sorriso corajoso.

Vi que os moleques que estavam fumando começaram também a dar risadinhas. Minha mãe ainda me deu um beijo de boa sorte antes de voltar pro carro. Fiquei olhando enquanto ela entrava. Deu pra ouvir os dois gritando mais uma vez antes do motor ser ligado e o carro arrancar com um tranco e sumir das vistas na rua.

E lá estava eu, sem poder disfarçar a minha origem, como ainda esperava fazer uns cinco minutos antes.

Apertei o interfone e, enquanto esperava, apareceu uma garota. Era um pouco mais alta que eu, usava jeans e uma jaqueta de couro, cabelo preto cortado bem curto. Até que era bonitinha, um rosto bem ajeitado, mas parecia ter saído de uma guerra – cheia de arranhões na cara, a boca inchada e um olho roxo. Eu pensei: "Ai, meu Deus. Se as meninas aqui são tratadas desse jeito...".

– Licença – resmungou ela. Tocou a campainha de novo e me olhou de cima a baixo.

Eu sorri. Ela não sorriu de volta. Fechou a cara. Era a cara mais fechada que eu já tinha visto na vida.

A tranca da porta foi aberta. A garota abriu, e fui atrás dela até a recepção. Assim que viu a menina da jaqueta de couro, a recepcionista veio correndo dar um abraço nela.

– Tudo bem, querida – disse a mulher. – Pelo menos agora a gente vai se ver mais – ela continuou e então olhou pra mim. – Hannah quer conversar com você lá em cima. Vá até lá falar com ela enquanto eu cuido deste aqui.

A menina subiu, e a mulher se virou pra mim.

– Bem-vindo à Brant. Eu sou a Melanie – falou e estendeu a mão pra mim.

Ela não fazia o tipo recepcionista. Me mandou assinar um documento com as regras de comportamento e chamou o diretor, que era um cara chamado Jim. Eu pensei: "Jim? O cara se chama Jim? O diretor é só um cara chamado Jim? Que conversa é essa?".

– Mais tarde eu explico tudo para você, podemos conversar melhor – disse Jim. – Por enquanto tudo o que você precisa saber é que aqui é um porto seguro. As pessoas são mandadas para cá por diversas razões, estão metidas em um monte de encrencas. Mas as encrencas ficam lá fora – ele falou, apontando com o polegar por cima do ombro. – Aqui dentro todo mundo se respeita. Se tiver algum problema, é só falar comigo. E, acima de tudo, nada de brigas. Aqui é um porto seguro, entendeu?

– Por mim tudo bem – respondi.

– Ótimo. Agora vou te apresentar o resto do pessoal.

Jim entrou pelo corredor, e eu fui atrás dele. Ele tinha mesmo cara de Jim. Era o tipo de sujeito que você nem reconhece se encontra de novo na rua.

– Já tomou café da manhã, Chris? – ele perguntou, abrindo caminho pelo corredor. – Aqui tem torrada e cereal, ou costuma ter, se não tiver acabado tudo. Só temos verba para fazer compras uma vez por semana.

– Eu já comi, na verdade, mas comeria mais – eu murmurei.

Fomos até um balcão onde estava a comida... ou área de convivência, nas palavras dele. Tinha uns alunos por lá – todos de roupa normal. Como eu pensava. Só eu estava de uniforme. Era o filhinho de mamãe, desde o primeiro dia.

Jim me serviu um copo de suco de maçã.

– Bem-vindo à Brant – ele falou.

Depois pegou um copo pra ele e brindou comigo.

– Este é o Chris, nosso novo aluno. Façam com que ele se sinta bem-vindo.

Uma das meninas olhou feio pra ele.

– Por que você nunca serve suco pra mim? – ela perguntou.

– Foi uma gentileza que eu fiz para ele – explicou Jim. – Você ainda sabe o que é isso, Ruth... fazer uma gentileza?

Ruth não pareceu muito convencida.

– Por que você não pode ser gentil comigo?

– Eu sou gentil com você o tempo todo. Agora é a sua vez de começar a retribuir.

Jim abriu um sorriso, um sorriso escancarado, pra Ruth. Depois virou as costas e foi embora.

Bebi meu suco e olhei em volta com muita atenção.

– Por que você está vestido assim? – perguntou um moleque que parecia ser estrangeiro.

– Ninguém me falou nada. Eu devo estar parecendo uma aberração aqui dentro – resmunguei, tentando minimizar a atenção negativa.

– Todo mundo aqui parece uma aberração, amiguinho – falou a menina, a Ruth. – Os burros demais, nerds demais, altos demais, baixos demais, espertos demais, tontos demais. É esse o tipo que você encontra aqui.

– Ah, é? – eu perguntei. Queria saber se o restante do pessoal concordava com isso.

– Bem-vindo ao zoológico – ela acrescentou. – Essa é a Jess – falou, apontando pra uma menina branquela logo ao lado. – Ela não fala muito, mas é uma boa amiga, né, Jess? E esse é o Ed, o moleque mais irritante do mundo, segundo o Jim, e eu não duvido.

O tal Ed abriu um sorriso orgulhoso.

– E esse é o Maheed. Ele é um terrorista – ela completou.

O moleque estrangeiro deu risada.

– Para com isso, Ruth.

Ergui o copo pra tomar mais um gole de suco, e o Ed – o moleque mais irritante do mundo – bateu no meu braço e me fez derramar.

– Ei, por que você fez isso?

– Ele estava só sendo irritante – explicou Maheed. – O Ed faz isso o tempo todo.

Ed esbarrou no meu braço de novo. Mais um pouco de suco foi parar no chão.

– Desse jeito eu vou acabar batendo nele – eu ameacei.

– Você não pode bater nele. Aqui é um porto seguro – disse Ruth. – Você pode ser expulso por fazer isso e, se for expulso daqui, vai parar na WASP.

– O que é essa WASP? – eu perguntei, mas antes que alguém pudesse responder o tal Ed bateu no meu braço de novo e me fez derrubar mais suco.

– E jogar o meu suco nele, posso? – perguntei.

– Pode – garantiu Ruth.

E foi isso o que eu fiz. Bem naquela carinha engraçadinha dele.

– Puxa vida, olha só o que o aluno novo fez! – Ed gritou e saiu correndo na direção da sala do diretor.

– Desculpa aí – falou Ruth. – Na verdade não podia, não.

Todos eles caíram na gargalhada e quase se mataram de rir.

Hannah

Billie Trevors. Logo de manhã, logo na segunda-feira. Encrenca certa.

Billie não significa encrenca certa para mim por ser problemática. Nem por ser uma daquelas pessoas com quem não consigo estabelecer vínculos. Ela é encrenca certa para mim justamente por ser do tipo de pessoa para quem eu não consigo virar as costas.

Na primeira vez em que a vi, pensei: "Não pode ser ela". Todos diziam que ela era um monstro, comentavam sobre as brigas e as surras que ela dava nos demais. E aí me aparece aquela menina com uma carinha de invocada como a do Dennis, o Pimentinha, carregando todo o peso do mundo nas costas. Ora, eu já tinha visto aquela carinha antes. Não era de raiva. Ela estava se segurando para não chorar. Billie cortou meu coração desde a primeira vez em que a vi. Quando conheci sua história, ela cortou meu coração de novo, e continua a fazer isso desde então.

Isso não pode acontecer no meu ramo de trabalho. O que acontece durante o atendimento tem que terminar ali mesmo, como dizia minha antiga chefe. Mas não é assim que o nosso coração funciona, né? Billie encontrou um atalho para o meu coração, e não tem nada que eu possa fazer a respeito.

Billie precisa ser durona porque tem o coração mole. É a única maneira que ela encontrou de sobreviver. E é por isso que o caso dela é tão especial. Aquela menina tem o coração mais generoso que eu já vi. Se as outras pessoas soubessem. Se pelo menos *ela* soubesse...

É para isso que eu estou aqui. Para mostrar que, lá no fundo, o coração dela transborda de amor.

Ela entrou, pálida como uma folha de papel. Com uma cara invocadíssima. Fazendo força para não chorar.

– Seja bem-vinda, Billie – eu falei. Não me levantei para abraçá-la, pelo menos não naquele primeiro momento. Eu era capaz de imaginar como ela estava se sentindo. Tinha acabado de arruinar todo o trabalho que fizemos em pouco mais de 24 horas. Eu não estaria sendo muito profissional se levantasse correndo da mesa e a abraçasse depois disso, não é?

– Então – comecei, olhando a ficha dela. – Acho que desta vez você bateu o recorde. Perdeu os pais adotivos e foi expulsa da escola quase no mesmo dia. Não tem como não ser um recorde.

Ela abriu um sorrisinho de desânimo.

– Você disse que, se eu fosse brigar, que fizesse isso fora da escola. Foi o que eu fiz... fora da minha escola, pelo menos.

– Não seja engraçadinha, Billie. Eu não disse nada sobre dar início à Terceira Guerra Mundial, né? Aqui está dizendo que tinha mais cinquenta crianças envolvidas.

– Tudo isso?

Ela riu.

– Ora, Billie, isso não tem graça. Três pessoas foram parar no hospital por causa dessa sua brincadeirinha, e uma delas com ferimentos graves. O que você acha disso?

Ela fez uma careta. Eu estava irritada de verdade. Uma coisa é cair numa provocação, perder a cabeça por um instante. Aquilo tinha sido uma ação planejada.

– Desculpa – ela falou.

Continuei esperando pela resposta para a minha pergunta.

– Não foi legal – ela disse por fim, tentando me olhar nos olhos, mas sem conseguir.

Eu ainda não tinha terminado.

– Era isso que você queria, voltar para cá? Foi por isso que você fez aquilo tudo? Está achando que o Jim vai aceitar você de volta?

– Não! Eu tentei de verdade. Estava diminuindo a quantidade de brigas.

– Billie, diminuir a quantidade de brigas não é o mesmo que não brigar.

– Não é fácil. As pessoas provocam. Querem se testar comigo, por causa da fama que eu tenho.

Comecei a pegar mais leve. Abri um sorriso compreensivo.

– Pois é. Billie the Kid.

– A maldita Billie the Kid – ela falou, e fechou a cara de um jeito assustador. O rosto dela estava praticamente desfigurado. Era difícil demais para ela segurar o choro.

Você deve ter pensado que eu estava tentando demonstrar compaixão por ela ao fazer aquela piadinha com o nome Billie the Kid. Na verdade não estava. Não existe nada que deixe Billie mais irritada do que demonstrar compaixão por ela quando está encrencada. É uma coisa que ela não consegue suportar.

– E na sua casa, o que aconteceu? – eu perguntei quando vi que ela já seria capaz de responder.

Billie ficou furiosa só de lembrar.

– Aquela vaca idiota chamou o batalhão de elite! Dá pra acreditar? O batalhão de elite! Pelo amor de Deus!

– Ela deve ter ficado muito assustada para chegar a esse ponto.

– Mas não precisava. Eu fiz o que você falou. Quando vi que estava perdendo a cabeça, fui lá pro quarto.

– E por que isso aconteceu?

– Ela falou... ela falou da minha mãe... – respondeu Billie, e a carinha dela se contorceu toda de novo.

Um lembrete. Que dia é hoje mesmo... já estamos no fim de abril?

– É a época do aniversário dela, né?

Billie ficou me olhando com os olhos brilhando, incapaz de dizer alguma coisa. Dei uma olhada nas minhas anotações. O aniversário da mãe dela havia sido uma semana antes.

Ah, Billie...

– Você foi visitar a sua mãe, querida?

Billie sacudiu a cabeça e fechou ainda mais a cara.

– Ah, querida...

Ela é capaz de aguentar muitas coisas, mas não conseguia se segurar quando falavam da mãe. E o aniversário dela tinha passado sem nem ao menos uma visita.

Criança nenhuma gosta que falem mal de sua mãe, principalmente uma pessoa de fora da família, mas não é aceitável explodir dessa maneira porque alguém disse alguma coisa, não importa o que seja.

– A sra. Barking não devia ter dito aquilo sobre a sua mãe, Billie, mas mesmo assim você não podia ter feito o que fez – eu falei. – Você assusta as pessoas, Billie, porque sabe muito bem onde atingi-las. Você precisa aprender a fugir das provocações.

Billie franziu a testa.

– Claro, sou sempre eu que tenho que fugir, né? Mas dessa vez não vou precisar. Ela me expulsou de casa, certo?

– Barbara não disse nada sobre não aceitar você de volta.

Billie arregalou os olhos.

– Depois do que ela fez comigo? Me pôr na cadeia? Mandar um monte de homens armados atrás de mim? Eu não voltaria pra casa dela nem que fosse o único lugar do mundo.

– Billie...

– Sem chance! Ela é uma vadia mentirosa.

– Não.

– Ela mente!

– Não.

– Mente, sim!

– O que aconteceu da última vez, quando você estourou a janela e foi para cima do... como é que ele se chama?

– Dan.

– Dan. Você deu um soco no nariz dele.

– E até quebrou.

– E tudo porque ela...

– Porque ela veio pra cima de mim, aquela vaca. Ela me bateu primeiro, não esquece!

– E aí você quebrou o nariz do Dan...

– Devia ter quebrado o dela. Foi ela que começou tudo, não ele.

– E o que aconteceu depois?

– Não...

– O que aconteceu? O que ela disse depois? Hein?

Billie começou a se inquietar na cadeira. Ela sabia onde aquilo iria terminar.

– Ela pediu desculpas – ela rosnou por fim.

– Ela pediu desculpas. Muito bem, escute só. Você prometeu não brigar mais...

– Mas as pessoas provocam! Em pelo menos duas dessas brigas eu estava protegendo um moleque novo na escola.

– Não faz diferença. A sra. Barking está chegando ao limite do que é capaz de suportar. Você já destruiu seu quarto quantas vezes? Quatro ou cinco em um ano? Jurou por tudo quanto é mais sagrado que não iria brigar, e continua brigando o tempo todo. Então, sim, ela perde a cabeça de vez em quando e exagera um pouco...

– Um pouco? Ela fica histérica!

– Certo, tudo bem, ela fica histérica. Mas sabe quem também faz isso? Uma pessoa que está sentada bem aqui nesta sala, você não acha que ela tem uma tendência a exagerar na dose? E bater nos outros e quebrar as coisas? Eu diria que ela é ainda pior.

Billie me olhou com o rosto branco feito papel, mais do que ofendida por ter sido comparada a Barbara Barking.

– E apesar de tudo isso – continuei – ela não pôs você para fora. O que isso significa? Diga para mim, Billie... o que isso significa?

Ela, que estava se remexendo na cadeira, batucando na mesa e balançando os pés, de repente pareceu murchar no assento. Seus olhos perderam o brilho.

– O que isso significa, Billie?

– Comprometimento – ela sussurrou.

– Comprometimento. Isso mesmo.

Esperei um pouco até que ela se recuperasse do choque.

– Não é fácil conviver com você, Billie... você sabe disso. Ela é meio exagerada... você sabe disso. E ela quer você de volta. Isso é uma prova de amor da parte dela. Você pode tentar ser mais compreensiva.

– Eu não vou voltar pra lá!

– Você não quer voltar porque fugir é a solução mais fácil. Mas o que você precisa é... encarar as consequências e seguir em frente. Você vai, sim.

Outra longa pausa. E ela finalmente concordou com a cabeça.

– Mas vou contra a minha vontade, sabia?

– Muito bem, Billie. Você está progredindo bastante.

– Como assim? Eu estraguei tudo – ela gemeu, e as lágrimas começaram a cair.

– Ela quer você de volta. Você é sinônimo de encrenca, mas ela sabe que vale a pena continuar insistindo. Porque é verdade, você merece todas as chances do mundo, Billie.

Ela fez uma de suas caretas mais feias – e eu já tinha visto uma bela coleção. Mas não tentou me desmentir.

– Então – eu prossegui. – Pelo menos uma coisa conseguimos resolver aqui, Billie. Ainda falta a outra... você já falou com o Jim? – perguntei.

– Não, vim direto pra cá.

– É melhor ir falar com ele depois de sair daqui. Aliás, você nem deveria estar aqui depois do que aconteceu da última vez... você sabe disso.

Ela ficou me olhando assustadíssima.

– Eu vou ser mandada pra WASP? – perguntou desesperada.

Todo aquele susto já era suficiente. Eu sacudi a cabeça.

– Não, não vai. Mas da próxima vez com certeza, Billie. Tudo tem limite.

– Legal! Ele vai me aceitar de volta?

– Ele está arriscando a própria pele por sua causa, Billie.

– Ah, que demais... pensei que fosse ser mandada pra WASP. Ele não vai se arrepender, e nem você. Juro que vou me comportar. De verdade.

– Billie... as brigas precisam parar. Sério mesmo. Diminuir não adianta. Se você levantar o dedinho da mão que seja para qualquer um aqui, está expulsa na hora, e sem chance de negociação. Entendeu?

Ela concordou com a cabeça.

– Eu sei que vocês estão arriscando a própria pele pra me aceitar de volta. E agradeço, de verdade.

Estava na hora de oferecer um pouco de incentivo.

– Você até está se saindo bem, Billie. Mas ainda precisa melhorar.

– Eu gosto daqui. Você sabe.

– Muito bem, então. Nada de brigas. Combinado?

Ela fez que sim com a cabeça. Mas... não sei como explicar. Foi como se ela tivesse perdido o interesse. Começou a se remexer na cadeira, roer as unhas, olhar ao redor sem parar.

– Que foi? – perguntei.

Ela sacudiu a cabeça.

– Não, pode me contar. Qual é o problema?

Billie me encarou e fez outra careta.

– Você se sentiu obrigada a dizer aquela frase de incentivo, né?

Ela entendeu tudo... que menina esperta.

– É, eu sei como é – ela continuou. – Eu já participei de um monte dessas sessões de desenvolvimento pessoal... Sei muito bem o que você está fazendo. E quer saber de uma coisa, Hannah? Você é boa nisso. Me fez parar pra pensar e tentar me controlar. Mas... você faz isso por mim, e logo depois aparece alguém batendo na porta. E depois vem outra pessoa, e mais outra, e mais outra. E, se aparecer um emprego melhor, você se manda. Vai embora. Todo mundo acaba indo embora no fim das contas, e você não é diferente de ninguém, certo? Mas não é culpa sua – ela acrescentou antes que eu pudesse me manifestar. – Por que eu culparia você por se preocupar comigo? Acho isso muito legal. É que... isso é o máximo que eu vou conseguir ter, né? Uma ajuda profissional. É isso o que você é. Uma boa profissional. Não é?

Ah, Billie...

Eu balancei a cabeça.

– Entendo o que você está dizendo – eu falei. – Sei que não sou sua mãe e nem alguém da sua família, e que nunca vou ser. Mas uma coisa eu posso garantir, Billie. Não, Billie, me escute...

Ela tinha virado a cabeça e estava se levantando para sair. E de repente, do nada, eu fiquei furiosa. Por ela – o que era frequente. E com ela – o que também era frequente. Mas dessa vez eu estava furiosa comigo mesma. Não me pergunte – eu não sei explicar. Não sabia nem o que estava fazendo, nem o que iria dizer. Saí de trás da mesa, agarrei Billie pelo punho e a obriguei a me encarar.

– Não encosta em mim! – ela gritou. Estava vermelha de raiva, e eu sabia que a coisa poderia ficar feia, mas não estava disposta a voltar atrás, não àquela altura.

– Você vai me escutar... você vai me escutar... Billie! Billie!

Ela estava fazendo de tudo para escapar, e eu precisei segurá-la com as duas mãos. Não sou boa de briga. Ela poderia ter me mandado para o chão, mas não fez isso. Esse era o único sinal positivo que eu tinha recebido até ali, mas mesmo assim segui em frente.

– Você vai me ouvir. Porque não vou abandonar você. É uma coisa pessoal. Não vou sair daqui enquanto você não der um rumo para a sua vida, e não é por dinheiro e nem por amor. Está me ouvindo, Billie?

Ela estava soluçando, chorando, rosnando, não sei. Me empurrou e se virou para sair de novo, mas eu a puxei de volta.

– Não ouse virar as costas para mim! De jeito nenhum! Eu acredito em você. Está me ouvindo? Eu não vou abandonar você!

Ficamos em silêncio. Billie estava ofegante. Seu rosto estava pálido que nem papel. E adivinhe só! Era eu quem estava chorando.

Eu a soltei para poder limpar os olhos.

– Olha só o que você fez – falei.

Apertei os olhos e limpei com a manga da blusa. Estava banhada de lágrimas. Billie estava lá parada, me olhando. Com sua cara de Dennis, o Pimentinha. Eu sabia que ela estava segurando o choro, fazendo de tudo para não fugir ou tentar me bater. Uma dessas três coisas estava prestes a acontecer, e nenhuma de nós duas sabia qual seria.

– Eu nunca disse isso para ninguém, nem para um homem, nem para ninguém – eu garanti. – Então não me decepcione. Não faça isso comigo. Não ouse fazer isso comigo!

Billie ficou parada ali mais um pouco, com a respiração pesada, então se virou e saiu correndo, batendo a porta. A sala inteira tremeu. Tentei recobrar o fôlego. Que tremenda falta de profissionalismo... Jim me mataria se soubesse que eu tinha dito aquilo para uma aluna.

Voltei à minha mesa para me recompor. Não costumo usar muita maquiagem, então não estava um desastre completo, mas mesmo assim precisava de uns minutinhos antes de encarar o mundo. Quando eu estava quase recuperada, uma fresta se abriu na porta.

– Pois não? – eu falei.

Ninguém apareceu. E aquela porta nunca tinha aberto sozinha.

– Pois não? – falei de novo. – Billie?

Ninguém respondeu. Bem devagar, me aproximei para ver quem estava lá. A porta se abriu mais um pouquinho, e consegui ver a mão que a mantinha aberta. Cheguei mais perto e fiquei ali parada. Foi quando uma voz – a voz mais fraca e acanhada que uma pessoa é capaz de emitir – sussurrou para mim:

– Eu te amo, Hannah.

Eu dei mais um passo... e então ouvi passos correndo pelo corredor.

Fui voando até a porta e vi quando ela entrou no outro corredor.

– Billie! Eu também te amo! – gritei, mas ela não estava lá para ouvir.

Tinha um menino no corredor olhando para mim. Dei um sorrisinho sem graça e voltei para a minha sala.

Foi por pouco!

Ou talvez não, quem é que sabe? As coisas são sempre assim quando dizem respeito a Billie. Em um momento ela parece estar na palma da minha mão... mas, quando eu fecho a mão, não está mais lá. Ela é uma menina amorosa... e não consegue evitar isso. Só não consegue acreditar que alguém seja capaz de amá-la. Esse é o problema dela. Não amar – ser amada. Ela precisa perceber que é capaz de conquistar o coração das pessoas. Até lá, vai estar sempre correndo perigo. Prisão. Suicídio. Drogas. Prostituição. Tudo isso está à espreita no caminho dela ao primeiro deslize. Muitas mãos ainda vão se estender para ela. Uma menina como Billie desperta a atenção de muita gente, e ela simplesmente não sabe separar quem tem boas intenções de quem não tem.

Rob

ADIVINHA SÓ? EU ME encrenquei de novo. Por bullying. Que engraçado. Nunca imaginei que ficar no chão sendo chutado por uns vinte moleques fosse bullying. Pra você ver como eu sou todo errado. Mas foi isso que o diretor disse, então deve ser verdade.

– Nós não admitimos bullying aqui na escola.

Eu falei que eram uns vinte contra mim e perguntei como isso poderia ser bullying. Aí ele pediu pra eu tirar a camisa e eu disse não, e pediu de novo e eu neguei de novo...

E fim de papo. Eu fui expulso. E eles ligaram pra minha casa.

Até aquele momento estava tudo bem. Apanhar de toda aquela gente – beleza. Ter minha camiseta batizada pelo exército de satanás – sensacional! Ser chutado da escola – sem problemas. Ficar lá sentado vendo o diretor falar com Philip pelo telefone – um horror. O alquimista da merda ia atacar mais uma vez.

Era preciso dar o braço a torcer pro Philip. Ele é o maior alquimista da merda de todos os tempos. Eu tinha experimentado um milagre. Tinha renascido. Tinha descoberto como transformar as piores coisas da vida em ouro puro. Mas não o Philip. Por que ele precisava existir? Por que eu precisava ouvir a voz dele? Quando o diretor pegou o telefone, eu era um herói. Quando pôs de volta no gancho, eu tinha sido transformado em merda. De merda pra ouro e de volta pra merda em uma manhã. Pois é. O Philip sabia das coisas.

Ele não foi me buscar na escola, tudo bem, mas ainda assim eu ia precisar voltar pra casa dele e encarar toda aquela merda. Ele estava sentado na frente da tevê quando eu cheguei. Ele me chamou até lá.

– Foi mal – eu disse.

– Foi mesmo – ele falou e apontou lá pra cima. Quando eu estava subindo, ele continuou. – O menino do tambor... – ele disse, sacudindo a cabeça. Às vezes ele me chama assim, mesmo depois de me tirar a minha bateria. É como se gostasse de mim. A minha mãe costumava dizer isso... que era uma forma de carinho. Eu nunca acreditei nisso. – Ah, Robbie... – ele disse no fim das contas.

– Quê?

– Tira essa camiseta.

– Não – respondi.

Ele se virou pra me encarar. E eu fiz o mesmo por um instante. Depois virei as costas e ele ficou falando sozinho.

Cheguei atrasado logo no meu primeiro dia de Brant. Melanie, a recepcionista, me explicou as regras e me mandou assinar o regulamento – aquele tipo de coisa de sempre... tratar os outros com respeito e blá, blá, blá. E aí apareceu Jim Stanley, o diretor, delegado ou o que quer que seja.

– Seja bem-vindo à Brant, Robbie – ele falou. Depois me olhou de cima a baixo e perguntou: – Você leu o regulamento? Não viu o que estava escrito sobre blusas com capuz?

Que coisa! As blusas com capuz eram proibidas mesmo. Pensei que fosse só mais uma regra qualquer que ninguém respeitasse. Não que eu fizesse muita questão da blusa. O problema era outro...

– Vou ter que pedir para você tirar essa blusa, Robbie – ele falou.

– Acho melhor não – eu respondi.

– Acho melhor sim.

Então eu tirei.

Ouvi Melanie prender a respiração atrás de mim, quase ao mesmo tempo que Jim. A camiseta estava mais heavy metal do que nunca. Ensanguentada, cuspida, enlameada, cagada – tudo. Rasgada. Inacreditavelmente imunda. Aquela camiseta tinha passado por poucas e boas, mais ainda que eu.

Ela era demais.

Melanie se posicionou na minha frente.

– Vire de costas, Robbie – ela mandou.

Eu virei. Senti aquelas palavras queimando nas minhas costas.

Drogado
Viadinho
Satanista
Filho da puta

– Vamos conversar lá na minha sala – chamou Jim.

Ele parecia bem calmo, o Jim, isso eu sou obrigado a admitir.

– Nós temos regras aqui, Robbie, você sabe – ele falou antes de parar pra me olhar mais de perto. – O que aconteceu? Essa camiseta está um horror.

– Fui espancado com ela – contei orgulhoso.

– Aqui na sua ficha não está escrito que você andou arrumando briga.

– Eu não arrumei briga nenhuma. Mas a camiseta sim – falei e olhei bem pra ele em busca de uma reação, que não parecia nada boa. – Foi minha mãe que me deu – acrescentei.

– E ela sabe em que tipo de encrenca você se meteu? – ele perguntou.

– Não.

– Como não?

– Ela foi embora.

– Ah, é? E quando foi isso, Robbie?

Eu não respondi. Aquilo não era da conta dele.

Jim sacudiu a cabeça.

– Muito bem – ele disse. – Vamos direto ao ponto. Por pior que estejam as coisas na sua casa, aqui nós temos regras. Todos os lugares têm regras, a vida é assim mesmo, e aqui não é diferente. Temos uma regra sobre blusas com capuz. Nem todo mundo entende isso. Até alguns funcionários contestam essa regra, para ser sincero. Talvez seja uma implicância minha. Acho que sim. Mas, mesmo assim, todo mundo precisa respeitar.

– Eu não faço a menor questão de usar blusa com capuz.

– Que bom. Agora, sobre essa coisa... – ele apontou pra camiseta. – Você vai ter que tirar também.

– Aí não vai rolar – falei.

– Rob.

– Sem chance.

– Rob.

– Sinto muito – eu disse e levantei. – Quer que eu vá embora?

– Para onde? Para a WASP?

– Se for preciso...

Nem mesmo Philip tinha sido capaz de me fazer tirar aquela camiseta. O que era essa WASP perto dele?

Jim sacudiu a cabeça.

– Robbie, eu não quero que você saia daqui. Sente-se aí. Vamos tentar dar um jeito nisso.

– Então eu não preciso tirar?

– Eu disse para você se sentar para tentarmos dar um jeito nisso. Não disse que ia resolver tudo, mas podemos tentar. Agora, por favor... sente-se.

Fiquei meio assim, mas... pelo menos aquilo era uma conversa, não um sermão. Já era alguma coisa. Jim ficou me olhando por um tempo.

– Quer um chá? – ele ofereceu.

– Pode ser café? – perguntei.

Ele pôs a cabeça pra fora da sala e gritou:

– Melanie! Um chá e um café, por favor.

– Já vou!

Ele sentou de novo e me olhou.

– Acho que podemos emprestar uma blusa para você. Mas se você sentir calor...

– O calor eu aguento.

– O problema é a outra regra, né? Você não pode andar por aí com essas coisas escritas na roupa. E se alguém levantar a sua blusa? Como foi que você apanhou lá na outra escola?

– Levantaram a minha blusa – eu admiti.

Ele balançou a cabeça. E teve outra ideia.

– Certo. Vou contar uma coisa para você. Existem pessoas aqui com coisas ainda piores, bom, na verdade, tão ruins quanto, tatuadas na pele, e não são mandadas de volta por isso. Então existe um precedente. Mas e se você virasse a camiseta do avesso? Eu empresto uma blusa para você usar. Se ela subir ou coisa do tipo, ninguém vai ver nada.

Parei um pouco pra pensar. Não era tão ruim assim. Era uma boa ideia, na verdade. Mas ainda assim eu estaria me escondendo.

– Isso aqui é quem eu sou – eu falei, mostrando a camiseta pra ele. – Sou *eu*.

– Rob. Vamos precisar chegar a um acordo nesse caso.

Pensei mais um pouco e concordei. Achei que valia a pena confiar nele. O cara pelo menos tentou outra solução em vez de exigir que eu tirasse a camiseta, como todos os outros.

– Acho que posso fazer isso – eu disse.

– Ótimo.

Jim levantou e gritou para Melanie me trazer uma blusa.

– Tamanho extragrande, por favor – ele acrescentou, me encarando. – Só tem uma coisa. Ela não está muito limpa.

– É a minha cara – eu respondi.

– Seria bom você tomar um banho também.

– Eu vou pensar a respeito – prometi.

– Só não demore muito para decidir, certo?

– Certo.

Tomei o café, pus a camiseta do avesso, vesti a blusa que me emprestaram e fui até a área de convivência. Era uma ótima ideia, na verdade, usar a camiseta do avesso. Eu me senti mais seguro, uma sensação desconhecida nos últimos dois dias. Estava me sentindo um pouquinho melhor, no fim das contas. Fui andando pela área de convivência e... adivinha só quem eu encontrei bebendo seu suquinho matinal como se fosse o rei do pedaço? Aquele molusco repulsivo que tinha começado tudo aquilo. O Menino-Lesma em pessoa.

Eu mal podia acreditar. Aquele moleque era uma assombração na minha vida.

Ele me olhou e tremeu todo.

– Oi – ele guinchou.

– O que você está fazendo aqui? – eu quis saber.

– O mesmo que você, eu acho – ele respondeu. Espertinho.

– Disso eu duvido – falei e fui chegando mais perto pra mostrar quem mandava. Tomei a torrada da mão dele e comecei a comer.

– Ei! – gritou uma das meninas. – Fui eu que fiz isso pra ele.

– E ele acabou de me dar – eu expliquei.

Eu sei, eu sei! Mas aquele foi o moleque que jogou suco na camiseta sagrada. O que é justo é justo. Ele merecia uma boa sessão de bullying.

A menina ficou brava.

– Não vem querer arrumar encrenca por aqui, não – ela repreendeu.

– Com ele é diferente – eu falei.

– Não interessa – ela rebateu. – Aqui ninguém faz esse tipo de coisa.

Eu dei de ombros.

– Você está morto mesmo assim, amiguinho – eu disse pro Menino-Lesma. – Preciso me vingar dele por ter jogado suco em mim no ponto de ônibus – expliquei pra menina.

– Você fez isso? – ela perguntou. Ele confessou que era verdade. – Ah, então você merece.

Quem diria!

Então... eu estava levando a melhor. Estava por cima. Tinha praticamente ganhado permissão pra esfregar aquela cara de lesma no chão quando... adivinha quem apareceu? A Billie, só isso. Ela não estava na escola no dia do milagre. Era a primeira vez que via Billie desde quando ela me salvou do Riley.

– Billie! – eu gritei e fui correndo até ela.

Ela se virou quando ouviu minha voz, e acho que abriu até um sorriso. Foi quando comecei a cair. Não sei o que aconteceu – alguma coisa acertou meu pé e eu estava indo pro chão bem rápido. Estiquei os braços pra evitar a queda e me agarrei na cintura da Billie. Não, pior. Me agarrei nas calças dela.

Dá pra acreditar? Por que a minha vida é assim? Como foi que eu acabei agarrado nas calças da Billie Trevors? E por que elas caíram? Até os tornozelos? Todo mundo prendeu a respiração ao mesmo tempo, e quando percebi estava caído no chão, levando porrada de todos os lados. Parecia ter pelo menos cinco pessoas me batendo, me rodeando e me enchendo de pontapés.

– Não... não... não... – ela dizia.

E os pés me acertando em todos os lugares. Na cara, na barriga, no saco...

E aí – não me pergunta por que, não faço nem ideia – o Menino-Lesma apareceu.

– Ei, já chega – ele gritou, como se fosse o Batman ou coisa do tipo, o idiota.

Billie não deu a menor bola. Então o Menino-Lesma resolveu dar um puxão nela por trás. Eu me arrastei até um canto e consegui ficar de pé, bem a tempo de ver tudo. Foi uma beleza o que ela fez com o Menino-Lesma. Parecia uma dança. Ela bateu nas mãos dele pra se livrar do puxão e deu um golpe no pescoço dele, tudo num movimento só. Depois deu um passo atrás pra deixar que ele caísse no chão. Aí ergueu o pé e deu um pisão, um só, com força. Muita, muita força. Bem no saco.

Deu pra ouvir o barulho quando o pé atingiu o alvo. O Menino-Lesma não disse nada, só soltou um grunhido, mas o rosto dele mudou de cor. Aí Jim apareceu correndo, e Melanie, e mais uma mulher, pra ver o que estava acontecendo.

– Billie! Já chega! – gritou a mulher.

Billie olhou pra ela. Nunca vi tanta raiva no rosto de alguém em toda a minha vida. Era a cara da morte. Da minha morte. Eu me encolhi no meu canto. Fiquei pensando: "Por favor, Billie, não me mata, por favor! Por favor, Billie, o meu saco não, por favor".

Mas não aconteceu mais nada. Billie soltou um berro dos mais esquisitos e foi correndo até a porta. Jim se agachou sobre os restos mortais do Menino-Lesma.

– Chris! Você está bem?

De algum lugar vinha o som de umas pancadas terríveis – era Billie, tentando pôr a porta abaixo.

– Pode abrir. Ela não tem mais nada a fazer aqui – disse Jim.

A outra mulher foi correndo atrás dela. No chão, o Menino-Lesma soltou um longo gemido de agonia. Eu sabia... ele estava querendo morrer.

– Chame uma ambulância – Jim pediu para Melanie. – Só por prevenção – completou e se virou para o Menino-Lesma. – Está tudo bem, garoto. Isso logo passa. Você não tem com que se preocupar.

A não ser com as próprias bolas. Duvido que ele consiga ter filhos algum dia depois daquilo... juro que ouvi alguma coisa se desconectar no momento do golpe.

Deve ter sido eu.

– Eu me garanto sozinho – ouvi algum babaca gritar. E não fiquei muito surpreso ao perceber que era eu. Fiquei pensando: "Vou ser expulso daqui. Não dá pra ficar mais queimado que isso, e mesmo assim eu não consigo parar". – Eu ainda pego você – gritei pro pobre coitado que se contorcia no chão. Depois saí correndo porta afora. Ninguém tentou me impedir. Tive a certeza de que não era mais bem-vindo por lá. Dei uma parada antes de sair, pra ver se a Billie não estava me esperando pra me pegar de surpresa, mas o caminho estava livre. Ela já estava no meio do quarteirão. Fui correndo atrás dela.

As coisas estavam ficando cada vez piores, e nada que eu fizesse podia mudar isso.

Chris

FICOU TUDO BRANCO, DEPOIS vermelho, depois preto, depois branco de novo. As cores da dor. Eu não conseguia acreditar na dor que estava sentindo. Pô, por que isso? E aí, quando Jim mandou chamar uma ambulância, não consegui acreditar no que estava ouvindo.

– Eu não preciso de ambulância nenhuma – gemi. Mas precisava, sim. Quem me dera não precisar. – Eu vou ficar bem? – perguntei. O que eu queria saber de verdade era: "Ainda vou conseguir fazer sexo?". Mas não tive coragem de falar isso.

– Está tudo bem... é só por precaução – eles continuavam dizendo. Mas no fundo eu sabia. Eles não iam dizer a verdade, né? Eu ia acordar no dia seguinte sem as minhas bolas. E, pior, sem nunca ter feito um bom uso delas.

Quando cheguei no hospital, o pânico foi diminuindo. Fui examinado por um monte de médicos, homens e mulheres, jovens e velhos, e fiquei tão contente por estar sendo bem cuidado que nem me deu vergonha. Meus pais apareceram. Meu pai surtou, mas não demonstrou nenhuma compaixão por mim – como se ter as bolas pisoteadas fosse a consequência natural de não fazer a lição de casa. Se liga! Alguém liga pro hospício. Terra chamando lunático! Dá pra acreditar?

Eles disseram que foi só uma pancada – uma pancada terrível, mas nada mais que isso. Aí decidiram me internar durante a noite pra observação. Só por precaução.

– Precaução contra o quê? – eu quis saber. A enfermeira resmungou alguma coisa sobre ser uma região delicada do corpo. Não me diga.

Billie Trevors. Que sorte a minha. Se eu soubesse que era ela, não tinha chegado nem perto. Ela devia ter um aviso tatuado na testa – PSICOPATA. Meus pais já estavam começando uma campanha pra que ela fosse condenada à prisão perpétua, mas, quando Hannah e Jim apareceram pra me ver depois da aula, o tom da conversa mudou. Na verdade – por mais incrível que pudesse parecer – deu pra ver que a minha mãe fraquejou numa hora, quando Hannah começou a falar sobre todos os problemas que ela teve, mas o meu pai e eu ficamos firmes. Era a primeira vez em um tempão que eu concordava com o velho. Foi uma mudança de rumo interessante.

Depois que todo mundo foi pra casa e a gente comeu, já era bem tarde. As coisas lá embaixo pareciam estar um pouco melhores, mas eu ainda não tinha dado nem uma olhada – praticamente todo mundo naquele hospital teve acesso aos meus documentos, menos eu. Dei uma apalpada nas bolas – estavam enormes e quentes. A esquerda estava muito esquisita, parecia ser de outra pessoa. Era assustador. Continuei explorando a região com a mão, pra verificar melhor a situação, mas aí uma enfermeira encostou do lado da cama pra falar comigo.

– Chris – ela disse. – Você sabe que sofreu um trauma nos testículos, e eu também sei. Mas, para o resto do pessoal da enfermaria, o que parece é que você está brincando com o seu corpo. Entendeu?

– Ah. Minha nossa. Tá bom.

– O meu conselho para você é deixar tudo como está. Tente não se preocupar. Ficar mexendo no ferimento não vai ajudar em nada. Certo?

– Certo. Desculpa. Tudo bem.

Vergonha, vergonha, vergonha! Descabelando o palhaço em público! A coisa mais vergonhosa do mundo.

Eu não podia nem saber como estavam os meus ferimentos sem ser tachado como o tarado do hospital. "Tente não se preocupar", ela falou. Mas eu tinha como não me preocupar? Aquelas palavras... *trauma nos testículos... trauma nos testículos... trauma nos testículos...* ficavam ressoando na minha cabeça. No fim tive que ir até o banheiro dar uma olhada e, puxa, que desastre. Era a bola esquerda. Estava enorme. E parecia estar muito dolorida. E estava. Sentei na privada pra dar uma apalpada. Ai.

"Deixe tudo como está", ela tinha falado.

Tá bom. Até parece. Eu precisava saber se ainda estava funcionando. Eu sei, tem um monte de tipos de exame que eles podem fazer, mas no fim das contas só existe um teste que funciona de verdade. Você sabe o que eu quero dizer. A prova do mingau. A experiência é a mãe da ciência. Ou coisa do tipo.

Eu precisava saber. Sem entrar muito em detalhes, a minha ida ao banheiro acabou sendo bem longa. Foi meio trabalhoso, envolveu certa dose de malabarismo, se é que você me entende. Mas funcionou. Quando voltei, eu era um homem aliviado.

Mas depois disso a dor ficou quase insuportável.

Rob

Saí da Brant e fui correndo pela rua. Era um pesadelo. Era a minha vida. E parecia que nunca ia terminar.

– Desculpa, Billie, desculpa, desculpa – eu gritei, mesmo sabendo que ninguém ia ouvir. Acho que estava chorando. Deixei Billie Trevors pelada em público. Todo mundo viu. Eu estava condenado. Ia ser espancado e ter as minhas bolas destruídas pra sempre. E aí eu ia morrer.

Eu corri sem parar, e então ouvi um rugido terrível, um som parecido com um uivo bem perto de mim. Fiquei paralisado na hora, só esperando a pancada. Aí virei a cabeça... e vi um caminhão enorme vindo na minha direção.

E eu... parei. Isso mesmo. Fiquei lá parado olhando pra ele e pensando: "Eu posso ficar aqui, ser esmagado por ele e pronto". Porque, quer saber? Acho que nem ligaria, na verdade. Acho que seria até melhor do que aquilo que aconteceria comigo se eu saísse da frente.

E teria sangue e entranhas por toda parte. Dá pra ser mais heavy metal que isso? Imagina só! A minha camiseta ficaria ainda mais legal depois disso – eu ia morrer com a minha camiseta do Metallica!

Saí da frente e o caminhão passou, tocando a buzina, e o cara gritou alguma coisa pra mim. Eu tinha chegado ao outro lado da rua, mas estava abalado, porque por muito pouco não fiquei parado ali. Mais um segundo e era morte certa. Desistir de mim mesmo devia ser uma coisa um pouco mais fácil de fazer.

Eu queria morrer.

"Se liga, Robbie, amigão", eu disse pra mim mesmo. "Você não vai se matar no meio da rua só pra sua camiseta ficar mais bacana."

Minha vida não estava fazendo o menor sentido.

Quando cheguei no ponto de ônibus, percebi que não tinha nenhum lugar pra ir além da minha casa. E por que eu ia querer ir pra lá? Era onde estava o Philip, com a bunda pregada no sofá vendo tevê ou o que quer que ele fizesse na sua rotina diária patética.

Fiquei sentado num banco. Tirei a blusa que o Jim me emprestou e vesti a camiseta do lado certo, pra ver se ela tinha sofrido mais alguma coisa, mas pelo jeito não. O maior estrago que a Billie causou foi com os pés. Eu estava cheio de hematomas novos. E pelo corpo todo, e pra mim os hematomas causados pela Billie eram diferentes dos outros. Pareciam doer mais quando eu apertava com os dedos, mas acho que no fim um hematoma é um hematoma, mesmo quando vem dos pés de uma rainha da briga.

Ainda assim, eu precisava dar o braço a torcer. Já tinha apanhado muitas vezes antes – sou um especialista nisso –, mas a Billie tinha um estilo próprio. A maior parte das pancadas que levei não sei nem de onde vieram. Um brigão qualquer, como Martin Riley, parece um martelo ambulante. Billie era uma artista. Era um privilégio levar uma surra dela... Um tipo de privilégio que a gente prefere viver sem, é claro.

Olhei pra minha camiseta e levei até um susto. Estava um horror. O esqueleto estava todo desconjuntado. A cabeça estava pendurada, a moto, rasgada no meio. Estava se desmantelando inteiro. A camiseta toda estava manchada, rasgada e deformada.

Era a coisa mais heavy metal que eu já tinha visto na vida.

– Você e eu temos muito em comum – eu disse pra ela. – Olha só pra gente! Já levamos porrada, xingamentos, cuspidas... e estamos aqui, firmes e fortes, prontos pra outra.

O esqueleto levantou as mãos e deu uma gargalhada.

– É isso aí, cara! A vida é isso mesmo. Quando é que as drogas e as mulheres vão chegar? E quando a gente vai começar a destruir quartos de hotel? – ele falou, e nós dois caímos na risada, porque essas coisas são obrigatórias quando se tem uma banda. E você só pode ter uma banda se tiver um instrumento.

Quer saber? Eu podia ter sido bom nessa coisa. Tinha intimidade com a batida do metal. Lá em Manchester, eu e meu amigo Frankie, a gente estava mandando bem. Frankie era uns dois anos mais velho que eu e morava na minha rua. Eu sempre ia na casa dele jogar PlayStation, e ele vinha na minha tocar guitarra. Era uma guitarra velha e vagabunda, mas ele mandava ver nela enquanto eu tocava bateria. A gente não sabia tocar muito bem, mas fazia um bom barulho. Foi a melhor época da minha vida, tocando death metal com Frankie. A gente estava na mesma sintonia. Gostava do mesmo tipo de música. Slipknot, Metallica, Slaughter. Ele escrevia as letras – umas letras muito loucas. A gente tinha repertório próprio. Ia ser uma banda de verdade. Já tinha até nome: Kill All Enemies. Era isso que aparecia na tela antes do começo de cada missão no jogo de PlayStation que a gente mais gostava. Kill All Enemies. De alguma forma, aquilo resumia a nossa vida. Pelo menos era assim que eu me sentia. Frankie também tinha um padrasto, que ele odiava. A gente ficava lá durante horas, jogando videogame e pensando em novos xingamentos pra usar contra os padrastos.

Mas aí ele mudou de casa. Deve ter sido um ano, um ano e pouco atrás. Logo depois que Philip tomou minha bateria. Tinha sido um presente da minha avó. Enquanto ela estava viva, tudo bem – ele era covarde demais pra fazer alguma coisa na frente dela. Mas, assim que ela morreu, ele apareceu no meu quarto e desmontou tudo. E vendeu. E eu nem vi a cor do dinheiro. Ele disse que ia me pagar quando sobrasse algum, mas nunca sobrava. Ele gastou tudo em cerveja. Trocou o meu sonho por umas rodadas a mais com os amigos.

– O que será que ele vai fazer quando descobrir que a gente foi expulso da Brant? – eu perguntei.

– Dane-se ele, cara. Vamos tocar – disse Esqueleto.

Meti a mão nas baquetas. Estava ouvindo Slipknot dentro da minha cabeça, "Dead Memories", uma das minhas músicas favoritas. Eu estava no palco, mandando ver na bateria, evocando os meus demônios, pavimentando meu caminho pro inferno. Esqueleto mandou um riff na guitarra e a plateia pirou. Nós dois começamos a cantar ao mesmo tempo uma música só nossa, dedicada ao Philip...

– Seu desgraçado! Seu desgraçado! Seu desgraçado! – a gente gritava com todas as forças.

Uma velhinha sentada num banco ali perto levantou e saiu andando. A gente acenou pra ela. Não é todo mundo que gosta de Slipknot – isso eu tinha que admitir. Esqueleto coçou sua caveira.

– Você acha que ela está vendo alguma coisa estranha? – ele perguntou, e tentou dar uma piscadinha. – Entende o que eu estou querendo dizer?

– Sim, eu entendo – respondi.

Eu estava ali sentado tocando uma bateria invisível e conversando com um esqueleto. Pior que isso, com o desenho de um esqueleto. Mas eu não estava nem aí. Limpei o nariz com o braço e sorri pras pessoas sentadas nos outros bancos. A maioria já tinha se mandado.

Eu e Esqueleto ainda conversamos sobre mais umas coisinhas no ônibus, a caminho de casa. A gente combinou que eu precisava tomar cuidado. Chegamos à conclusão de que eu estava ficando completamente maluco.

Voltei pra casa. Ele estava lá. Ele sempre estava lá. A tevê estava alta, o que foi um alívio, porque consegui subir pro quarto despercebido. Pus o fone de ouvido e deitei na cama.

E... aaahh. O mundo do Philip desapareceu.

I push my fingers into my eyes...
It's the only thing that slowly stops the ache...
But it's made of all the things I have to take...
Jesus, it never ends, it works it's way inside...
If the pain goes on...
*Aaaaaaaaah!**

Pois é, cara. Nem me fale.

Philip saiu na hora do almoço. Deve ter ido até o bar. Eu desci pra assaltar a geladeira. Davey chegou lá pelas três. Philip ainda não tinha voltado. O telefone tocou. Não atendi, e tocou de novo. Devia ser alguém da Brant.

Fui até lá embaixo ver o que era. Três mensagens. Adivinha de quem era a primeira? Da minha mãe.

– Phil – ela começou. Não queria falar nem comigo nem com Davey, mas com ele. – Phil, eu fui embora de vez. Não quero que você venha atrás de mim, por isso não vou dizer onde estou. Sinto muito por ter deixado os meninos com você, mas é só por uns tempos. Eu vou resolver tudo isso em breve. Não estou pedindo nada de mais. Davey é seu filho, e Robbie... você é como um pai pra ele... vocês se conhecem desde que ele tinha dez anos. Sinto muito. Sinto muito mesmo, mas nós dois sabíamos que isso ia acabar acontecendo mais cedo ou mais tarde.

* Eu enfio os dedos nos olhos... / É a única coisa que aos poucos vai aplacando a dor... / Mas a dor é um acúmulo de todas as coisas que eu preciso suportar... / Jesus, ela nunca para, está me corroendo por dentro... / Se a dor continuar... / Aaaaaaah! (N.T.)

Ela fez uma pausa. Ouvi umas vozes abafadas do outro lado da linha, como se ela estivesse falando com alguém. Aí a porta se abriu atrás de mim e lá estava o Philip. Ele é uma espécie de fantasma – não fez nem um barulhinho. Como eu pude ser tão burro?

– Estou confiando em você. Estou confiando em você – disse a voz da minha mãe. E depois fez outra pausa. – Você sabia que isso ia acabar acontecendo – ela completou. E bateu o telefone. Eu desliguei a secretária eletrônica.

– Seu intrometido.

– Não.

– Por que você está fuçando aí?

– Só queria saber se tinha mensagem.

– Você nunca recebe mensagens nesse telefone... você tem o seu celular.

– Às vezes eu recebo, sim. Estou sem crédito.

– Você está sempre sem crédito. E está sempre fuçando em tudo, né? – ele falou e veio na minha direção. Chegou bem perto da minha cara. Aí a porta se abriu de novo e Davey apareceu na sala. Ele sempre faz isso, porque sabe que quando está por perto o pai dele não pega tão pesado.

– Pai – ele falou.

– Cala a boca – mandou Philip.

Ele se inclinou por cima de mim e apertou o botão pra ouvir a mensagem seguinte.

– Sr. Mansfield, é sobre o seu filho Robert. Houve um incidente na Unidade de Ressocialização Escolar Brant hoje de manhã. Robert fugiu e nós não o vimos mais por aqui. Precisamos conversar com urgência. Quando puder, ligue para cá, nosso número é...

Ele desligou.

– Você não sabe mesmo se comportar, né?

– Não foi culpa minha!

– Você abaixou as calças de uma menina e não foi culpa sua? Seu imbecil.

– Não.

– Essa porcaria de camiseta – ele falou, como se a camiseta fosse o motivo pra eu sair por aí abaixando as calças dos outros.

– Pai – disse Davey. – Pai, não...

– Vai pro quarto.

– Pai.

– Vai logo! – ele gritou de repente, e Davey foi lá pra cima sem nem olhar pra mim. Foi quando eu percebi que a coisa ia ficar feia, quando mandou Davey lá pra cima, pra que ele não visse o que ia acontecer.

Esperamos até Davey entrar no quarto, porque criança nenhuma merece ver aquilo. Tentei sair correndo até a porta, mas não teve jeito – ele estava perto demais. Enquanto eu tentava abrir a fechadura, ele me pegou pelo colarinho, me arrastou pela sala e me jogou no chão. Bom, na verdade fui eu que me joguei. E aí *pof, pof, pof*, com o pé. Ele ainda abaixou algumas vezes pra me socar. Foi pior que apanhar da Billie. Ela sabe o que faz, é verdade, mas por algum motivo é sempre pior apanhar do próprio pai. Mesmo que seja só um padrasto.

Pof, paf, paf, paf. Nenhum de nós dois disse nada. Eu entrei numa espécie de transe. Uma parte de mim estava gritando e se debatendo, enquanto a outra só olhava, tentando entender o que estava acontecendo. Fiquei pensando na minha mãe. Ela achava mesmo que eu considerava Philip um pai pra mim? Era o que estava passando pela minha cabeça naquele momento. Ela achava mesmo isso?

Billie

Hannah não parava de ligar. Eu não atendi. Ela deixou um monte de mensagens: "Billie, preciso falar com você. Billie, não faça nenhuma besteira. Billie, por favor me ligue".

Estavam chamando a ambulância quando eu saí. Ele só estava tentando apartar a briga, e eu mandei o moleque pro hospital. Eu sou assim mesmo, é isso o que eu sou. Uma psicopata. Lesão corporal. Não vou nem mais pra WASP. Vou pro reformatório mesmo.

E quer saber? Eu é que não vou cumprir pena por causa de ninguém.

Eu me importo com você, Billie. Não vou abandonar você, Billie. Billie, Billie, Billie. Não vai me abandonar, Hannah? Vai pro reformatório comigo? Vai mesmo? Duvido.

Eu desliguei o celular.

Eu estava sozinha no mundo. Fui até a Star Burgers pra ver se o Cookie estava lá.

Fui até os fundos e abri a porta da cozinha. Você precisava ver a cara dele – nunca sei se sou uma surpresa boa ou uma assombração quando apareço por lá. Saio com ele desde que tinha catorze anos. Ele gosta de garotas novinhas. "Chave de cadeia", era como me chamava. Tem 25 anos e acha o máximo namorar uma menina de colégio, mas não quer que eu apareça quando está trabalhando, porque tem medo que os outros descubram. Ele tem um amigo, Jez, e os dois são unha e carne. Eles fazem tudo juntos. Uma vez Cookie pediu até pra eu transar com Jez – dá pra acreditar?

– Por que eu faria isso? Ele é medonho.

– Por que não? Transar não arranca pedaço. Ele nunca consegue mulher.

– Não, Cookie. Que horror – eu precisei dizer, porque pra ele parecia a coisa mais natural do mundo.
– Você não ia ficar com ciúme?

– Não.

– Você é um idiota mesmo. Por que você acha que ele nunca consegue mulher?

– Sei lá. Por quê?

– Porque ele é medonho!

– E daí? Eu também sou medonho. Assim como todo mundo. Ninguém aqui é exatamente um modelo de beleza, Billie.

– Fale por você mesmo.

Fazia um tempão que eu não aparecia por lá. Ele nunca mais falou sobre isso, então acho que entendeu o recado. Ainda não sei o que ele viu no Jez. Ele faz tudo o que Jez manda. Se Jez quer cerveja, eles bebem cerveja. Se Jez quer vodca, eles bebem vodca. Se Jez quer um hambúrguer, Cookie diz: "Tem lá no freezer, amigão". E ainda vai até lá e prepara pra ele.

Era hora do almoço, e ele estava ocupado demais pra falar comigo. Mas me deu uma nota de dez libras e um hambúrguer antes de voltar ao trabalho.

– Vou trabalhar até tarde hoje. A gente se vê outro dia, certo? – ele falou. – Eu e Jez vamos sair pra tomar umas cervejas. Que tal?

Era essa a ideia do Cookie de uma noite divertida – umas cervejas com Jez, um baseado e depois meia garrafa de vodca pra rebater. Eles bebem pra valer, aqueles dois. Eu sempre paro logo no começo, mas às vezes é bom encher a cara – como naquele dia, por exemplo. Aqueles podiam ser meus últimos dias de liberdade.

Comi o hambúrguer e comprei uma revista e um maço de cigarros com o dinheiro. E ainda consegui roubar uma lata de cerveja lá da loja de conveniência.

Fui até a Statside e me escondi lá nos fundos, onde eu costumava ficar com a Jane e a Sue. Li a revista e fumei uns cigarros. Não conseguia parar de pensar no moleque que eu tinha pisoteado. Ele só estava tentando ajudar um amigo, e olha só no que deu.

Mais tarde, Jane e Sue apareceram e ficaram falando da briga – a Batalha de Betty, como elas estavam chamando. Saiu até no jornal. Deu até no noticiário nacional. Elas estavam achando tudo o máximo. Relembramos tudo o que aconteceu – o que eu fiz, o que elas fizeram e os inimigos, como eles tinham se dado mal.

Até que foi divertido... mas não tanto quanto antes. Essas brigas costumavam ser o ponto alto da minha vida. Não que eu tenha deixado de gostar de brigar, mas fica mais difícil quando a lembrança do moleque pisoteado fica voltando à cabeça sem nenhum motivo. Mas, sinceramente, eu não lamento por ele, não, e sim por mim. Patético, não? Foi a Hannah que me fez pensar desse jeito, conseguiu fazer minha cabeça com aquelas sessões de desenvolvimento pessoal lá na Brant. Cheguei lá me achando a maior casca-grossa do mundo, e saí sentindo vontade de chorar o tempo todo. Desenvolvimento pessoal? Tragédia pessoal, isso sim. Quando você percebe que na verdade só está cavando a própria cova, a coisa perde toda a graça.

Mas o lance é que, depois disso, dizem que você melhora. Começa a entender melhor quem você é e o que quer da vida e aprende a se controlar, ser responsável e tomar juízo. E... isso eu não consegui. Dois anos depois, ainda não sei me controlar. Estou pior hoje do que na minha primeira sessão com ela. Não gosto mais das minhas velhas amizades, mas não consigo arrumar outros amigos. Não gosto mais de brigar. Não gosto mais de nada.

Ela achava que estava contribuindo com alguma coisa, mas no fim só estava arrancando tudo o que eu tinha.

Sue me deixou dormir no chão do quarto dela naquela noite, abriu a janela pra mim depois que foi pra cama. Não que tenha gostado muito de fazer isso. No dia seguinte, fiquei à toa, peguei outro hambúrguer com Cookie. Ainda não estava pronta pra voltar e encarar as consequências. Eu ia ser presa. Podia continuar fugindo mais alguns dias, enquanto ainda era possível.

Além disso... eu tinha uns assuntos pra resolver.

Katie. Fazendo todo o trabalho de casa e cuidando do Sam enquanto aquela vaca ficava na cama enchendo a cara. Mais um ano ou dois e ia ser a vez de Katie ficar bebendo no parque, esperando a hora de ser presa. E o que eu estava fazendo pra ajudar? Pisando no saco de um moleque idiota qualquer, quando na verdade devia estar dando um jeito no cara que a minha mãe pôs pra dentro de casa, pra ajudar a gastar toda a pensão que ela ganha do governo com bebida.

Aquela era eu sem tirar nem pôr – sempre fazendo as coisas certas pras pessoas erradas. Fiquei com dó daquele moleque. Como eu podia dar uma lição na minha mãe com a consciência pesada daquele jeito?

Eu precisava pôr a casa em ordem. Posso ser um monte de coisas, mas não sou hipócrita. Precisava conversar com ele. Precisava pedir desculpas e dizer que estava arrependida. Que tinha perdido a cabeça. Depois disso eu podia me esconder mais uns dias na casa do Cookie, esfriar a cabeça. E aí, quando eu estivesse mais tranquila, podia ir falar com a minha mãe.

E depois disso... depois disso eles podiam fazer o que quisessem comigo.

Fiquei bebendo cerveja no parque até me sentir pronta. Apaguei o cigarro com o pé e levantei. Ia começar pela parte mais fácil. Pra ver como ia me sair. Depois ia até a casa da minha mãe.

Chris

A POLÍCIA APARECEU NO dia seguinte pra pegar meu depoimento sobre a agressão. Não sei por que precisavam do meu depoimento. A louca da Billie tinha feito aquilo na frente de todo mundo. Jim, Hannah, os alunos da URE – todo mundo viu. Eles tinham testemunhas suficientes pra enfiar a Billie na cadeia e jogar a chave fora, no que dependesse de mim. Era uma ótima ideia, aliás.

Depois do depoimento, os polícias fecharam os caderninhos e levantaram pra ir embora.

– Já faz um bom tempo que estamos atrás dela – um deles falou.

– O que vai acontecer com ela? – perguntei.

Estava me sentindo meio mal, na verdade. Acho que exagerei um pouco no depoimento, pensando bem. Mas quem ia falar alguma coisa? Além de estar internado no hospital com um trauma grave nos testículos, as enfermeiras ainda estavam me matando de vergonha.

– Ela vai ser presa, se fizerem a coisa certa – respondeu o polícia.

– E cadê ela? Já foi presa?

– Não, ela está foragida.

– Ela fugiu? Pra onde?

– Bom, se nós soubéssemos, ela já estaria presa. Ela vai se entregar. Não tem para onde ir. Já sabe que a casa caiu. Só está adiando o dia do julgamento. Não existe nenhum juiz neste país que aliviaria para ela a esta altura.

– Ela já escapou de uma acusação de homicídio antes – contou o outro polícia.

– Como assim?

– Eles não gostam de prender menores de idade, nem no caso da Billie Trevors. E ela tem amigos. O pessoal da Brant não quer que ela seja presa. Eles sempre acham que todo mundo tem jeito. Mas pessoas como Billie Trevors não aprendem nunca. A única solução para ela é a cadeia.

Isso fez com que eu me sentisse melhor por ter pegado pesado. Se tinha gente pensando em aliviar a barra dela, então eu ia precisar forçar a mão. Estava decidido: se o caso fosse pro tribunal, eu ia caprichar no depoimento, pra ela ficar presa o máximo de tempo possível. Aquela menina era claramente um monstro. Uma destruidora de bolas.

Aquilo fez com que eu me sentisse bem.

Alex foi me visitar depois da escola naquele dia, o que me deixou contente. Eu andava meio irritado com ele nos últimos tempos, mas o hospital é um lugar tão tedioso que eu ia ficar feliz em ver até o Ghengis Khan.

Pelo jeito, o meu caso tinha dado o que falar na escola. O moleque que teve o saco esmagado pela Billie Trevors era a fofoca do dia. Segundo Alex, os professores estavam achando o máximo, uma atitude do tipo "é isso o que acontece com quem apronta". Igualzinho ao meu pai.

– O quê? Então só por ter sido suspenso da escola eu mereço ter o meu saco massacrado? Que ridículo! – eu exclamei.

– Pois é, mas eles têm razão, não? – argumentou Alex. – Esse é o tipo de gente que tem por lá. É esse o pessoal que acaba sendo expulso da escola.

Puro preconceito – e os professores ainda reforçavam isso. Inacreditável. E eles ainda dizem que são educadores. Fiquei *muito* irritado por eles rirem da minha desgraça daquele jeito.

– Acho que eu estava melhor antes de você aparecer – eu disse pro Alex.

– Eu posso ir embora se você quiser – ele falou.

Mas eu pedi pra ele ficar, o que foi um erro, porque ele passou o tempo inteiro pedindo pra fotografar o meu saco com o celular.

– Não! Você está louco? Quer fazer isso por quê?

– Está todo mundo curioso.

– Quem?

– Todo mundo. Os caras... as meninas.

– Que meninas?

– Beverley Summers.

Eu tive um lance com a Beverley uma vez.

– Vai ver ela quer comparar. Fazer um antes e depois – provocou Alex.

Essa era a noção dele de senso de humor. E, antes que eu pudesse responder, adivinha só o que aconteceu? Ou melhor, adivinha só quem apareceu? A lunática esmagadora de bolas em pessoa, Billie Trevors. Dá pra ser mais psicopata que isso? Vi que era ela na hora, assim que a porta se abriu. Com a cara fechada, olhando ao redor, percorrendo as camas. Mais feia impossível.

Tinha ido até lá finalizar o trabalho.

– Alex... Alex! – cochichei.

– Quê?

– É ela... aquela menina...

– Que menina?

– Billie Trevors. A que pisou nas minhas bolas. Ela está vindo pra cá!

– Cadê ela?

– Bem ali. Veio até aqui finalizar o trabalho... Eu me meti na briga dela... Chama a enfermeira... Alex? Alex!

Alex, o grande Alex, meu melhor amigo, saiu correndo pra se esconder.

– Alex! Volta aqui! Eu nunca vou perdoar você por isso... Alex!

Tarde demais. A louca psicótica já tinha me encontrado.

– Oi – eu falei, tentando parecer simpático, enquanto procurava desesperadamente o botão pra chamar a enfermeira.

Billie ficou lá de pé olhando pra mim. Ela estava um caco – o cabelo desgrenhado, a roupa imunda, a cara toda suja.

– Eu estou arrependida – falou.

O meu queixo caiu. Não consegui dizer nada.

Ela apontou pra cama com a cabeça.

– Posso sentar?

– Fica à vontade...

Billie sentou e juntou as mãos. As unhas dela estavam pretas.

– Como é que você está?

– Meio dolorido, sabe como é.

– Não foi por querer.

– Ah, não?

– Eu perdi a cabeça.

Ela começou a morder o lábio. Parecia calma, mas eu estava com medo de alguma mudança de humor. Quais eram os sinais? O que levava uma pessoa aparentemente tranquila a se transformar num monstro?

– Nenhuma sequela, então?

– Não! Eu ainda posso... ter filhos e tal. Eles só me internaram pra eu ficar em observação, sabe como é.

Billie olhou pra cima e sorriu.

– Graças a Deus. Eu estava preocupada. Sei que você só estava querendo ajudar o seu amigo... não tenho nada contra você. E ele...

– Meteu a mão onde não devia – eu completei.

Billie ficou vermelha.

– Pois é. Se eu soubesse, teria vestido outra calça.

Nós dois demos risada.

Engraçado, né? Num momento você quer mandar a pessoa pra cadeia, no outro está dando risada com ela. Eu contei o que tinha acontecido. Aquele folgado, o Chupeta de Baleia, não foi culpa dele. Passaram o pé nele. Eu vi. Foi o tal do Ed – o moleque mais irritante do mundo.

Não sei por que contei aquilo pra ela. O Chupeta de Baleia fez por merecer. Sabe o que ele falou enquanto eu estava lá deitado morrendo de dor? "Eu ainda pego você." Eu ainda pego você... depois de ver as minhas bolas sendo esmagadas pra salvar a vida patética dele. Eu devia ter ficado quieto e deixado a Billie acabar com ele – mas não era justo. Já o tal do Ed era outra história. Eu tinha umas contas pra acertar com ele, e talvez o Chupeta de Baleia também tivesse. E talvez, contando pra Billie, eu pudesse resolver tudo pra nós dois.

Tivemos uma boa conversa no fim das contas, eu a Billie. Quando não está com a cara toda franzida, a Billie chega a ser... na verdade, ela podia ser bonita se soubesse se vestir. E se fosse mais gentil. Por incrível que pareça, pois é. Você precisava ver a cara dela quando contei sobre o Ed. Ela pareceu ter ficado surpresa, e depois furiosa, e no fim só triste mesmo.

– Ele tomou uma rasteira. E eu bati nele. E em você também.

– Não é culpa sua. Ele abaixou as suas calças. Ele mereceu.

– Mereceu nada. Fui eu que pirei. Enfim, só vim até aqui pedir desculpas.

– Desculpas aceitas – falei.

Ela levantou pra ir embora.

– Foi só pra isso mesmo que eu vim. Já vou indo.

– É... não quer uma uva ou alguma outra coisa? Um biscoitinho? – eu ofereci.

Como ela tinha ido se desculpar, não queria que fosse embora. Era uma idiotice da minha parte, com certeza – ela era uma psicopata assumida, incapaz de controlar impulsos de violência. Mas eu gostei dela. Pelo menos não era uma pessoa sem personalidade. Pelo menos não estava escondida em algum lugar da enfermaria como o egoísta do Alex.

Billie olhou ao redor fazendo careta, como se não se sentisse segura. Ela parecia um daqueles personagens de mangá quando fazia aquela cara de brava. Mas aí viu a comida.

– Valeu – ela resmungou, sentou de novo e atacou como um animal a bandeja de frutas e biscoitos que deixaram do meu lado.

– Que fome... – ela comentou quando viu que eu estava olhando.

– Pois é. O que você anda fazendo nesses dias? – perguntei.

– Fugindo – ela contou, abrindo um sorrisinho. – Como uma bandida – ela disse com a boca cheia. – Uma fora da lei.

– Pois é, foi o que a polícia disse.

– Polícia? Eles vieram aqui? – ela perguntou, olhando ao redor.

– Sim, sim... umas horas atrás. Eles queriam... – eu comecei, mas parei depois de lembrar o que tinha dito. – Mas como é isso, exatamente? – perguntei.

– O quê?

– Essa sua fuga. Tipo, parece divertido, mas é?

Billie fez uma careta.

– É uma merda. Não voltei pra casa desde aquele dia – ela falou e abaixou a cabeça. – Estou ferrada.

– O que vão fazer quando pegarem você? A polícia?

– Ainda não sei. No fim vou pro reformatório, com certeza. Mas talvez por enquanto pra WASP.

– O que é isso?

– É pra onde mandam o pessoal mais problemático.

– Pensei que fosse pra Brant.

– A Brant é pros réus primários. A WASP é que é o campo de concentração de verdade.

Senti um pouco de medo.

– Eles não vão deixar você voltar pra Brant enquanto isso?

Billie sacudiu a cabeça.

– Era a minha última chance. Eu me queimei pra valer. Eles arriscaram a própria pele por mim e eu estraguei tudo. Por que me dariam mais uma chance? Eu não daria.

Ela não conseguia nem me olhar. Estava com os olhos vermelhos. Olhei pro outro lado e peguei uma uva, e ela limpou os olhos com as costas da mão. Billie, tão casca-grossa... e estava lá, sentada na minha cama segurando o choro.

– Eu não consigo me controlar – ela disse com a voz embargada. Minha vontade era de pegar na mão dela e dar uns tapinhas no ombro, mas estava com medo.

A gente conversou mais um pouco. Sobre música e filmes. Ela gostava das coisas mais normais – o mesmo que eu. Keanu Reeves, Bruce Willis, Angelina Jolie. Acho que eu estava esperando um gosto mais esquisito. As músicas também eram as mesmas – rap, rock... e heavy metal, que parecia combinar mais com ela.

– Metal, pois é – ela falou. – Quer ouvir o meu vocal de death metal?

– Como assim? Beleza... vai em frente.

Aí ela fez uma voz... foi muito engraçado. Parecia um urso com dor de garganta, só que cantando. E o mais incrível foi que ela era afinada. Foi uma coisa tão histérica e impactante que me fez cair na gargalhada. Ela também riu, e cuspiu uns pedaços de biscoito na cama. Foi quando a gente ouviu uma agitação lá na ponta da enfermaria. Billie levantou pra ver o que estava acontecendo.

Do lado da mesa, do outro lado das portas duplas, deu pra ver um vulto azul-escuro. Um uniforme. Uma cara aparecendo na janela de vidro.

A polícia.

– Não fui eu, Billie. Não fui eu que chamei eles, não.

Billie me olhou com cara de raiva.

– É sempre assim, nunca foi ninguém – falou. Depois levantou a cabeça e foi andando na direção da porta dupla.

– Billie, não vai! – gritei. – Corre!

Mas era tarde demais. Ela abriu a porta e saiu da enfermaria. Fiquei imaginando se ia arrumar uma boa briga, mas não aconteceu nada. Ela saiu porta afora sem pensar duas vezes e a polícia logo grudou nela, como se já estivesse à espera. E estava mesmo. Nesse momento ela olhou pra trás, pra mim, com o rosto pálido e assustado como o de uma criancinha.

E aí ela sumiu.

Poucos minutos depois, Alex apareceu de novo, com um sorriso idiota no rosto.

– Eu salvei as suas bolas – ele falou.

– Como é que você consegue sempre estragar tudo o que se mete a fazer? – perguntei.

Hannah

Recebi um telefonema de Barbara Barking às oito horas.

– Ela foi presa. Estava no hospital. Tinha ido atrás do menino que ela agrediu.

Billie... não!

– Onde você está?

– Em casa. Vão me ligar quando eu puder ir buscá-la.

– Vá até lá agora mesmo. Diga que precisa falar com ela *já*.

– Mas eles disseram que ainda vai demorar horas.

– Não precisamos fazer tudo o que eles mandam. Vá até lá e dê seu apoio a ela, mesmo que ela só fique sabendo mais tarde que você estava lá. Preciso resolver umas coisas por aqui. Assim que conseguir alguém para ficar com o Joe, eu também vou.

Corri como uma louca para dar conta de tudo o que precisava fazer. Quando cheguei, Barbara e Dan ainda estavam sentados de mãos dadas na sala de espera, como dois pais preocupados. Eu logo me inteirei dos fatos – Billie já estava lá fazia duas horas. A assistente social tinha ido embora e ela ainda estava presa. Estava onde eles queriam. Para piorar, o oficial de plantão era o sargento Farrell. Era um velho conhecido meu, o sargento Farrell. Em uma ocasião anterior, um tempo atrás, eu tinha dito para ele: "Você pensa que sabe tudo, não, sargento? Talvez saiba mesmo. Mas eu também. Então, enquanto eu estiver aqui, faça tudo como manda o figurino, certo?".

Com pessoas como ele, não adianta muito ser sutil.

– Estou aqui para ver Billie Trevors – falei.

Farrell mal levantou os olhos da papelada sobre a mesa.

– Ela está sendo interrogada no momento – ele respondeu.

– Ela teve direito a um telefonema?

– Isso eu não sei...

– Então eu mesma vou me certificar disso, tudo bem? Ela ainda é menor de idade. Se você não se importa – eu falei e fiquei esperando para ser levada lá para dentro.

– Eu posso ver isso depois que terminar de preencher este formulário – ele respondeu, sem olhar para mim.

– Tem uma criança vulnerável trancada lá dentro. Quero vê-la imediatamente.

Ele encarou como se eu estivesse maluca.

– Vulnerável? – ele questionou. – Você sabe o que ela fez?

– Ela chutou o saco de um menino. Não venha você me dizer que nunca fez uma coisa dessas. Aposto que não passou nem um minuto na cadeia por isso.

Ele olhou para o outro lado e sacudiu a cabeça, como se estivesse enojado.

Eu me inclinei sobre a mesa.

– Tenho um almoço marcado com o seu superior na semana que vem, sargento. Vamos garantir que o seu nome seja citado de forma positiva, certo?

– Não vejo como isso pode acontecer, sendo você a interlocutora – ele falou.

– Se você fizer o seu trabalho direito em vez de ficar implicando com as pessoas por razões pessoais, o seu nome vai ser citado de forma positiva, *sim*. Agora me conte o que está acontecendo aqui. Ela está presa? Sob que acusação?

– Ela está colaborando com a apuração dos fatos – ele disse tranquilo, assumindo um tom mais formal. – Sente-se um pouco, sra. Holloway. Vamos avisá-la assim que for possível vê-la.

Eu não saí de onde estava. E esperei. Ele também esperou.

– Estou esperando – avisei.

Ele largou a caneta e foi até lá atrás falar com o chefe.

Eu não deveria ter feito isso, na verdade. Ele pode ter ido diretamente para o xadrez descontar tudo nela. Mas com certeza Billie me perdoaria por jogar duro com eles.

Entre um confronto e outro com a polícia, conversei um pouco com Barbara e Dan. Nunca tinha me aproximado muito deles, mas nos dois dias anteriores vínhamos conversando com frequência ao telefone. Ela não era exatamente o tipo de pessoa que se possa chamar de estável. Num momento está toda simpática, no outro está espumando de raiva. Naquele dia, estava sendo atormentada pela culpa.

– Ah, Hannah, é tudo culpa minha. Eu fui dura demais, chamei até a polícia, não dei nenhuma chance para ela.

– Pois é, Barbara – respondi. – É tudo culpa sua *mesmo*. Você chamou o batalhão de elite na sua casa quando ela perdeu a cabeça depois de tentar entregar um presente de aniversário para a mãe dela... apesar de ter sido informada por várias pessoas, inclusive eu, diversas vezes, que por volta da data do aniversário da mãe dela vocês poderiam ter problemas. Você escolheu justamente aquela noite para impor a ela um castigo de um mês. Parabéns.

Só que não foi isso o que eu disse.

– Não, Barbara, você não deveria carregar essa culpa, não faça isso... blá, blá, blá.

Dan, o marido dela, é quem tem a cabeça no lugar. Eu gostaria de dizer a ela: "Por que você não ouve o seu marido, querida? Ele tem mais bom senso dormindo do que você acordada". Mas ela é a dominante da relação. Não apenas usa as calças como usa o cromossomo Y do marido como se fosse dela. Ele sabe que o comportamento dela não é correto, mas não tem coragem de enfrentá-la e dizer não.

A vida é assim mesmo. Criança nenhuma vem com manual de instruções – cada um se vira como pode. Pelo menos ela não desistiu da Billie, coisa que todas as outras famílias adotivas fizeram. Isso não é pouco.

Tomei um maior conhecimento da situação deles todos naquela noite, entre uma e outra discussão com a polícia. Billie não tinha me contado nem metade das coisas. Eu sabia que ela já havia agredido Dan, por exemplo, mas não quantas vezes. E nem que Barbara também já tinha sido agredida. Minha nossa. Quando ouvi tudo aquilo, minha opinião sobre eles mudou um pouquinho. De falta de persistência eles não podiam ser acusados.

Era uma coisa difícil de entender, com certeza. Por que insistir em manter um relacionamento familiar com uma garota que parecia inadaptável, ainda mais depois de apanhar feio dela duas ou três vezes? Não que eu seja muito diferente deles, claro. Mas por que alguém em sã consciência faria isso? Eu tenho meu trabalho na Brant e meu filho, Joe – e minha vida se resume a isso. Não tenho tempo para mais nada. Não vejo mais ninguém, não saio de casa. Faz anos que não sei o que é ter um namorado, e meu último relacionamento foi com um cara casado – isso é o máximo que consigo manter com essa falta de tempo crônica. Meu trabalho é fazer tudo o que estiver ao meu alcance para ser a melhor figura materna possível para essa garotada. E não é uma tarefa fácil – é algo impossível, na verdade. E o salário é uma mixaria. Por que eu faço isso? Não sei. Mas eu faço, e com um amor e uma dedicação que não teria em nenhum outro lugar.

Mas essa Barbara... chamar o batalhão de elite? Ficar com o olho roxo, ela e o marido, uma vez por mês? O que ela ganha com isso?

– Você é uma profissional, Hannah – ela falou. – Tem bastante experiência com meninas como a Billie.

– Não existem muitas meninas como a Billie, mas, sim, é verdade.

– Quando decidimos ficar com ela, disseram que, se a pessoa estivesse preparada para relevar certas coisas, a criança poderia aprender a amá-la. Me diga com toda a sinceridade: você acha que Billie algum dia vai me ver como a mãe dela?

Eu pensei: "Minha nossa. É isso mesmo que eu ouvi? Ela quer ser a mãe da Billie?".

Você até deve achar que é possível, não? Ela quer ser mãe, e Billie precisa de uma mãe – parece ser a união ideal. Mas...

– A Billie já tem uma mãe, Barbara. Uma porcaria de mãe, mas mesmo assim ninguém nunca vai conseguir ocupar o lugar dela.

Barbara fechou a cara. O que mais eu podia dizer? Não dá para abrir as portas da sua casa como lar provisório para uma adolescente e querer ser vista como uma mãe por ela. Não é assim que as coisas funcionam.

Pus a mão sobre a perna dela.

– Me desculpe.

Ela acenou bem séria com a cabeça. Ah, que maravilha. Tudo o que todo mundo quer é amar e ser amado.

– Você ainda quer que ela volte para a sua casa? – perguntei.

Ela não hesitou nem por um instante, isso eu preciso admitir.

– Quero, sim – ela garantiu. – Ela pode não ser capaz de me amar, mas isso não significa que eu não posso amá-la, certo?

E Dan, sentado ao lado dela, renasceu de repente, como um anjo.

– Ela é a nossa garota – ele falou. – Claro que vamos ficar com ela.

Alguém, por favor, me faça calar a boca. Posso até fazer esse tipo de trabalho há vinte anos, mas quem sou eu para dizer alguma coisa? Eles parecem ser meio desequilibrados, é verdade, mas alguém com o mínimo de equilíbrio já teria desistido da Billie há muito tempo. Me inclinei para a frente e dei um abraço bem forte nela.

– Você nunca vai ser a mãe dela, Barbara, mas isso não significa que ela não possa amá-la.

E o que aquela garota tinha de tão diferente? Por que nós continuávamos insistindo com ela, apesar de todos os deslizes? Ela é violenta, imprevisível... perigosa. E mesmo assim as pessoas a amam.

Ela foi solta mais ou menos uma hora mais tarde, depois de muito barulho da minha parte. Ela tinha sido presa por lesão corporal, mas não indiciada. Isso era só uma questão de tempo, porém. O máximo que podíamos fazer era torcer para que a queixa fosse registrada como agressão em vez disso. Ela estava arrasada. Olhos vermelhos, pálida. Não havia apanhado, nem passado fome, nem sido torturada, é verdade. Tudo o que eles fizeram foi trancar uma menina confusa e desorientada numa cela vazia num momento de tremenda vulnerabilidade. Isso já não basta?

Pelo menos ela encontrou um pequeno comitê de boas-vindas à sua espera quando saiu. Fomos todos lá dar o nosso abraço, e Barbara foi a primeira. Depois eu, um abraço bem forte.

– Você aguentou tudo isso muito bem – sussurrei no ouvido dela.

Ela não olhou para ninguém, não fez nenhum contato visual, o que não era nada bom. Tomamos o caminho da rua. Ela foi escoltada até a saída. Um dos policiais mais jovens sorriu e abriu a porta para ela, como se estivesse fazendo uma gentileza.

– Até a próxima, Billie – ele falou.

Eu estava à espera de alguma manifestação como aquela. E entrei em ação sem demora.

– O que você pretende com isso, dizendo uma coisa dessas para uma criança? Não venha me falar que foi treinado para isso, porque eu sei que não foi.

O policial abriu a boca para protestar.

– Quero seu nome e o número do seu distintivo – eu pedi, pegando minha caneta. – Tenho um almoço marcado com o seu superior na semana que vem. Posso discutir isso com ele. Dizer para uma criança que ela não tem futuro...

– Não foi isso que eu quis dizer.

– Isso quem vai decidir são os seus superiores. Já vi crianças que aprontaram muito mais que a Billie darem a volta por cima e terem uma vida muito melhor que a sua, por exemplo. Nome? – eu pedi. Anotei o nome e o distintivo do pobre coitado e fomos andando, de cabeça baixa, até o estacionamento, como se fossem eles que estivessem encrencados, não Billie. Assim que saímos, comecei a rir.

– Vocês viram a cara dele? Minha nossa! – eu comentei. – Esse aí nunca mais abre a boca para dizer esse tipo de coisa.

Pensei que todos iriam achar graça, mas não. Dan abriu um sorrisinho envergonhado. Barbara soltou o ar com força pelo nariz, como se dissesse que tinha coisas mais importantes para pensar. E Billie estava alheia demais a tudo para prestar atenção em alguma coisa, eu acho.

– Eu disse que não ia desistir de você – falei para ela.

Barbara apontou para onde estava o carro dela, e eu os acompanhei. Billie entrou. Sem fazer nenhum contato visual. Barbara e Dan assumiram seus lugares também. Eu me agachei e me debrucei na janela.

– Barbara, posso entrar? Você se incomoda?

Ela me encarou e deu uma olhada para Billie no banco traseiro, e por um momento pensei que fosse dizer não. Eu teria sido capaz de compreender isso – havia chegado a vez de Barbara tomar as rédeas da situação. A função mais difícil de exercer ali era a dela. Eu só aparecia na vida deles de vez em quando. Mas ela fez que sim com a cabeça e destravou a porta, e eu me sentei no banco de trás ao lado de Billie. Percorremos uma boa distância em silêncio antes que ela abrisse a boca.

– O que vai acontecer comigo? – perguntou.

Resolvi ser bem sincera – era bom ela começar a se acostumar com a ideia.

– Você vai precisar encarar as consequências desta vez, Billie. Os pais do menino vão prestar queixa.

– Eu fui até lá pedir desculpa – ela contou.

– É mesmo? Ah, querida. Mas pedir desculpas não é o bastante.

– Nada nunca é o bastante – ela comentou. – Eles não iam conseguir me pegar se eu não tivesse ido até lá.

– Iam, sim, Billie. Você sabe disso.

– Ele me entregou, aquele moleque. Fui lá pedir desculpa e ele me entregou.

– Você ficou com raiva dele por isso?

– Ele me paga...

– Pode parar com essa conversa, Billie! Tudo isso é culpa sua, e você sabe disso.

Ficamos em silêncio por mais um tempo.

– Quanto tempo você acha que eu vou pegar? – ela perguntou.

– Não sei, Billie. Alguns meses, acho.

Ela parecia desesperada, a pobrezinha. Fiquei com muita pena dela. Billie precisava de ajuda, não de punição. Não me entenda mal. Eu sei que as pessoas precisam pagar pelo que fazem. Mas por que isso tem que ser feito num lugar que só as torna piores, e não melhores?

– Acho que não vou conseguir segurar essa barra – ela falou.

– Nós vamos fazer de tudo para evitar isso – disse Barbara do banco do passageiro. – Não se preocupe, Billie. Nós vamos fazer de tudo.

– Vamos mesmo – reforcei.

Mas eu sabia, e acho que Billie também sabia... dessa vez ela não tinha como escapar. Podíamos argumentar até perder o fôlego. Porque, quer saber? Ela mereceu. Àquela altura, eu não sei se seria capaz de dar um parecer favorável a mantê-la nas ruas com a consciência tranquila.

Olhei para ela e lembrei de todo o esforço que todos naquele carro tinham feito para dar um jeito na vida dela, inclusive ela mesma. E pensei: “Sabe de uma coisa, Billie? Sempre pensei que você fosse conseguir, de verdade. Mas agora... agora já não sei mais”.

Ela estava afundando bem rápido, e eu não tinha mais como ajudá-la a se reerguer.

Chris

– UMA DAS BOAS notícias é que você não precisa mais voltar para a Brant – contou o meu pai.

– Finalmente um pouco de alívio – comentou a minha mãe. Eles olharam um pro outro e sorriram. Estava na cara que, pra eles, me tirar da Brant era tipo uma grande vitória. – O pessoal da escola acha que você já aprendeu a lição. Você pode voltar para lá assim que se recuperar.

Fechei os olhos e soltei um suspiro. Só de pensar em voltar pra escola, o desânimo tomava conta de mim. É, eu sei, detonaram as minhas bolas lá na Brant, mas aquilo foi puro azar. Eu estava gostando de lá. Era só o primeiro dia, mas pelo menos estava sendo tratado como um ser humano. Não era só "sim, senhor", "não, senhor". Eu não estava morrendo de tédio. O pessoal todo gostava de lá. E eu também.

E, além disso, eu tinha feito amizade com a Billie. Ninguém mais ia ter coragem de encostar um dedo em mim depois disso.

– Billie Trevors foi presa por lesão corporal grave – contou o meu pai. – Essa é a outra boa notícia.

– Isso não é justo – falei.

Eles pararam de sorrir e me encararam como se não tivessem me entendido.

– Como é?

– Acho que a gente devia retirar a queixa – eu disse.

– Não acredito no que estou ouvindo – resmungou o meu pai.

– Você podia ter se machucado feio. Você sabe disso, né? – argumentou a minha mãe.

Pra mim estava tudo bem claro. Billie tinha ido até lá pedir desculpas, e foi grampeada pelas ratazanas por causa disso. Foi um ato de coragem. Ela não precisava ter feito o que fez. E, pra ser sincero, se alguém arranca suas calças em público, você enlouquece. Foi muita burrice minha ter me metido, no fim das contas.

Sabe o que dizem quando você entra numa briga? Derruba o mais forte primeiro. Na nossa família, a pessoa mais forte é a minha mãe. É que nem com os macacos – todo bando tem um líder. Meu pai gosta de fazer escândalo e posar de mandachuva, mas é só da boca pra fora. Minha mãe não precisa de nada disso. Ela se garante na base da superioridade mental e emocional – o que não significa que não tenha um ponto fraco.

– Ela vai ser condenada se a gente insistir com isso – eu falei. – Vai pro reformatório. A prisão pra menores. E ela veio aqui pedir desculpas! Pra que trancafiar uma pessoa que já está recuperada?

Meu pai me encarou cheio de raiva. Essa história de recuperar as pessoas – ele não acreditava nisso. Era um motivo sério de disputa entre eles. Ela acredita que qualquer um, até o assassino mais cruel, pode se tornar uma pessoa útil pra sociedade se as circunstâncias colaborarem pra isso, enquanto ele acredita que cretinos são sempre cretinos.

– Quanto mais tempo ela ficar trancafiada, melhor – ele soltou. Meu pai não tem a menor noção de tática.

– Espere aí, espere aí... acho que ele tem sua razão. Ela veio até aqui só para se desculpar, mesmo sabendo que podia ser pega por isso – disse a minha mãe.

E pronto. Eles começaram a bufar e a se encarar. Aí o arranca-rabo começou e eles subiram pra "conversar". Logo depois, começou a gritaria lá no quarto.

Eu estava otimista, mas a discussão não demorou muito. Eles desceram logo em seguida pra dizer o que tinham decidido. Dava pra ver que não era a decisão certa só de olhar pra cara deles, pro jeito como encostavam um no outro.

– Isso tudo foi longe demais, Chris – disse a minha mãe. – Além de arriscar o seu futuro na escola, agora você está disposto também a arriscar as suas chances de ser pai algum dia. Isso sem contar – ela acrescentou bem séria, olhando para o meu pai – o desentendimento que causou na nossa família.

Eu revirei os olhos.

– Eu levei um chute no saco. Isso acontece.

– O negócio é o seguinte – ela continuou. – Vamos retirar a queixa...

Meu pai não conseguiu se segurar, começou a revirar os olhos e bufar como um cavalo. Minha mãe olhou pra ele e pediu silêncio.

– Nós concordamos em retirar a queixa desde que você prometa, dando a sua palavra de honra, que vai voltar pra escola e *fazer todas as tarefas.* E direito.

– Queremos a sua palavra – reforçou o meu pai. – E a sério – ele acrescentou, caso eu ainda não tivesse entendido.

– Sério mesmo que vocês estão me dizendo que, se eu não aceitar essa chantagem, vocês vão mandar prender a Billie? Vão arruinar a vida dela de caso pensado? – eu perguntei, sem conseguir acreditar.

Minha mãe acusou o golpe.

– Não é bem assim – ela falou.

– Então como é?

Ela não respondeu.

– Como justificar uma coisa dessas? Pôr o futuro de alguém a perigo por causa de um capricho seu? – perguntei.

– Eu justifico – ela gritou – dizendo que o meu filho está se comportando como um menininho de dois anos de idade que quer que tudo seja do jeito dele. Justifico dizendo que não tenho mais argumentos para ele tomar jeito e começar a estudar. E então, Chris... temos um acordo ou não?

– Você está barganhando com o futuro de uma pessoa!

– Temos um acordo... ou não? – ela soltou por entre os dentes.

Virei as costas e subi sem responder. Ficou tudo em silêncio lá embaixo por um tempo, mas depois eles subiram para o quarto. Viu só como é? É que nem entre os macacos. Ele ganhou uma recompensa por se comportar bem. Ou vai ver quem ganhou foi ela. Eu é que não quero nem saber.

A escola. E, pra piorar, lição de casa. Billie, Billie... isso já é pedir demais. Eu precisava pensar um pouco dessa vez.

A solução, quando apareceu, não foi nada difícil. E, como sempre acontece, se resumia a uma simples mentira. Fui até lá e disse que tinha pensado melhor e que concordava com os termos deles.

E eles acreditaram.

Rob

DEPOIS QUE PHILIP CANSOU de me bater, fui pro quarto e deitei na cama. Davey enfiou a cabeça lá pra dentro pra me ver, mas eu ainda não estava a fim de falar com ele.

– Vai embora – eu disse.

– Não, Rob... – ele começou.

– Some daqui ou eu começo a gritar e ele sobe aqui pra me bater de novo. Entendeu?

– Rob...

– Vai, some daqui – eu mandei.

– Eu só queria dizer que a mamãe apareceu lá na porta da escola hoje. Ela perguntou de você.

Eu sentei na cama.

– Você contou pra ele?

– Lógico que não. Ela quer ver você amanhã.

– Certo. Bico calado, beleza?

– Beleza.

– Se abrir a boca, vai ter! – eu ameacei, pra mostrar que estava falando sério. Peguei o meu telefone pra ver as mensagens.

Eu devia ter me matado mesmo. A minha mãe escreveu duas vezes pra avisar que ia aparecer na porta da escola, mas eu deixei o celular em casa, então nem vi as mensagens. Eu nunca uso aquela coisa. Precisava ligar pra ela imediatamente, mas não tinha crédito. Fui falar com Davey, que, claro, também estava sem.

– Preciso avisar que eu vou estar lá – eu falei.

– Ela sabe que você vai estar lá.

– Ela sabe que eu não estou mais na escola?

– Sabe... Mas disse que vai estar lá mesmo assim. Ela falou.

– Preciso mandar uma mensagem pra ela. Desce lá e diz pro Philip que você está precisando de créditos. Ele arruma pra você.

– Não quero fazer isso, Rob.

– Vai lá. Se fosse o contrário, eu ia fazer isso pra você.

Ele começou a resmungar e choramingar, porque sabia que era verdade.

– Ele não vai querer me dar.

– Você pode tentar. Qual é o problema? Ele nunca bate em você.

Ele fez uma careta.

– E então?

– Eu não quero.

– Vai lá...

E lá foi ele, mas não adiantou nada. Deu pra ouvir Philip gritando pra ele ir pro quarto. E o som de umas pancadas. Philip descarrega a raiva nas coisas ao redor quando fica bravo com Davey, mas nunca bate nele. Davey voltou com cara de choro.

– Está tudo bem? Desculpa aí, eu só queria avisar a mamãe que vou estar lá – eu falei.

– Tudo bem, tudo bem...

– Escuta, Davey, você não vai contar nada pra mamãe, né? Sobre esse lance com o Philip. Não quero que ela fique preocupada por causa disso.

Davey concordou com a cabeça e voltou pro quarto dele. Eu não devia ter falado pra ele ir lá embaixo. Philip detesta quando ele fica do meu lado. Mas isso não é nada perto do que eu preciso suportar, né? É o mínimo que ele pode fazer por mim.

No dia seguinte, fui obrigado a esperar. Não tinha pra onde ir, então precisei ficar em casa, com Philip me vigiando. O importante era que ele não soubesse que ela ia ver a gente. Se descobrisse, ele ia até lá também – pode apostar.

A segunda coisa mais importante era arrumar um jeito de ir até lá. Como falei, Philip está sempre em casa. Tem dias em que ele não sai pra nada. E se eu não aparecesse? O que ela ia pensar? Que não estou nem aí, que não quero saber das visitas dela, que estou com raiva dela...

Fiquei pensando nisso o dia todo, mas no fim acabei dando sorte. Ele tinha uma entrevista de emprego naquela tarde. Ele é pintor e decorador, o Philip... pra você ver. Sabe fazer uns papéis de parede personalizados, por quarenta ou cinquenta libras o rolo, faz vários tipos de textura com tinta e todo o resto. A nossa casa não é grande, e os móveis são um lixo, mas a decoração é uma beleza. As pessoas sempre comentam. O problema é que ele acaba sempre brigando com o chefe, ou indo trabalhar bêbado, por isso nunca fica num emprego por muito tempo.

– Vou precisar de um emprego pra cuidar de você e do Davey sozinho, já que aquela vaca me largou – ele disse.

Comemos juntos as omeletes que ele fez pro almoço. E depois ele saiu.

– Não esquece que você está de castigo – ele me avisou antes de ir. – Se eu ficar sabendo que você passou por aquela porta, vai se ver comigo mais tarde.

Esperei um tempinho e saí pelos fundos, pros vizinhos não me verem. Eram umas duas da tarde. Ainda faltava uma hora e meia.

Eu estava me cagando de medo, mas não por causa do Philip. E se ela não estivesse lá? E se achasse que, como eu não respondi, não estaria lá? Esse tipo de coisa. E se Philip voltasse mais cedo, não me encontrasse lá e fosse até a escola atrás de mim? Aí ele ia ver a minha mãe... e pôr as mãos nela. Eu não devia ir se achasse que Philip podia estar atrás de mim.

Mas eu fui até lá, sim, claro. E ela também.

A gente se abraçou bem apertado, eu, ela e Davey, e bem na frente da escola. Eu não estava nem aí. Queria era curtir a minha mãe, sentir o cheiro dela, os braços dela em mim. Sei que isso pode parecer uma coisa meio brega, mas eu sou assim mesmo com a minha mãe.

Depois fomos tomar um café. E logo em seguida a minha mãe pediu pra falar comigo sozinha.

– Vá para casa, Davey – ela pediu. – Nós já tivemos nosso tempinho a sós ontem. Agora eu preciso falar com o Robbie.

Davey fez uma careta, mas ele sabe ser justo. Entendeu o motivo do pedido.

– A gente vai se ver de novo muito em breve – ela falou. – Prometo.

Ele não gostou, mas obedeceu. Ela saiu pra se despedir dele sozinha. Ela sempre dedica algum tempinho aos filhos, a minha mãe.

Quando voltou, ela falou:

– Vamos sair daqui. Preciso fumar.

Deu o braço pra mim e a gente andou até encontrar um banco pra sentar. Ela acendeu o cigarro, deu uma tragada, se inclinou pra trás e perguntou:

– Então, o que está acontecendo com você, Robbie?

– Como assim?

– Você sabe. Olha só você. Está todo arrebentado. Andou brigando de novo, né? E foi expulso da escola. Como você vai conseguir cuidar do seu irmão desse jeito? Vocês não estão nem mais na mesma escola.

– Escola... – eu falei. – Estou de saco cheio da escola. Todo mundo implica comigo e a culpa ainda é minha.

Minha mãe sacudiu a cabeça.

– Você está sempre arrumando briga, Robbie. Eu não entendo. De quem foi que você puxou isso?

Olhei pra ela de rabo de olho. Podia aproveitar a chance e contar tudo... mas não. Ela já tinha muito com que se preocupar além de mim.

Encolhi os ombros e sorri, e ela sorriu de volta.

– Você não tem jeito mesmo – ela riu. – Me conte o que aconteceu na escola.

E eu contei – a minha versão da história. Eu sou o vilão que arruma um monte de brigas. Todo mundo pensa que sou metido a valentão, mas na verdade o que eu faço é defender os menores. E não tenho medo de ninguém. Aí ela me falou que seria bom que eu não implicasse com os outros também, e respondi que faria isso com prazer se me deixassem em paz, e ela tentou me repreender, mas estava orgulhosa de saber que eu sabia me cuidar sozinho e aguentar o tranco.

É isso aí. Eu aguento o tranco. Pois é.

Fui em frente e falei que minha camiseta era heavy metal mesmo, porque tinha provocado toda aquela confusão. Tirei a blusa e mostrei pra minha mãe, e ela ficou de queixo caído. Contei também sobre as calças da Billie Trevors, e ela caiu na risada, mas cruzou as pernas e se encolheu toda quando falei sobre as bolas daquele moleque.

– Podia ter sido o meu saco. Mas não foi. Entendeu? Eu sou um cara de sorte.

– Um tipo meio estranho de sorte – comentou a minha mãe.

A gente ficou lá mais um pouco, e aí ela levantou.

– Vamos lá – ela me chamou.

– Pra onde?

– Pra minha casa. Você foi expulso da escola, foi expulso da Brant. Pode ficar comigo por uns dias.

– Quê? Sério mesmo?

– Por que não?

Está vendo? O que foi que eu falei? A minha mãe ia me levar pra casa com ela. Eu fiquei todo emocionado, não conseguia nem falar. A gente foi de ônibus até Manchester e comeu peixe com batata frita no caminho pra casa onde ela estava morando com uma amiga. E... você não faz ideia. Você não faz ideia do que foi aquilo, dormir num lugar sabendo que não ia apanhar, sabendo que tinha alguém que me amava debaixo daquele teto. A minha mãe. Ela faz tudo valer a pena.

Billie

Eles se esforçaram, isso eu precisava admitir. Limparam tudo, puseram uma cortina nova, trocaram as gavetas que eu quebrei. Até pintaram o quarto. Ficou tudo bem bonitinho, o que não fazia muito o meu estilo. Mas eles se esforçaram. Eu tinha que dar o braço a torcer à Barbara. A gente é diferente em tudo, mas ela se esforça.

Queria ir direto pra cama, mas ela me fez comer antes. Carne ensopada à moda chinesa, meu prato favorito, e eles ficaram lá me vigiando.

– Você estava indo tão bem – ela disse uma porção de vezes.

Era engraçado, porque ela até que tinha razão. As coisas estavam muito melhores tipo um ano antes. Fazia mais ou menos um mês que eu tinha desandado de vez. Não sei por quê. Ela ficava perguntando qual era o problema e eu só sabia dizer "não sei, não sei, não sei".

Ela pediu desculpa pelo que falou sobre a minha mãe.

– Eu tenho inveja dela – Barbara confessou, sendo bem sincera. – Ela tratou você tão mal... Me desculpe, Billie, mas você sabe que é verdade... E eu sempre tento tratar você bem, mas ela ganha o seu perdão sem precisar fazer nada e eu... eu não.

Ela encolheu os ombros. E tinha sua dose de razão, mas...

– Ela é minha mãe, né? – eu falei.

– Pois é.

Ela pediu desculpa por ter chamado a polícia também, e foi aí que quase aconteceu outra briga. Pô, o batalhão de elite?

– Billie – disse Dan –, você precisa se colocar no lugar da Barbara.

– Você estava com um pedaço enorme de vidro na mão, parecia uma espada – Barbara falou.

– Você pensou que eu ia atacar você? – perguntei.

– Você sabe muito bem do que é capaz quando perde a cabeça.

– Eu já tinha me acalmado.

– Como a Barbara ia saber? E se ela aparecesse no meio do seu surto? O que teria acontecido?

Fiquei muito irritada.

– Você acha que eu ia querer matar a Barbara se ela aparecesse na minha frente quando perdi a cabeça?

– Você é capaz de jurar que não faria isso?

– Claro! Não sou uma psicopata.

Eles se olharam não muito convencidos.

– Mas você entende a situação.

– Eu estava arrumando o quarto!

– Mas você precisa entender a *situação*, Billie.

Fui pra cama logo depois. Fiquei deitada olhando pro teto. Era bom estar em casa, mas seria melhor ter ido direto pro quarto sem ter aquela conversa. É esse tipo de coisa que me deixa maluca. É isso que eles pensam de mim? Que de repente eu posso pular em cima deles e cortar a garganta dos dois? Eu sei que perco a cabeça às vezes, mas distribuir alguns socos e quebrar algumas coisas não é o mesmo que matar uma pessoa.

Fiquei deprimida por eles pensarem assim a meu respeito. E comecei a pensar... e se todos os outros casais que me acolheram pensavam a mesma coisa? Que eu era perigosa? Vai ver foi por isso que se livraram de mim no fim das contas. Que horror. Tomara que não seja verdade. Pensei que fosse me dar bem com o casal anterior, Bob e Debbie Sampson, mas eles podem ter ficado com medo também. Eu gostava de lá. Tinha outras crianças na casa, além de mim. A atenção das pessoas fica concentrada demais quando você está sozinha com um casal. Debbie Sampson passava a maior parte do tempo com os pequenos. Não me dava muito bem com ela, mas pelo menos a gente não brigava. Mas com o marido dela, o Bob, eu me entendia. Ele era roqueiro. Um cara divertido, o Bob. Gostava mesmo de música. Tinha tipo um estúdio no porão – com guitarra, bateria, amplificadores. Rolava até um isolamento acústico. A gente se divertia pra valer lá embaixo. Ele curtia rock pesado, Led Zeppelin e esse tipo de coisa. Não era muito a minha, mas ele também tinha coisa boa – Death, Possessed, Slayer, Arch Enemy e coisa e tal. Death metal. Foi quando aprendi a fazer o vocal de death metal. Ele achava engraçado eu conseguir berrar daquele jeito. Aprendi a tocar um pouco de guitarra também. Era muito legal, uma curtição, mas aí eu perdi a cabeça com um moleque que morava lá. Ele era muito folgado, aliás. Vivia maltratando os menores, mas eles nunca perceberam. Achavam que o moleque era o máximo. Não percebiam o sacana que ele era. Dei umas porradas nele e já era. Me botaram pra fora.

O problema é... Como disse a Hannah, o que eu ganhei com isso? O moleque continuou numa boa, eu fui chutada porta afora e as criancinhas que ele maltratava não tinham mais com quem contar.

Foi mais ou menos nessa época que a minha mãe me virou as costas de vez. Sempre ficou no ar a ideia de que eu podia voltar pra casa quando as coisas melhorassem, mas aí ela decidiu que eu não ia poder voltar nunca mais. Eu devia saber. Fazia um tempão que ela não me recebia nem pra passar o fim de semana.

Virei uma órfã. Fiquei deprimida. Foi quando Dan e Barbara ofereceram a casa deles pra eu morar. Acho que gostavam de mim quando estava deprimida. Eu ficava na minha, sabe como é? Devia ter ficado deprimida antes, quando ainda estava com os Sampson. Quem sabe assim eu não conseguia ficar por lá.

Fiquei na cama até tarde no dia seguinte. Não tinha pra onde ir, nem por que levantar. Por mim ficava o dia inteiro deitada, mas a chata da Barbara aparecia lá o tempo todo. Onze. Meio-dia. Almoço. Uma. Duas. Ela estava me deixando maluca. Ela não faz por mal, a Barbara, mas eu queria ficar sozinha. Lá pelas duas perdi a paciência e, quando ela saiu pra fazer compras, resolvi aproveitar. Precisava de dinheiro. Não pedi nada, mas achei uma nota de vinte numa gaveta no quarto dela. Ela tinha ficado de me dar uns trocados, e depois eu podia devolver o que sobrasse. Aí eu saí.

Comprei umas latas de cerveja e fui beber lá no parque, escondida no meio do mato pra ninguém me ver.

Eu tinha uns negócios pra resolver. "E por que não agora?", pensei. Eu não sabia quanto tempo de liberdade ainda ia ter pra fazer o que quisesse. A minha casa já estava arrumada, eu já tinha feito as pazes com o tal do Chris. Se for pra brigar, é melhor cair lutando por alguma coisa que vale a pena. Hannah, Jim, Barbara, esse pessoal, eles acham que brigar é perda de tempo, mas às vezes o único jeito de resolver alguma coisa é na marra.

Katie, por exemplo, é uma menina boazinha e meiga. Faz tudo pelos outros. Ela é como eu. Não como sou hoje – como eu era antes da minha mãe desandar. Eu não conseguia parar de pensar nisso. E agora a minha mãe tem um namoradinho novo. Fazia um tempão que ela não namorava, mas eles são todos iguais. Um deles tentou me pegar uma vez. Quando voltou do bar, minha mãe não estava em casa, e ele tentou deitar na minha cama. Eu só tinha nove anos na época. Fiquei muito assustada. Comecei a gritar: "Sai daqui, sai daqui!".

Ele levantou e ficou lá parado me olhando, fedendo a cigarro e cerveja.

– Eu só ia contar uma história pra você, sua tonta – ele falou. E por acaso ele precisava deitar na minha cama pra me contar uma história? Claro que não. Ele já tinha me contado histórias antes. Só que nunca tinha tentado deitar na minha cama. Ele foi até a porta e falou: – Eu nunca faria isso com você, de jeito nenhum, Billie.

Sei, até parece. Eu é que não ia me arriscar.

E agora ela arrumou outro. E Katie está lavando as roupas sujas. E a minha mãe trancada no quarto, bêbada de cair. E o cara pela casa... fazendo o que desse na telha. Não precisa de muita imaginação pra adivinhar o que pode rolar, né? E Katie, do jeito que ela é, nunca vai contar pra ninguém. Vai ficar caladinha pra proteger a minha mãe e não complicar as coisas. Manter a família unida. Um cara como aquele pode fazer o que quiser que ela nunca vai abrir a boca. E eu tenho que ver tudo isso sem poder fazer nada? De jeito nenhum. Não interessa se ela não quer me ver. Eu sou a filha dela. Mas pelo jeito sou problemática demais. É esse o problema? Ou é porque ela sabe que eu não vou aceitar que ela use a Katie como empregada e só se preocupe com o namoradinho dela?

Quem vai olhar por ela quando eu estiver presa? Eles precisam saber que um dia eu vou sair. E, vou dizer uma coisa pra você, enquanto eu estiver viva, ninguém vai fazer nada de ruim com a minha irmãzinha.

Terminei minhas cervejas, comprei mais algumas e subi no ônibus. Queria que ela soubesse que estou de olho. Queria que ela soubesse que, se alguma coisa *parecida* com o que aconteceu comigo ameaçasse se repetir – qualquer coisa, não importava o que –, eu ia estar lá pra resolver tudo. Ela podia contar comigo.

Queria que ela soubesse disso. Queria que eles todos soubessem disso.

Nada de cagaço dessa vez. Fui direto pra lá. Eu queria dar a volta e entrar pelos fundos antes que alguém me mandasse embora, mas aí pensei: "Não, calma, Billie. Você ainda não sabe o que está acontecendo", e bati na porta em vez disso. Precisei bater na porta da minha própria casa. Dá pra acreditar?

Foi o Sam que atendeu.

– Sam – falei. Fiquei surpresa. Não sei por que, mas nunca pensei que fosse ele que ia abrir a porta. – O que você está fazendo aqui? Por que não está na escola?

– Já são quatro horas – ele disse.

– Ah, é? – perguntei. Tinha perdido a noção da hora. Olhei por cima dos ombros dele. – Ela está aí?

Sam olhou pra trás meio assustado, mas eu não queria que ele levasse a culpa por alguma coisa, então passei por ele e entrei.

A porta dava direto na sala de estar – a casa não tinha um hall de entrada. Fiquei surpresa ao ver como era pequena. Na minha lembrança, era maior. Katie estava sentada na frente da tevê. Tinha um cara descendo a escada. Ele parou quando me viu.

– Billie – ele falou.

– Só vim dizer uma coisa pra você... qualquer gracinha com ela, com a minha irmã, e você vai se ver comigo. Só vim até aqui pra dizer isso – eu avisei.

– Billie! – gritou Katie, ficando de pé, furiosa. – Ele não fez nada! Ele nunca fez nada comigo, Billie! Vai embora, Billie. Vai embora! – ela mandou toda vermelha. De vergonha, acho. Bom, era melhor ela ter ficado com vergonha porque não tinha acontecido nada do que o contrário.

Mas eu ainda não estava a fim de ir embora.

– Preciso falar com ela. Foi por isso que eu vim.

– Ela não está, ela saiu... – começou Katie.

Mas o cara resolveu se meter na conversa, apesar de não ter nada a ver com a história.

– Você não precisa se preocupar comigo em relação à Katie, Billie. A assistência social está sempre aqui, e...

– Tá bom, e eles lá sabem de alguma coisa?

– Eu não sou esse tipo de gente.

– Não estou dizendo que você é. Só estou avisando.

E aí ouvi uma movimentação no alto da escada. E a voz dela.

– Vou lá falar com ela.

– Muriel – ele chamou.

– Mãe, não precisa descer – disse Katie.

Vi os pés dela descendo a escada. Estava de camisola. Está vendo? Uma casa pra cuidar e ela de camisola, né?

– Billie – ela falou, se agachando na escada, e eu vi a cara dela. Parecia mais velha. Tinha rugas na testa. – Como vai, Billie? Que gentileza sua vir aqui visitar a gente.

"Gentileza? Sua vaca!", eu pensei. Ela desceu. Tinha arrumado os cabelos. Todos os fios brancos estavam cobertos. Parecia melhor. Mas cansada. Ela parecia estar sempre cansada.

– Preciso conversar com você em particular. É o mínimo que você pode fazer por mim.

Ela me olhou e concordou com a cabeça.

– Vamos lá pra cozinha.

– Mãe! – repreendeu Katie furiosa. – Mãe, você prometeu!

– Prometeu! – repeti. Queria dizer: "Ah, então agora é a Katie que manda aqui, é?". – Isso é o que nós vamos ver – continuei. E pensei: "Está dando tudo errado". Porque eu estava lá pra ajudar, entende? Eu estava lá pra ajudar.

A minha mãe foi pra cozinha, e eu fui atrás e fechei a porta.

Só eu e ela.

Ela sentou à mesa. "Puta merda", eu pensei, "é a mesma mesa da casa onde a gente morava." Ela tinha conseguido algumas coisas de volta, então. A ideia era que eu sentasse também, mas fiquei de pé. Não ia ficar ali muito tempo. Não adiantava tentar me enganar. Eu sabia que não era bem-vinda. Não ia ser uma reunião feliz em família – disso eu sabia.

De repente, precisei fazer força pra não chorar.

Ela sorriu, mas dava pra ver que era pura falsidade. Fui direto ao assunto.

– Então, o que está acontecendo com a Katie?

– Como assim, Billie?

– Você sabe do que estou falando. As roupas sujas. Por que é ela que cuida das roupas sujas?

– É uma das tarefas dela, Billie. Todo mundo tem suas tarefas.

Dá pra acreditar? Dá pra acreditar na cara de pau dessa mulher?

– Eu tinha um monte de tarefas também, né?

– Com você era diferente.

– Ah, era?

– Ela tem tarefas. E é assim que ganha o dinheirinho dela. É uma troca justa. O que aconteceu com você, Billie... Eu estava perdida, mas não quero cometer os mesmos erros de novo, Billie, querida. Estou tentando. O problema é que... eu não quero que você torne as coisas mais difíceis do que já estão.

Dá pra acreditar? Depois de tudo o que eu fiz por ela?

– Ah, desculpa aí! – falei. – Eu estou dificultando as coisas pra você? Só vim até aqui pra ver se estava tudo bem. Isso é dificultar as coisas? Ah, vá se foder.

– Não foi isso que eu quis dizer. Estou tentando ser uma boa mãe, e...

Eu comecei a rir. Comecei a rir na cara dela.

– Até eu era uma mãe melhor que você – eu disse, e comecei a chorar.

– Billie, eu sinto muito, muito mesmo, pelo que aconteceu entre a gente. Sei que a culpa foi minha. Sei que nunca vou conseguir compensar o que fiz. Eu perdi você. E sinto demais por isso.

E de repente eu falei, mesmo sem nunca ter pensado em dizer, sem jamais imaginar que eu seria capaz de dizer aquilo. Eu disse:

– Me deixa voltar, mãe, por favor. Me deixa voltar, por favor, eu quero voltar pra casa.

E não conseguia parar de chorar.

– Billie, querida.

– Por favor, mãe.

– A gente tentou, Billie, querida, você sabe. Com eles eu consigo lidar, mas com você não, Billie, não tem jeito.

Eu empurrei a mesa. Estava chorando pra valer, e ela também, mas o que isso quer dizer? As lágrimas dela, de que adiantam? De nada.

– Isso não quer dizer que eu não amo você, Billie – ela falou e veio até mim com os braços abertos, mas eu já estava no meu limite. Fui correndo até a porta, mas ela entrou na minha frente, me segurou e me abraçou.

– Isso não é justo, me larga. Não é justo o que você está fazendo comigo – eu falei em meio ao choro. Queria dar um soco na cara dela, mas não consegui. Eu não era capaz de bater na minha própria mãe.

– Eu amo muito você – ela sussurrou no meu ouvido.

Acho que aquilo era a pior coisa que ela podia me dizer. Amor... esse papo-furado de amor!

– Como é que você tem coragem? Como é que você tem coragem, porra? – eu gritei, e dei um empurrão nela. Ela caiu, bateu no armário, e depois foi pro chão. – Como é que você tem coragem de me dizer uma coisa dessas, se a gente sabe muito bem que amor de merda é esse seu?

Eu perdi a cabeça. Tinha uma caneca em cima da mesa. Peguei e atirei na cabeça dela, mas errei. Ela tentou fugir engatinhando enquanto eu pegava uma cadeira e, de repente, Katie apareceu. Bem na minha frente. E na frente dela.

– Vai embora! Vai embora! – ela gritou. – Por que você não vai embora? Por que você não deixa a gente em paz? Quando você não está aqui, tudo fica bem. Vai embora! Vai embora! – ela continuou berrando.

Aquelas palavras acabaram comigo. Eu queria bater nela, mas não consegui, não era capaz. Eu me virei e saí correndo porta afora, saí correndo pela rua, porque sabia que tinha acabado de perder minha família pra sempre.

Rob

Passei três dos melhores dias da minha vida dormindo sobre um monte de almofadas ao lado da cama da minha mãe. Minha mãe e eu saíamos para passear durante o dia enquanto Bridget trabalhava, e à noite assistíamos tevê juntos.

Alegria.

Assim que conseguir um emprego, a minha mãe vai arranjar um lugar, e eu vou morar com ela – e Davey também. Não é assim tão ruim pro Davey, o Philip é ok com ele, mas tenho quase certeza de que ele vai querer ir também. Aí então vamos todos ficar juntos, como deveria ser.

Ela já abandonou ele antes, mas desta vez tô levando fé. Normalmente só dura uns poucos dias. Ela saiu de casa por duas semanas uma vez. Foi o seu recorde. Ela levou a mim e a Davey com ela para a casa da tia Jen, mas então Philip apareceu e convenceu ela a voltar.

– Ele tem fala macia – ela me disse. Fala macia! Não pude acreditar que ela caiu nessa de novo. Ele sempre convence ela. Ela sempre acredita nas promessas dele, mesmo ele tendo quebrado tantas promessas tantas vezes. *Não vai acontecer de novo, eu te amo, estou tão envergonhado*, ele diz – e lá vai ela de novo. Mas não desta vez. Desta vez ela estava falando sério. Ela não voltaria. Não importava toda a fala macia dele. Ela tinha se decidido de uma vez por todas.

Ela recebia mensagens dele o tempo todo.

– Mais uma – ela dizia, umas três vezes por dia. E toda vez meu coração disparava.

– O que é, agora? – perguntava Bridget.

– Ele só quer conversar, ele diz.

– Ah, só isso? Bem, diz pra ele cair fora – Bridget dizia e me dava uma piscadinha.

Claro que não duraria.

Estávamos comendo comida chinesa e assistindo um filme com o Bruce Willis na tevê. Eu não sabia, mas era a minha última noite com ela. Philip mandou mais duas mensagens pra ela durante o filme. Bridget disse pra ela nem se dar ao trabalho de ler, mas ela não resistiu.

– Olha só essa aqui – ela disse. – Ele quer que eu diga onde estou para poder mandar minha correspondência e outras coisas.

– Vermezinho insistente – Bridget disse. – Deve achar que você é burra.

Eu estava ocupado enchendo a cara de comida chinesa.

– Tenho uma coisa a meu favor, dessa vez – minha mãe disse. – Phil não sabe onde estou. Viria aqui correndo, se soubesse.

– Acamparia na porta – disse Bridget.

– Sabe como ele é – minha mãe falou. – Com aquela lábia ele se safa de qualquer situação.

Eu fiz que sim. Eu não estava raciocinando direito. Então...

– E ele sabe que estou aqui? – perguntei.

– Bem, é claro que sabe, Rob – minha mãe falou. – Onde mais você estaria?

Foi aí que me caiu a ficha. Quase me derrubou, como um soco.

– Eu não posso voltar – falei.

– Robbie...

– Não posso. Você sabe como ele é, você mesma disse. Ele consegue se safar de qualquer coisa com aquela lábia. Ele vai fazer eu contar onde você está, não vai?

– Não se você não quiser – Bridget respondeu.

– Não...

– Robbie, o que de pior pode acontecer?

– O que eu vou fazer?

– Está com medo dele, Rob? – Bridget perguntou.

– Não!

Vi quando Bridget olhou pra minha mãe.

– Robbie, fale pra mim – ela disse. – O Philip bate em você? Alguma vez ele já bateu?

– Ele não bate em você, não é, Rob? – minha mãe perguntou. – Sempre foi legal com você, não?

Bridget segurou o braço da minha mãe para detê-la. Mas...

– Não, claro que ele não bate em mim – falei.

– Ele é um pouco rígido, mas não bate em você, não é, Rob? – disse a minha mãe.

– Não – falei. E ficou nisso.

– Mas não posso mentir pra ele – falei. – Sabe como ele é. Não é justo.

– Bem, não minta pra ele. Diga apenas... diga que eu pedi pra você não contar pra ele. Diga que quero assim, e que eu disse que ele tem que respeitar isso.

– É, claro – falei. – E você tem medo que ele descubra e venha convencer você, mas é o mesmo comigo, não é? Ele também pode me convencer, não pode?

– Eu sei, Rob – minha mãe disse. – Mas você pode tentar. Pode tentar, por mim, não pode?

– Você pode fazer isso por sua mãe, não pode? – Bridget perguntou.

Então estava nas minhas mãos. Estava nas minhas mãos proteger a minha mãe e cuidar de Davey e impedir que o Philip chegasse até ela. O problema é que, vejam, a minha mãe não sabe que eu sou um monte de bosta. Deixo meninos da metade do meu tamanho me provocarem. Deixo pedaços de cocô na lama saltarem e me atingirem, ou deixaria, se pudessem saltar alto o bastante. Ele nem precisaria bater em mim. Nem precisava estar na mesma casa. Ele estava me transformando em bosta ali mesmo, naquele exato momento, e não estava nem na mesma *cidade*.

– Bom rapaz – disse Bridget.

– Sei que você consegue, meu menino. Meu menino grande e forte. Claro que consegue.

Alguém por acaso conhece algum feitiço? Porque preciso desesperadamente de um que transforme um monte de merda num homem.

Naquela mesma manhã ela recebeu uma mensagem dele dizendo que queriam que eu voltasse para a Brant.

– Você precisa ir, Robbie. Não pode ficar aqui pra sempre.

– Por que não? Por que não posso ficar?

– Você sabe por quê: não tem espaço.

– Eles não me querem de volta lá na Brant. Ele está mentindo.

Eu insisti nisso, então ela ligou para a Brant e adivinhem? Eles de fato me queriam de volta. Dá para acreditar? Filhos da puta! Era só uma tentativa furada – era isso. Não me queriam de fato. Por que iriam me querer de volta, depois do que fiz?

– Eu poderia muito bem ficar aqui até voltar para a escola. Lá na Brant é só confusão – falei. – Eles só querem me testar. Já passei por maus bocados que chega nos últimos tempos – implorei.

– Oh, meu amor, não é confusão. Eles *querem* você de volta.

– Mas mãe...

– Estamos falando da sua educação, Robbie. Você não pode negligenciar isso. E Bridget está sendo muito bondosa, mas não podemos sobrecarregá-la pra sempre, não é mesmo?

– Mãe! Por favor!

– Sinto muito, meu amor. Eu já decidi. Você precisa voltar.

Foi um dos dias mais horrorosos da minha vida. A minha mãe deu o melhor de si. No caminho fizemos uma parada e ela comprou uma camiseta nova pra mim. Não conseguimos a camiseta com viadinho, então ela me comprou uma camiseta qualquer do Metallica. Foi legal da parte dela. Só não era a mesma, só isso.

– Agora você pode se livrar daquela camiseta velha e horrível – ela me disse.

– Nem pensar! – reagi. Eu já tinha explicado pra ela que aquela camiseta era importante, mas ela obviamente não tinha prestado atenção numa só palavra do que eu tinha dito. Aquela camiseta era a minha *alma*.

– Robbie. – Ela parou na minha frente, como sempre faz quando quer me impressionar. – Quer que eu fique aqui me consumindo de preocupação todos os minutos do dia por causa de você e de uma camiseta velha?

– Não é só uma camiseta...

– Eu sei que é importante para você, mas você não pode passar o resto da vida apanhando por causa dela. Guarde-a numa gaveta ou algo assim. Guarde-a para shows ou coisa que o valha. Use esta aqui na escola. Você já tem problemas suficientes sem isso. Ok? Prometa, prometa pra mim agora.

Então eu prometi. Pra minha mãe, só para ela. Isso mostra que ela está pensando em mim, não é?

Não sei como peguei o ônibus de volta pra casa. Nunca me senti tão deprimido. Escola, casa, Brant, não tinha descanso. Eu estava tolerando tudo por tempo demais. Não sei por que era tão difícil. Eu até cheguei a imaginar que a coisa ficaria mais fácil. Acho que foi porque tive um gostinho de ficar com a minha mãe, longe de tudo. Durante todo o trajeto até em casa fiquei com o telefone na mão e fiquei pensando em como seria fácil ligar para a minha mãe e dizer... "Mãe, não consigo, mãe. Simplesmente não consigo, porque o jeito como ele me bate, não é certo." Era só isso o que eu tinha que fazer. Se fizesse isso, nada nesse mundo a convenceria a deixar eu voltar para ele.

Mas não consegui. Se eu dissesse isso, seria como dizer, "O seu namorado bate no seu filho há anos e você nem mesmo percebeu". Isso é como dizer, que porcaria de mãe você é. Não se pode fazer isso com a própria mãe, não é?

Chegando em casa, eu queria subir até o meu quarto sem ser visto, mas Philip me chamou lá da sala. Estava sentado ali com Davey jogando com o meu Xbox. Eles conectaram ele na tevê grande. Nunca podíamos fazer isso quando eu estava ali.

Davey disse "oi", mas não parecia contente. Jogar Xbox com o próprio pai deve ser uma coisa legal de se fazer. Até mesmo o Philip deve ter se sentido um pouco mal, pois ele jogou o controle pra mim.

– Quer jogar?

– Não, obrigado. Estou cansado. Vou pra cama – falei. Ninguém protestou quando saí da sala.

Davey subiu um pouco depois e tentou explicar sobre o Xbox.

– Nós pensamos – ele disse –, já que você não tava aqui...

– Fique com ele. Não vou mais usar – falei.

– Não faça isso, Rob. Não vou mais jogar Xbox com ele, se você quiser.

– Pouco me importa, Davey.

– Rob...

– Me deixe sozinho, tá? Preciso que você me deixe sozinho, Davey. Ok?

Ele ficou ali parado um tempinho. Então bateu em retirada lá pra baixo. Philip deve ter ficado furioso com ele por alguma coisa, pois ouvi eles falando alto. Davey não quis mais jogar com ele e, claro, Philip podia muito bem adivinhar por quê. Viu só? Rob vai embora e Davey se entende com o pai. Rob volta e eles brigam. Um amuleto de azar. É só isso o que eu sou. Tudo o que faço dá errado.

Fiquei ali deitado um bom tempo. Então levantei e tirei a camiseta do viadinho. Dobrei ela com cuidado e enfiei numa sacola embaixo da minha cama. Eu tinha prometido pra minha mãe. Era como se a força estivesse me abandonando. Então voltei a me jogar na cama e tentei pegar no sono.

Hannah

O MAIS INCRÍVEL NESSE trabalho é que você nunca sabe o que vem pela frente. Estou sempre sendo surpreendida. Às vezes, chego a ficar impressionada. As crianças com quem trabalho são problemáticas, mas pelo menos têm personalidade própria. Em qualquer sala daqui, você encontra mais gente com personalidade própria do que numa escola inteira.

Por outro lado, não dá para gostar de todos eles.

Eu sei que não parece muito justo, mas é assim que as coisas funcionam. Os que não suporto são aqueles que praticam bullying. Não tinha reparado muito em Rob quando ele apareceu. Ele tinha uma coisa com aquela camiseta – do que era mesmo? Heavy metal. Não gosto desse tipo de música. Eu até tento conceder o benefício da dúvida para muita gente, mas acabo não gostando deles do mesmo jeito no fim das contas.

Ele reapareceu na segunda de manhã, e não eram poucos os que queriam acertar as contas com ele. Jim foi o primeiro. Dava para ouvir a conversa lá do corredor.

– Acho que todo mundo tem um propósito para estar neste mundo, Rob, mas não estou conseguindo entender qual é o seu. A não ser arrumar encrenca com os outros. Você acha que estou certo?

Ele sabe pegar pesado quando precisa, o Jim. Depois foi a vez de Melanie falar com ele, e depois alguns professores. Eu não sabia como os outros alunos iam reagir – Billie era a heroína deles. De qualquer forma, já era o suficiente. Eu não queria continuar pressionando o garoto depois daquilo tudo, mas ainda estava brava por causa do que ele tinha feito com Billie. Ela havia fugido de novo. O que não era nada bom. Em geral ela sossega um pouco depois de se meter numa encrenca feia. O problema é que dessa vez ela tinha posto tudo a perder. Era a pior fase da vida dela – e tudo graças àquele idiota.

Eu o arrastei até a minha sala no intervalo. Não consegui me segurar.

– Foi um acidente – ele falou.

– Você abaixou as calças dela por acidente.

– Foi.

– Não me trate como se eu fosse uma idiota, Rob.

– Não, não, dona.

– Como é possível abaixar as calças de uma garota por acidente?

– Você pode tropeçar em alguma coisa, dona. Eu nunca ia fazer isso com a Billie de propósito. Eu gosto dela.

– É assim que você mostra pra uma menina que gosta dela? Abaixando as calças dela em público?

Ele fez uma careta.

– Imagino que o seu próximo encontro com Billie não vai ser dos mais agradáveis. Você sabia que era a última chance dela aqui? E não estou falando por falar. Era a última chance dela mesmo.

– Eu sei. Ela me contou.

– Bom, e agora ela perdeu essa chance, né? Com a sua ajuda. Ela não vai mais poder voltar. Os pais do Chris vão prestar queixa contra ela. Talvez até por lesão corporal grave.

Para a minha satisfação, ele parecia horrorizado.

– Você sabia que ela fugiu? Sabia?

Ele balançou a cabeça.

– E eu entendo por que – continuei. – O único lugar para ela agora é a WASP. E depois o reformatório, quase com certeza. E com uma ficha criminal. Parabéns, Rob. Você é um ótimo amigo, não? Tomara que a Billie não encontre você para demonstrar a gratidão dela.

Ele não disse nada, só se encolheu na cadeira. Amigo da Billie! Até parece. Quem acredita nisso é porque acredita em qualquer coisa. Além de gostar de praticar bullying, ainda é manipulador. Bom... esse menino deve ter alguma coisa de bom, mas acho que nunca vou conseguir descobrir o que é.

Mas, por outro lado, havia Chris Trent. Depois de tudo o que aconteceu, a escola dele decidiu aceitá-lo de volta. Lá estava eu descendo para o intervalo na sexta de manhã, e quem eu encontro bebendo chá e comendo torrada com os outros alunos? Não consegui acreditar. As outras crianças estavam todas em cima dele, como se fosse uma grande atração – um chute no saco dado pela Billie claramente conferia à vítima uma dose de glamour.

– Chris, o que você está fazendo aqui? – perguntei.

Mas a conversa não foi muito além disso. Jim apareceu na porta e me chamou.

– Você não vai acreditar no que aconteceu – ele falou.

No fim das contas, Chris e Billie ficaram amigos quando ela foi visitá-lo no hospital. De alguma forma, ele conseguiu convencer os pais a retirar a queixa. Eu não conseguia acreditar no que estava ouvindo. Nem Jim. Ele ligou para a polícia para confirmar tudo antes de dar aquilo como fato.

– Eles ficaram furiosos – ele contou. – Pensaram que dessa vez ela ia ser presa.

Billie! Sua pilantra. Quantas vezes essa menina ainda ia se safar? Mas não foi pilantragem, certo? Ela foi lá pedir desculpas. Está vendo, Billie? Você acertou. Conseguiu mais uma chance. Agora só precisa aproveitar. Peguei o telefone para tentar falar com ela, mas ninguém atendeu, então mandei uma mensagem: "Billie, eles retiraram a queixa. Ligue para mim agora!".

– Mas mesmo assim ele não devia estar aqui, certo? – perguntei para Jim.

Jim coçou a testa.

– Ele devia estar na escola – Jim admitiu. – Mas... ele prefere vir para cá.

Eu encolhi os ombros.

– Desde quando aceitamos alunos que vêm por conta própria? – eu perguntei.

– E desde quando eles querem vir para cá? – completou Jim.

– Mas a escola vai querer saber onde ele está – eu argumentei. Tecnicamente, nós o estávamos ajudando a matar aula. – E os pais dele? Estão sabendo?

Jim deu de ombros.

– Ainda não tive tempo de ligar para eles – falou. – Estou muito ocupado. Acho que está rolando algum tipo de queda de braço nesse caso.

– E você não está se esforçando muito para resolver isso.

– Não muito...

Jim e eu podíamos ter nossas discordâncias, mas eu sabia que ele era uma ótima pessoa. Eu pensei: "Chris, seu lindinho!". Minha vontade era ir até lá e dar um beijo nele na frente de todo mundo.

Você entende o que eu quero dizer? Chris e Rob. Dois lados da mesma moeda. Em geral nós tentamos ajudá-los a manter uma rotina de estudos, mas eles costumam estar tão atrasados que isso acaba se revelando uma grande perda de tempo. Rob era um desses casos. Quando Melanie conversou com um professor dele para perguntar sobre lição de casa, ele deu risada. Não adiantava muito passar tarefas para Rob – que estava na cidade fazia poucas semanas –, então ele foi mandado para mim, para fazer um trabalho de DP. Desenvolvimento pessoal.

Um monte de gente pensa que DP é brincadeira. E é – até certo ponto. São atividades lúdicas. Os alunos fazem retratos de si mesmos ou escrevem quais são seus pontos fortes e seus pontos fracos, e no fim todo mundo pode falar sobre suas escolhas. Na maioria das vezes, ficam todos sentados com cara de tédio. Mas, no fim das contas, conversar sobre seus pontos fortes e fracos é uma forma de falar sobre si mesmos. É uma porta que se abre. Em pouco tempo, eles começam a falar sobre o que anda acontecendo em casa, ou na escola, ou em qualquer outro lugar. E, com um pouquinho de sorte... você chega até eles.

Você não iria acreditar nas coisas que essas crianças são obrigadas a suportar. Elas são vistas sempre como baderneiras, mas, se você soubesse como é a vida desses meninos e dessas meninas, na certa não diria isso. Imagine só. Sua mãe está bêbada e tem um bebê chorando precisando de cuidados. Seu pai está preso e sua mãe, deprimida, sem dinheiro para nada. Nessas circunstâncias, sendo a pessoa responsável por cuidar da casa, a escola fica facilmente em segundo plano, né? Seus irmãozinhos precisam comer, tem um bebê precisando de cuidados... Você não iria passar o dia numa sala de aula pondo a educação em primeiro lugar, certo? Se sua vida estivesse desse jeito, a escola seria sua prioridade? Com certeza não. E aí, quando você consegue ir até lá, ainda é tratado como um delinquente.

Essa meninada, para mim, eles não são baderneiros – são heróis. Heróis da vida real. Estão abrindo mão de suas chances na vida para cuidar das pessoas que amam –

isso é uma atitude heroica, não? E o que eles ganham com isso? O sistema se volta contra eles com todo o seu peso.

E, é claro, também tem aqueles que só servem para criar caso. Você precisa aprender a identificar quem é quem. E, com um pouco de experiência, você consegue. Ou pelo menos começa a achar que é capaz.

E é assim que você cai do cavalo.

Estávamos fazendo uma brincadeira chamada Futuros. Só o que eles precisavam fazer era escrever qual era o futuro de seus sonhos. Ponto. Nada de mais. Rob queria ser baterista de uma banda de death metal. Chris também estava lá. Queria ser um empreendedor, e estava dando trabalho. Queria ficar ajudando todo mundo.

– Chris, o que você está fazendo?

– Ajudando o Maheed.

– Maheed, você está precisando de ajuda?

– Não, dona.

– Chris, vou perguntar mais uma vez. O que você está fazendo?

– Estou sendo útil – ele falou.

– Não está, não. Só estaria sendo útil se alguém precisasse da sua ajuda. Todo mundo aqui é capaz de escrever uma simples frase sobre os seus sonhos para o futuro. Certo?

– Tudo bem, tudo bem, não precisa ficar nervosinha.

Ele sabia ser bem irritante quando queria. Útil e irritante? Isso por acaso era possível?

Fui falar com Rob.

– Então você toca bateria, Rob? – eu perguntei.

– Tocava – ele respondeu.

– Ah, o que aconteceu?

Ele encolheu os ombros.

– Meu pai deu sumiço nela.

– Por que ele fez isso? – eu quis saber.

Robbie sorriu.

– Ele disse que eu fazia muito barulho – ele contou. Todo mundo caiu na risada. Eu fiquei em silêncio. – Enfim... – ele continuou, meio na defensiva. – Ele nem é o meu pai de verdade, é só o meu padrasto.

Ele me olhou de lado de um jeito que... Eu conheço esse olhar. Pensei comigo mesma: "Lá vamos nós".

Quando a sessão terminou, pedi para ele ficar na sala. Ele não gostou muito, mas obedeceu. Esperei todo mundo sair antes de falar:

– Eu estive pensando, Rob... Na verdade não sei nada sobre você, né?

– Não tem nada pra saber – ele respondeu.

– Me diga, como vão as coisas em casa?

– Tudo bem.

– Você mora com quem?

Ele começou a falar, aos poucos. Sobre a mãe ter ido embora, deixando-o com o irmão e o padrasto. Depois um monte de coisas boas sobre sua mãe. Minha nossa, ela deve ser algum tipo de heroína, essa mulher. Mas nada sobre o padrasto, ou algum ressentimento por ela ter ido embora. Só elogios por ela ter comprado uma camiseta para ele.

Uma camiseta pode significar tanto assim?

– E o seu irmão, ele se dá bem com o seu padrasto?

– Muito bem. É o pai dele, na verdade.

– Ele não ficou triste pela mãe ter ido embora?

Perguntei mais algumas coisas. Rob pegou um lápis e começou a desenhar distraído, como se estivesse entediado. Mas eu sabia que ele não estava.

E aí chegou a hora de remexer na sujeira.

– E você e o seu padrasto se dão bem?

Ele foi falando aos poucos. O pai foi embora quando ele era pequeno. Philip apareceu. Philip começou a intimidar a mãe dele. Começou a intimidar Rob. A deixá-lo com medo. Arrisquei um tiro no escuro:

– Rob. Ele bate em você?

– Não – ele respondeu. – Não, ele não faria isso.

E começou a chorar.

Minha nossa. Rob não dizia nada para a mãe porque queria protegê-la. Achava que, enquanto Philip estivesse descontando tudo nele, deixaria a mãe e o irmão dele em paz. Carregava o peso do mundo sobre os ombros. Resolvi não interferir. Deixar que ele falasse. E ele falou, falou, falou. Não admitiu que estava magoado – isso ele não diria mesmo. Só falou que sua mãe era o máximo, que Philip era um lixo, que ele queria muito poder ajudá-la e que odiava o padrasto. Acho que ele ficou uns quinze minutos falando. Tudo o que eu precisei fazer foi acender o pavio e assistir à detonação.

Quando ele terminou, eu me recostei na cadeira e falei:

– Muito bem, Rob, agora eu quero falar sobre como me sinto ouvindo tudo isso, se você não se importa.

Ele me olhou como se tivesse levado um tapa na cara.

– Quê? – ele perguntou.

– Eu fico muito, muito indignada de saber que você está sendo tratado assim. Fico muito, muito triste de saber que não tem ninguém para ajudar você a tirar esse peso das costas. E tem mais: com tudo isso, você ganhou o meu respeito, Rob.

Ele me olhou com uma cara... Respeito? Ele nunca sequer imaginou que estava fazendo uma coisa digna de nota.

– A maneira como você protege o seu irmão. Eu não sei se faria isso. Você deve ficar muito irritado com ele às vezes, por ele ser o filho favorito. Mas, em vez de descontar no Davey, você cuida dele. Não é à toa que ele ama tanto o irmão. Não é à toa que a sua mãe confia tanto em você para olhar por ele.

– Bom, é... – ele murmurou. Parecia perplexo. Mas o que eu estava dizendo era a pura verdade.

– E não contar para a sua mãe que o Philip bate em você... é muita coragem da sua parte.

Ele não disse nada sobre apanhar, mas também não negou.

– Só vejo um problema em tudo isso. Proteger a sua mãe não é a sua função. Isso não é justo. Mas eu tenho muito respeito por você, Rob, pela sua coragem, por acreditar nas pessoas. Você é um herói. Estou falando sério. Você tem um monte de problemas, em casa, na escola, aqui... e mesmo assim só pensa em proteger as pessoas que ama. Não desconta nada nelas, não cria problema para ninguém... simplesmente protege quem você ama. Não sei nem dizer o quanto respeito você por isso.

– Bom, é... – ele murmurou. Estava morrendo de vergonha, coitadinho. Mas ganhei a minha recompensa. Ele olhou para cima e sorriu para mim – um sorriso sincero e escancarado.

Ele me ensinou uma lição mesmo, né?

Conversamos mais um pouco. Não consegui que ele dissesse tudo, nem de longe, mas já era um começo. O principal eu sabia. Veio de Manchester alguns meses atrás. Qual seria a história por trás disso? Expulso por praticar bullying. Eu conheço aquela escola. A cultura do bullying está entranhada até a alma dos alunos por lá. Eu devia ter atentado para isso desde o começo. Às vezes é mais fácil para a escola se livrar de alguém que sofre bullying do que tentar mudar toda a cultura local. Dessa forma eles podem concentrar tudo em um aluno e continuar ignorando o que boa parte da molecada apronta naquele lugar. Isso sem falar nos professores. Aposto até meu último centavo que foi isso o que aconteceu com Rob.

Ele precisa muito da nossa ajuda. Vou pedir para Jim entrar em contato com a escola, para ver o que podemos fazer por ele.

E é isso aí. Mais uma lição, mais um garoto. Herói ou baderneiro? Me diga você. Talvez dê no mesmo.

Depois que Rob saiu, passei pelas carteiras, recolhi os trabalhos dos demais e dei uma olhada. Todos haviam escrito alguma coisa, menos... Adivinhe! Chris Trent. Que surpresa... O nome dele estava lá, mas o restante da folha... totalmente em branco. Eu pensei: "Seu preguiçoso. Você é do tipo que faz qualquer coisa para não precisar produzir nada, né, Chris?". Devia ter deixado aquilo para lá, mas... O que foi toda aquela balbúrdia que ele causou na sala? Se remexendo sem parar na cadeira. Querendo ajudar todo mundo, mesmo sem ninguém pedir. Ele tinha dado mais trabalho do que todos os outros somados.

Fui dar uma olhada na ficha dele. Fiquei impressionada. A produtividade em sala até que era razoável, mas as lições de casa... Ele não fez nenhuma em *quatro anos*. Nada. Tentaram de tudo para que ele fizesse, e ele se recusou a ceder. É muita força de vontade para um preguiçoso, não? Então o que podia ser? Princípios? Você acha mesmo?

Porque eu não acho.

Para mim aquilo parecia mais um pedido de socorro.

Rob

Eu estava tendo um dia e tanto. Primeiro todo mundo ficou brigando comigo por causa da Billie, e depois do nada Hannah veio me dizer que me achava o máximo. Não entendi nada. Quer dizer, foi legal, mas... ela nem imagina o quanto eu sou covarde. Mas não sou eu que vou dizer isso pra ela.

Philip estava no meu pé desde que eu voltei. "Onde ela está, filho?", ele ficou perguntando. Odeio quando ele me chama de filho. Eu respondi o que a minha mãe me mandou dizer: que ela tinha pedido pra eu não contar e pra ele respeitar a vontade dela. Ele concordou com a cabeça, mas isso não queria dizer nada. A gente estava na mesa, tomando café. Davey estava lá. E ele me olhou de um jeito... Como se dissesse que aquela conversa ainda não tinha terminado. Podia ser hoje, ou amanhã, ou outro dia, mas ele ia me perguntar de novo e eu ia ter que contar. Não sou um herói. Não sou como a minha mãe. É ela quem está tentando salvar a gente do Philip. Eu sou só o sujeito que vai arruinar os planos dela.

Quero ver se a Hannah vai continuar me respeitando quando isso acontecer.

Mesmo assim, eu fiquei me sentindo melhor por causa dela. E, logo que cheguei, quem encontrei por lá? O Menino-Lesma. Dá pra acreditar? Ele foi falar comigo quando eu estava quieto no meu canto, comendo as minhas batatinhas, e disse:

– Certo. Eu não gosto de você, e você não gosta de mim.

– Escuta aqui, moleque – falei. – Não estou a fim de encrenca. Já estou encrencado até o pescoço. Sinto muito pelas suas bolas. Mas vamos deixar isso pra lá, certo?

– Não é isso – insistiu. – Aquela briga com a Billie. Você sabe o que aconteceu, não?

– O quê?

– Passaram o pé em você.

– Está brincando!

– Estou nada.

– De propósito?

– Pois é.

Aquilo fazia sentido... eu não ia cair daquele jeito à toa.

– Quem foi?

– Aquele tal de Ed.

Eu soltei um suspiro.

– Logo ele.

– Pois é.

– O moleque mais irritante do mundo.

– Pois é.

Ficamos lá parados, um olhando pro outro. Eu tomei um monte de pontapés, e ele levou um pisão bem no saco, e tudo por causa daquele pirralho com cara de nerd.

– O que você quer fazer? – eu perguntei.

– Chutar a cara dele. E você?

– Estou nessa.

Pegamos o moleque no banheiro mais tarde – é o único lugar na Brant em que dá pra fazer esse tipo de coisa. Ele tentou fugir, mas a gente não deixou.

– Vou contar pro Jim! – ele resmungou. – Vou contar pra Hannah!

– Pode contar pra quem quiser – disse o Chris, e empurrou o moleque de volta pra dentro. Ele foi recuando até perto da pia. Era um pirralho de nada. Patético.

– O que a gente vai fazer com ele? – perguntou Chris.

– Moer na pancada – respondi.

– Eu comi a sua mãe – falou Ed.

Olhei pro Chris, e ele olhou pra mim.

– Quê? – a gente soltou ao mesmo tempo.

– Eu comi a sua mãe – ele repetiu. Depois olhou pra cima e deu uma risadinha bizarra.

Como assim? Ele estava pedindo pra apanhar? Queria piorar ainda mais as coisas? Qualquer moleque normal ia estar chorando e implorando perdão.

– Você pirou? – Chris perguntou.

– E comi a sua irmã também – ele respondeu.

A gente olhou de novo um pro outro, por cima da cabeça dele.

– Ele é retardado – falei.

A gente agarrou o moleque pela camisa, mas o engraçado é que depois disso ninguém fez mais nada. Era uma situação patética. Ele estava pedindo pra apanhar. Bater num pirralho daqueles era... Sei lá...

– Vamos dar uma lavada nele? – Chris sugeriu.

– Como assim?

– A gente enfia a cabeça dele na privada e dá a descarga.

– Boa. Quer dizer, não! Ele vai ficar todo molhado, vai sujar pra gente.

– A sua mãe gostou! Ela pediu pra eu ir lá de novo! – ele falou.

Dei um cutucão com o dedo nas costelas do Ed, e o moleque surtou.

– Não! Não faz isso! – ele gritou.

A gente deitou o pirralho com a cara virada pro chão, segurou os braços dele por cima da cabeça, sentou nas pernas dele e fez um monte de cócegas. O moleque riu, e riu, e riu, até sentir vontade de vomitar. E ele ia vomitar se o Jim não tivesse aparecido. Durou uns bons minutos aquilo, eu acho. Ele já estava quase chorando.

Jim ficou furioso.

– Eu não tolero brigas aqui – ele berrou.

O pirralho levantou num pulo.

– Eles me espancaram, senhor. E enfiaram a minha cabeça na privada. E disseram que comeram a minha mãe.

– Fora daqui, Ed, eu não acredito em nada disso – disse Jim. Ed saiu correndo. Ele se virou para mim. – Você... Eu sabia...

– O Ed passou uma rasteira nele, Jim – interrompeu Chris. – Foi por isso que ele abaixou as calças da Billie. Não foi culpa do Rob... ele caiu porque o tal do Ed passou o pé nele.

Jim me encarou. E fechou os olhos antes de perguntar pra ele:

– Isso é verdade?

– Pode perguntar pra qualquer um, senhor. Todo mundo viu.

– Eu devia saber – ele falou. – Por que você não me contou isso antes?

– Ele é perigoso, aquele moleque – Chris tentou justificar. Depois ficou em silêncio. – Desculpa, Jim – ele acrescentou.

– Tudo bem. Você fez um grande favor para uma pessoa daqui, Chris, então vou deixar isso passar. Só desta vez. Regras são regras. Não há como escapar disso. Agora estamos quites. Certo?

– Certo.

– Ótimo. Agora suma daqui.

Chris se mandou, e a atenção de Jim se voltou pra mim.

– Você desrespeitou uma regra importante, Robbie. Eu entendo por que você fez isso, então o que aconteceu aqui não vai sair deste banheiro. Estou dando mais uma chance para você. Entendeu bem?

– Certo!

– Não me decepcione. Aconteça o que acontecer na sua casa, aqui é um *porto seguro*. Ultimamente não anda parecendo, mas é. Entendeu?

– Entendi.

– Agora suma daqui, e não quero saber de problemas com você pelos próximos dois meses.

Eu saí dali rapidinho, antes que ele mudasse de ideia.

Ultimamente não ando tendo muito por que ficar de bom humor, mas aquele dia na Brant foi bacana. Gostei da Hannah, ela é legal. Disse que eu não ia mais voltar pra escola, o que uns dias atrás podia parecer uma coisa ruim, mas naquele momento era o melhor que podia acontecer. Jim falou que o diretor tinha me dispensado. Aquelas pessoas estavam mesmo do meu lado.

E eu fiquei amigo do Menino-Lesma! A gente passou o resto do dia juntos, zoando um com o outro e dando risada. Foi bem legal. Eu tinha um novo amigo! Que tal? Quem podia imaginar? Menino-Lesma, o rei dos moluscos, e eu. Sensacional!

Quando cheguei em casa, eu e Davey ficamos jogando Xbox no meu quarto. Ele ganhou, mas porque eu deixei. A gente comeu ovos com batatinha frita na hora do chá, um dos meus pratos favoritos. Depois vi um pouco de tevê. Philip estava numa boa. Ele estava saindo com aquela mulher. Vai ver tinha resolvido seguir em frente. Podia ter desistido de tentar descobrir onde a minha mãe estava. Nunca se sabe. Fui dormir naquele dia pensando que a minha sorte finalmente estava mudando. Mas quando abri os olhos lá estava ele, sentado do lado da minha cama.

– Que foi? – perguntei. Estava zonzo. Não sabia o que estava acontecendo. Devia ser madrugada ainda, e ele estava fedendo a cerveja, mas não parecia bravo nem nada. Só estava lá sentado numa poltrona que tinha arrastado pra perto da cama, com os cotovelos apoiados nos joelhos e olhando pra mim.

– Está acordado? – ele perguntou.

– Agora estou – eu resmunguei.

Ele balançou a cabeça. Pegou a lata de tabaco e começou a enrolar um cigarro em cima do joelho.

– Está na hora de termos uma conversinha. Só eu e você – ele falou, e sorriu pra mim. Se ajeitou na poltrona, pegou o isqueiro, acendeu o cigarro e me encarou em meio à fumaça. – Nós temos as nossas diferenças, Rob, mas eu ainda sou seu padrasto. Seu pai, na verdade, como sua mãe sempre diz. Já conheço você há muito tempo. Tivemos nossas brigas, mas isso é uma coisa normal entre pai e filho.

Ele balançou a cabeça e esperou que eu fizesse o mesmo. E eu fiz. E, nesse momento, comecei a me sentir um bosta.

– Preciso dizer para você, Robbie – ele continuou –, que admiro muito o que você faz pelo Davey. É muito bom saber que ele pode contar com você. Muitos irmãos mais velhos maltratam os mais novos, principalmente quando são filhos de pais diferentes. Mas você sabe lidar muito bem com isso. E tem a minha admiração. Às vezes eu perco a cabeça, principalmente quando tomo umas e outras, mas você é um bom garoto. É mesmo – ele foi falando, balançando a cabeça enquanto fumava. – Nós nos damos bem. Temos as nossas diferenças, mas no fundo nos damos bem. Não é?

Ele esperou que eu acenasse com a cabeça de novo. E foi o que eu fiz. E fui me sentindo cada vez mais um bosta.

O alquimista da bosta.

– Você é um bom garoto – ele repetiu, e deu mais uma tragada. – A sua mãe ir embora desse jeito... deve ter sido um choque para você, não?

– Eu não sabia que ela queria ir embora.

– Nem eu. Bom, fiquei sabendo naquela noite. Rob, preciso pedir desculpas por ter aparecido aqui com a Silvia naquele dia. Foi um erro da minha parte. Eu estava nervoso, não sabia o que estava fazendo.

Ele deu mais uma tragada no cigarro. O tempo todo sem tirar os olhos de mim.

– Mas o que ela fez também foi errado – ele continuou. – Sumir daquele jeito. Não dizer nada nem para você. Pensei que você já estivesse sabendo naquele dia. Ela tinha ido falar com você.

– Ela veio, mas não disse nada. Não sei por que não.

– Foi um erro da parte dela. A verdade, Robbie, é que ela não gosta tanto assim de você. Sei que ela quer ter a própria casa e que quando tiver vai querer que você e Davey morem lá com ela. Mas eu não vou deixar que isso aconteça, Robbie. Ela não vai tirar o meu filho de mim. Não vai conseguir. Foi ela que abandonou a família... abandonou os dois filhos e o marido. Juiz nenhum vai ver isso com bons olhos. Davey vai ficar aqui comigo, e eu vou precisar da sua ajuda. Para cuidar dele. Pobre menino, nem mãe ele tem... vai precisar de você, Robbie. Quero que você me prometa. Você pode fazer isso por mim, Robbie? Pelo Davey? Quero que você prometa que não vai embora daqui.

Ele me olhou e sorriu.

– Quero a sua palavra de honra – ele disse baixinho. – Estou falando sério, Rob. Quero a sua palavra de honra.

– Eu prometo.

E, quando disse essas palavras, me senti o maior bosta do mundo.

– Então diga. Diga que promete que vai ficar aqui comigo e com Davey. Vamos, diga.

– Eu prometo – falei. – Prometo ficar aqui com você e com Davey.

– E não ir morar com a sua mãe.

– E não ir morar com a minha mãe.

Aí ele chegou mais perto, o desgraçado, e falou:

– Porque ela não gosta tanto assim de você.

Olhei para ele, e ele ficou me encarando. Sabia exatamente o que estava me pedindo para fazer.

– Diga – ele mandou. – É a verdade. Nós dois sabemos. Não me obrigue a usar a força bruta. Diga. "Porque ela não gosta tanto assim de mim."

– Eu não posso...

– Pode, sim. E vai dizer. Agora.

– Porque a minha mãe não gosta tanto assim de mim – falei. E meu corpo inteiro, e a minha alma...

Comecei a chorar.

Desculpa, mãe. Sinto muito. Não consigo deixar de fazer o que ele manda.

– Bom menino – ele falou. – Agora eu quero que você desça.

Levantei da cama de cueca, vesti uma camiseta. Ia terminar de me vestir, mas ele falou que não precisava. A gente desceu.

Não sei por que sempre faço o que ele manda. Às vezes acho que é por medo do que ele vai fazer se eu desobedecer, mas não é isso, porque sempre acabo me dando mal no fim das contas.

Um amigo dele, o Alan, estava lá. Eles estavam bebendo. Tinha cinzeiros cheios na mesa e um monte de latas de cerveja vazias. E um mapa de Manchester aberto.

– Agora – ele falou – quero saber onde ela está. Quero saber onde a mãe do meu filho está escondida. Eu quero saber. E você vai me contar.

PARTE 3

A banda

Billie

Eu queria voltar pra casa da Barbara, mas não tive coragem. Também não ia conseguir encarar Hannah, nem Sue, nem Jane e nem ninguém, então passei a noite numa casa abandonada na Charles Street, escondida num quarto no segundo andar. Eu já tinha ido lá uma vez com uns amigos. Era um lixo – a gente foi lá só pra olhar mesmo. E encarar aquilo sozinha era ainda pior. Naquela noite apareceram uns caras por lá, uns bêbados. Mendigos. Quatro ou cinco velhos imundos e eu ali sozinha? Eles podiam fazer o que quisessem comigo. Fiquei bem quieta no meu canto, torcendo pra ninguém subir a escada. No fim eles dormiram, mas eu não quis sair pra rua no meio da madrugada, estava com medo.

Foi a pior noite da minha vida, deitada naquele quarto escutando aqueles vagabundos, depois de ter sido rejeitada de novo pela minha mãe. Tinha uma mulher lá com eles, loucona, xingando e berrando. Acho que um dos caras ficou a noite toda mandando ver nela. Era como se... ela fosse eu. Fiquei ouvindo o que eu ia ter que encarar. Pensei em Hannah. E em Barbara também, e que eu podia estar em segurança no quartinho bonitinho que ela arrumou pra mim. Se estivesse com o meu celular, podia ligar pra elas, mas pra quê? Eu não tinha mais pra onde escapar.

Acordei de manhã com o barulho dos carros lá fora. Não vi nenhum dos bebuns por perto. Abri a porta da frente e saí correndo. Nunca mais ia passar uma noite daquelas na minha vida. De jeito nenhum. Mas ainda não estava pronta pra encarar a Barbara. Se eles queriam me trancafiar, que viessem atrás de mim, então. Fui ver o Cookie em vez disso.

Cheguei cedo demais. Ele ainda estava na cama, tive que bater na janela. E bater. E bater, e bater, e bater.

– Vamos lá, seu desgraçado, acorda – eu fiquei dizendo. Aí a cara dele apareceu na janela, e ele foi cambaleando até a porta.

– Que foi?

– Posso entrar?

Ele se arrastou pro lado, me deixando entrar. Fui até a cozinha. Ele fechou a porta e veio atrás.

– Que foi? – ele perguntou de novo.

– Posso ficar aqui uns dias?

– Quê?

– Só uns dias. Estou enrolada. Mandei um moleque pro hospital.

– Minha nossa.

– Só uns dias.

Cookie fez que sim com a cabeça.

– Vou voltar pra cama – ele resmungou. E virou as costas pra mim, assim do nada.

– Valeu... valeu! – eu gritei pra ele. Ele acenou com a mão e sumiu dentro do quarto.

Um lugar pra ficar eu já tinha.

Fui direto até a geladeira. Não tinha nada, mas encontrei uns hambúrgueres no freezer e uns pães que ele tinha roubado do trabalho. Cookie e os hambúrgueres. Ele trabalha com hambúrguer, só come hambúrguer, tem cheiro de hambúrguer e até gosto de hambúrguer. Enfiei alguns no micro-ondas. Dei uma olhada ao redor enquanto esperava. Era um chiqueiro. Tudo sujo de gordura, com a pia lotada de pratos de papel – que ele também rouba do trabalho – e pontas de cigarro e latas de cerveja vazias espalhadas. A noite anterior devia ter sido daquelas.

Cookie me chamou lá do quarto.

– Billie!

– Que foi?

– Vem cá.

– Quê?

– Vem cá, eu falei.

Fui até lá. Ele estava lá deitado debaixo do edredom, sem nenhum lençol nem nada, só aquele edredom barato.

Não tinha uma aparência muito boa. O cheiro também não era dos melhores.

– Estou fazendo...

– Deita aqui!

– Mas...

– Deita aqui!

Está certo. Ninguém dá nada de graça neste mundo. Eu deitei, mas não era bem isso. Ele ficou de bruços e virou a cara pro outro lado, talvez pra eu não ser obrigada a sentir o bafo dele, e me abraçou pelo pescoço. Só isso. Pus o braço sobre os ombros dele e a perna em cima da bunda e fechei os olhos. Estava morrendo de fome. Ouvi o micro-ondas apitar com os hambúrgueres, mas não me mexi. Fiquei deitada lá, sentindo o calor do corpo dele, até dormir.

Hannah

Ela não levou nem o telefone... você acredita? Ela está sempre com o celular. Barbara deixou o aparelho na mesa da cozinha, e eu tinha certeza de que ela ia aparecer para buscar, mas não. Eu disse que não ia abandoná-la – mas como dar apoio a uma pessoa que você não sabe nem onde está? Vou matar aquela menina quando ela aparecer. Isso se alguém não fizer isso antes de mim.

Acha que estou brincando? É verdade que nenhum dos nossos alunos foi assassinado – ainda. Mas, de resto, já aconteceu de tudo. Estupro, agressão, sequestro, prostituição, drogas, tentativas de suicídio... e suicídios de fato. Qual você acha que é a opção mais provável para a Billie?

Nenhuma delas me surpreenderia. São coisas que acontecem, principalmente com meninas como Billie.

Mas... O que eu posso fazer? Só o que está ao meu alcance mesmo. E a vida continua, com ou sem Billie Trevors. Tenho outras pessoas com quem me preocupar além dela. No outro dia mesmo Rob estava todo ansioso atrás dela. Pedi para que todo mundo na Brant ficasse de olho, e ele foi o primeiro a aparecer na minha sala. Pensei que fosse por medo de apanhar por ter arrancado as calças dela – o que era um bom motivo. E ele estava com medo. Mas... tinha mais coisa além disso.

Quando ele descobriu que ela nem sabia que a queixa havia sido retirada, ficou obcecado. Ela precisava ser encontrada, e ele faria isso. Rob se dedicou de corpo e alma. Antes da escola, depois da escola. Na hora do almoço, no fim de semana...

– Rob – eu falei. – Estou gostando de receber a sua ajuda para procurar a Billie, mas... você tem a sua vida para cuidar também, não? Você fez amizade com Chris, o que é ótimo. Aproveite mais a companhia dele. Você não pode ficar o tempo todo atrás da Billie.

– Mas ela precisa da nossa ajuda – ele falou.

Não contente em tentar salvar a própria mãe, ele queria salvar a Billie também. Um cavaleiro da armadura dourada, esse é o nosso Rob. Otimista, com um brilho nos olhos, cheio de esperança. Só Deus sabe pelo que ele passou, e lá está ele, ainda achando que o mundo tem jeito. Como dizer que não é assim que as coisas funcionam sem transformá-los em um bando de cínicos? Se prepare para o pior e torça pelo melhor, é assim que eu vou levando. Mas essa é uma lição bem difícil de aprender.

– Não estou dizendo para você desistir, Rob. Só estou dizendo que você não sabe no que isso vai dar. Não crie tantas expectativas ao tentar salvar alguém. Nem sempre você vai conseguir e, às vezes, as pessoas nem querem ser salvas.

Ele me olhou e fez uma careta.

– Mas você também está procurando por ela, não? – perguntou.

E eu pensei: "Pois é, Hannah, e quer saber? Quando é que você vai começar a seguir seus próprios conselhos? Vá cuidar da sua vida".

Sem chance. Como eu vou arrumar tempo para alguma coisa com todo esse pessoal para cuidar?

– Só estou dizendo para você fazer as suas coisas também, Rob. Por exemplo, você já foi ao Corn Exchange no sábado à tarde? É onde todas as pessoas da sua idade vão no fim de semana. Acho que você devia ir. Chame o Chris. E pergunte para a Ruth. Ela vai sempre. Tem um monte de gente que gosta das mesmas coisas que você por lá.

– Mas você me avisa se aparecer alguma notícia da Billie, né?

– Aviso. Agora suma daqui. Estou ocupada.

Estou feliz com o meu progresso com Rob. Ele está se saindo muito bem – pelo menos está muito mais feliz do que quando apareceu aqui pela primeira vez. Ainda não ataquei o xis da questão, longe disso. Mas estou chegando lá. Mas não posso dizer o mesmo sobre o amigo dele. Qual é o problema de Chris Trent? Não consigo me aproximar dele de jeito nenhum. Ele é a versão psicológica do Muhammad Ali. É impossível chegar até ele. Recebemos uma ligação da escola na quarta de manhã, perguntando o que ele ainda estava fazendo na Brant. Aquele seria nosso último dia com ele. Decidi fazer mais uma tentativa. Fui falar com ele depois do almoço, antes das aulas da tarde.

– Só uma palavrinha, Chris.

– Tenho aula de culinária com a sra. Robbins.

– Você pode fazer seus biscoitinhos outra hora.

Subimos até minha sala. Peguei uma pequena pilha de papel e espalhei as páginas na minha mesa.

– Isso aqui é a sua produção, Chris. Tudo o que você fez em três dias aqui na Brant.

Sentamos para dar uma olhada melhor em tudo. Eram sete folhas de papel. Cinco delas só tinha o nome dele escrito no alto da página. Uma delas tinha a palavra "meia" escrita na primeira linha. A última, a palavra "boca" em letras maiúsculas, pintadas em caneta azul, da metade para baixo.

Chris deu um sorriso orgulhoso ao vê-la.

– É a minha favorita – ele comentou.

– Pois é, precisa ter uma noção do conjunto para entender a graça da coisa – comentei. – O que eu quero saber é: você já me disse por que não faz lição de casa. Mas por que não faz nada na sala também?

– Não faz muito sentido, né? – ele respondeu. – Não estou atrás de diploma nem coisa do tipo. Na minha linha de atuação isso não é necessário.

– Entendi. Então me diga: se você tivesse escolha, o que ia querer fazer em vez de ir à escola?

– Se eu tivesse escolha? Até parece! Mas, falando sério, acho que ia ficar trabalhando na minha loja no eBay.

Pedi para ele me mostrar tudo. Stan, o cara da informática, liberou o acesso ao eBay para ele – que normalmente é proibido, assim como Facebook e coisas do tipo – e mãos à obra.

Fiquei impressionada, sou obrigada a admitir. Ele postou imagens usando o celular, fez pesquisas de preços, mostrou alguns cálculos. Copiou e colou informações. Sem dúvida nenhuma ele ainda vai ganhar muito dinheiro algum dia.

– Que tal escrever alguns anúncios sobre os produtos agora, Chris? – eu sugeri.

– Não adianta. Estou sem mercadorias. Eles congelaram a minha conta.

– Mas faça isso assim mesmo. Só para mim.

– Não! Não gosto de fazer nada com as pessoas me vigiando.

– Mas você me mostrou as imagens e todas as outras coisas.

– Aí é diferente.

É mesmo, não? Nós olhamos um para o outro. Abri o sorriso mais compreensivo de que era capaz.

– Legal, Chris, obrigada por me mostrar tudo. Agora só preciso que você me responda um questionário, e depois disso você pode ir.

– Por quê?

– Ah, é só uma burocracia que precisamos cumprir. Não vai demorar muito. Meia hora, no máximo.

Ele não gostou nem um pouco. E gostou menos ainda quando eu sentei na minha cadeira e fiquei mexendo nos meus papéis enquanto ele fazia o teste. Ficou se remexendo na cadeira como se tivesse caído num poço cheio de cobras. Demorou um tempão. Teve um momento em que pensei que ele fosse desistir, mas conseguiu chegar até o fim. Ou quase isso.

– Certo, obrigada. Pode ir agora.

– Tá bom.

Ele me encarou meio desconfiado. E tinha razão para isso. Dei uma olhada nos papéis que ele me entregou e depois fui ver a tal loja online. Era uma maravilha. Uma beleza de se ver e fácil de usar. Eu mesma vou fazer umas comprinhas ali quando a loja voltar a funcionar. Nenhum erro de ortografia, nenhuma repetição desnecessária de palavras. Nenhum erro gramatical. Tudo perfeito. O oposto exato dos papéis que ele tinha acabado de me entregar.

Peguei você no pulo!

Chris

Consegui passar despercebido durante uma semana depois de sair do hospital. Ainda nem sei como, pra falar a verdade. A minha mãe e o meu pai caíram direitinho. Vai ver que foi por causa do acordo. Eles queriam tanto mandar a Billie pro xadrez que devem ter achado que eu tinha a *obrigação* de cumprir o que prometi pra que eles retirassem a queixa. Sim, mamãe e papai... eu vou pra escola. Sim, vou fazer a lição de casa. Sim, prometo que nunca mais vou fugir de casa pra morar numa barraca, nem naquela pra dois que vocês nem sabem que eu escondi lá na garagem. Palavra de honra.

Não precisa ser muito esperto pra saber que pelo menos uma parte da promessa não ia se realizar, pra não dizer tudo. Mas não. Eles engoliram tudinho.

Tive ainda um dia de folga em casa, uma coisa nada a ver, porque eu já estava bem. Mas esse tempo foi bem aproveitado, levando a barraca pra dois pra um esconderijo seguro. Quando chegou a noite eu estava com a corda toda, então eles me deixaram ir pra escola na sexta. Claro que não foi lá que eu fiquei. Já tinha tudo muito bem planejado.

Apareci na escola só pra dar as caras, criar uma impressão de presença. Antes de começarem as aulas, saí fora e fui até a Brant contar as boas notícias sobre a Billie pro Jim e pra Hannah, e fui recebido como um herói. Ali era muito melhor que a escola, obrigado. Fiz a mesma coisa na segunda, mas antes liguei pra escola e, fingindo que era o meu pai, disse que o pobrezinho do Chris precisou voltar pro hospital pra fazer mais uns exames. A secretária foi toda boazinha – desejou boa sorte pro coitadinho do Chris e falou que todo mundo estava sentindo a falta dele e estava torcendo pra que ele voltasse logo.

Até parece.

Funcionou até quarta-feira. Jim me avisou que a escola estava cobrando a minha presença por lá, e eu descobri que a minha mãe e o meu pai também tinham sido avisados assim que cheguei em casa naquele dia. Eles estavam esperando por mim, os dois, na mesa da cozinha. Espiei pela janela antes de entrar. Dava pra ver na cara deles. Estavam decepcionados. Estavam furiosos. Estavam... totalmente perdidos.

Meu pai me pegou espiando, e se eu não tivesse percebido logo ia ficar sabendo pela reação escandalosa dele.

– Olha ele ali! – ele gritou.

Os dois pularam da cadeira e foram correndo pra porta dos fundos, meu pai gritando comigo, minha mãe gritando com ele. E eu? Não tinha nem descido da bicicleta. Eles ficaram bem felizes quando eu falei que ia começar a ir pedalando pra escola. Não desconfiaram de nada. Eu simplesmente virei a bicicleta e me mandei. Eles saíram correndo atrás de mim pela rua, mas a essa altura eu já estava quase na avenida principal.

– É *por isso* que ele estava indo de bicicleta... já tinha tudo planejado! – berrou o meu pai.

– Não seja ridículo – repreendeu minha mãe, que, apesar de todas as evidências, se recusava a acreditar que eu estava disposto a tudo.

Quando senti que estava a salvo, parei e olhei pra trás. Eles estavam lá plantados no meio da rua, os idiotas, vendo sua única esperança de transmitir seu ridículo material genético pra próxima geração desaparecer diante dos olhos.

– Estou preparado para seguir você até o fim dos tempos – gritei, empostando a voz e fazendo um sotaque bem pomposo. – Para impedir que você e sua prole continuem a macular este mundo que Deus criou.

Eles ficaram lá parados, me olhando. Eu tirei o pé do chão e saí pedalando na direção do pôr do sol.

Rob

Escuta só.

Eu menti.

É tão fácil dizer isso. Eu menti. Simples assim. A gente faz isso o tempo todo, sem nem parar pra pensar. Mas não pra ele. Não sobre uma coisa séria como aquela.

Não tive coragem de olhar pra cara dele e dizer não. Acho que nunca vou conseguir fazer isso. Mas eu menti. Ele e o amigo me encarando enquanto eu olhava pro mapa. Encontrei a rua e, na minha cabeça, estava conseguindo ver até a casa. Estiquei o dedo e... apontei pra uma rua que ficava a quilômetros de lá.

– Número cinco – falei.

Foi a atitude mais corajosa que já tomei na vida. De longe. E desde aquele dia tenho vivido com medo. Toda vez que chego em casa depois de sair da Brant eu penso: "Será que ele foi até lá?". Toda vez que ele sai e liga o carro eu penso: "Será que ele está indo pra lá?".

Ele vai descobrir. Eu sei. Vai viajar até Manchester, encontrar a rua que eu apontei, bater na porta de uma casa e alguém que ele nunca viu vai atender. Ele vai voltar pro carro, pegar a estrada e me encher de porrada quando chegar em casa. E aí... eu vou contar a verdade.

Disso eu também sei. Não dá pra evitar – ele vai descobrir que menti, vai me encher de porrada e me obrigar a dizer a verdade. A minha realidade é essa aí. Tudo o que eu fiz foi adiar o momento. Vou acabar traindo a mulher que me pôs no mundo. É só uma questão de tempo.

E daí, qual é a novidade? Philip vai me encher de porrada. Grande coisa. Ele faz isso sempre. Eu posso contar a verdade, mentir ou não dizer nada – vou apanhar do mesmo jeito. Não adianta se preocupar com coisas que a gente não tem como evitar. Além disso, era sábado. E eu estava no ônibus com o Chris, e não apanhando do Philip, do Martin Riley ou de quem quer que seja. A gente tinha ido procurar a Billie, e depois ia pra Leeds conhecer os desajustados. Quando eu chegasse em casa, Philip já ia ter descoberto tudo e ia me encher de porrada. E eu ia me sentir um bosta. Mas até lá, só por algumas horas, eu não ia ser um bosta. Ia ser eu mesmo, pra variar.

Certo?

Certo.

Andei pensando em um monte de coisas ultimamente e sabe o que eu percebi? Que na verdade sou um cara de sorte. Vivo reclamando que a minha vida é uma porcaria, mas existe gente em situações muito piores que a minha. Billie, por exemplo. Sabia que ela foi expulsa de casa pela própria mãe? Quando Hannah me contou, não consegui acreditar.

– A mãe dela? – eu fiquei repetindo. Como uma mãe pode rejeitar a própria filha? Não consigo nem imaginar como é ter uma mãe que não me ama – que não quer nem viver na mesma casa que eu! Isso é que é ruim.

E agora ela vive se escondendo, sozinha, sem se sentir amada por ninguém, ainda pensando que o Chris vai prestar queixa... e sem poder recorrer nem à própria mãe.

Pode acontecer qualquer coisa comigo no mundo, mas eu sei que a minha mãe me ama. Ela pode estar certa ou errada, mas sempre vai me amar, e eu vou retribuir esse amor e fazer valer a pena tudo o que ela fez por mim.

Falei pra Hannah que ia fazer de tudo pra encontrar a Billie. Saio atrás dela todas as noites. Não é nenhum sacrifício – assim aproveito pra ficar longe do Philip. E na hora do almoço e de manhã cedinho. Andei perguntando por aí. E o Chris mora bem perto do lugar onde ela costumava ficar. Eu já tinha visto a Billie naquele parque algumas vezes. Então eu e o Chris demos umas voltas por lá, pra ver se a gente dava sorte.

E caso você esteja desconfiando de alguma coisa... não, eu não estou a fim dela. E, mesmo que estivesse, ela nunca ia querer namorar alguém como eu, certo? Ela já tem problemas suficientes. Eu gosto dela como amiga, só isso.

E se eu estivesse a fim dela mesmo... também não ia contar pra você, certo?

Perguntei pra Ruth sobre o Corn Exchange de Leeds, como a Hannah tinha pedido.

– Ah, então você quer conhecer os desajustados? – perguntou Ruth.

– Não sei se quero ser um desajustado – eu respondi.

Ela levantou a minha blusa e apontou pra camiseta.

– Tarde demais, você já é um – ela falou.

Era uma segunda camiseta, não a sagrada. Mas ela tinha razão. Eu sou um desajustado. O meu gosto musical, o meu gosto pra toda e qualquer coisa. Como diz a Ruth, se você é um desajustado e nunca vai deixar de ser, é melhor fazer isso acompanhado. E, nunca se sabe, Billie podia estar por lá também. Porque, vamos ser sinceros... ela é uma desajustada também.

Encontrei com Chris lá no parque. Ele não quis que eu fosse até a casa dele. Você acredita que ele está dormindo numa barraca pra não precisar ir pra casa? O pai dele deve ser um monstro. Ele montou acampamento numa construção abandonada, no segundo andar de um edifício-garagem ou coisa do tipo. Ele me mostrou. Era muito louco. Tinha de tudo ali – até um fogareiro, e uma mesa de armar com cadeiras e tudo. Esse Chris sabe mesmo como fazer as coisas, isso a gente tem que admitir.

A gente se encontrou no parque e deu umas voltas procurando a Billie, mas ela não estava lá. Depois, pegamos o ônibus pra Leeds. Foi bem legal. Eu e um amigo... como nos velhos tempos. Ruth estava esperando no ponto de ônibus. Ela olhou pra gente e sorriu.

– Legal – ela falou. – Vamos lá encontrar os desajustados.

A gente saiu do terminal e foi pra rua.

Nunca tinha ficado sabendo do que rolava no Corn Exchange. Parecia só uma aglomeração de gente do lado de fora de um shopping, mas quando você ia até a parte dos fundos percebia que eram centenas de pessoas. Emos, punks, góticos, andróginos, mods, motoqueiros, tinha de tudo por ali. Mas eu não estava vendo nenhum metaleiro. Estava vestindo a camiseta do Metallica que a minha mãe me deu em Manchester, mas estava com a original na mochila caso alguém quisesse ver o que era uma camiseta *de verdade*. A nova também costumava chamar uma tremenda atenção, mas ali não fazia a menor diferença. O meu visual até parecia bastante normal.

Ruth logo se mandou – ela tinha sua própria turma de desajustados. Ela mostrou pra gente aonde ir, lá nos fundos do terreno, perto do rio, onde o pessoal costumava ficar. Chris e eu fomos até lá sozinhos.

Os olhos dele estavam arregalados.

– Nunca vi tantos desajustados na minha vida – ele ficava dizendo.

– Mas nenhum tapado tipo os lá da escola – comentei. – Aqui só tem desajustado de verdade.

Chris achava que, como tinha de tudo por ali, devia ter uns tapados metidos a membros de gangue por ali também, então saímos procurando – e encontramos alguns. Mas só um pessoal de gangues de verdade, vestidos a caráter, não uns tapados metidos a membros de gangue.

Resumindo – ali não tinha nenhum Riley.

E aí eles apareceram – os metaleiros. Tinha um grupo deles, com jaquetas surradas, jeans rasgados, bebendo cerveja perto do rio. Um deles chamou minha atenção... um cara grande como eu, só que bem mais alto. Era loiro, usava o cabelo comprido até a cintura e vestia um colete de brim.

– São as Fadinhas do Inferno – Chris cochichou no meu ouvido. Aí o grandalhão se virou e viu a gente. Ou então ouviu. Ele fechou a cara. E me encarou bem nos olhos. Depois entregou a cerveja pra um amigo e veio andando na nossa direção, com o cabelo voando no vento, sem tirar os olhos de mim e da minha camiseta. Eu pensei: "Não! De novo, não. Por favor. Aqui também?".

Chris

Esse cara, ele não parecia um armário, ele *era* um armário. Se você algum dia quiser um armário feito de músculos pra sua casa, é só chamar esse cara. Tinha um pouco de gordura no meio dos músculos, mas duvido que alguém tenha coragem de chamar aquele sujeito de gordo. Pro resto dos mortais, ele era o Mr. Músculo. Olhos arregalados no meio da cara, cabelo até a cintura, barbado... e furioso. Dava pra saber só de olhar. Ele estufou o peito, olhou pra camiseta do Rob e começou a gritar...

– Metallica?

Que sorte a nossa. Um metaleiro que odeia Metallica. Quantos desse tipo devem existir?

E o Rob, em vez de pedir perdão de joelhos, sair correndo, gritar por socorro ou fazer alguma coisa sensata, estufou o peito também e gritou de volta:

– É! Metallica!

O homem-montanha ficou ainda maior. A cabeça dele parecia que ia explodir. As veias no pescoço eram da largura de uma anaconda.

– Metallica? – ele rugiu, cuspindo na gente os pedaços das pessoas que tinha acabado de devorar.

Rob não pensou duas vezes.

– Metallica! – ele berrou, chegando tão perto que quase enfiou o nariz na barba do monstro.

E o monstro inchou – tipo, literalmente, dava pra ver o cara inchando. Ele levantou o punho e sacudiu bem na cara do Rob.

– Metallica! – ele gritou, parecendo um epiléptico. Acho que o vocabulário dele era meio limitado.

– É! Metallica! – rebateu Rob, e ele teve a coragem de encarar o sujeito, e gritou tão alto, bem na cara dele, que até tirou os pés do chão.

Eu estava começando a entender por que ele sofria tanto com o bullying na escola. Nessa hora Ruth apareceu, e eu pensei: "Ah, legal, ela pode tirar a gente dessa". Nem um monstro como aquele teria coragem de bater numa menina. Mas pelo jeito sim, porque ela virou as costas e se mandou assim que olhou pra cara dele.

Tinha sobrado pra mim.

– É isso aí, caras – eu falei com a voz tremendo. – Pois é, Metallica, ou você ama ou odeia, né? É tipo Fanta Uva. Mas aqui todo mundo é amigo, certo? Ha, ha, ha, ha!

Eu ia ter que repensar essa história de ser amigo do Rob. Era perigoso demais.

Ninguém nem ouviu o que eu disse.

– Metallica! – rugiu o grandalhão.

– Metallica! – Rob grunhiu de volta.

– Metallica? Metallica?

– É, Metallica!

– Metallica, porra?

– É! Metallica!

Já deu pra entender. Os outros metaleiros sentados nas grades da beira do rio também começaram a gritar – adivinha o quê? – "Metallica!" de tempos em tempos. Bem na hora que eu pensei "Isso ainda vai demorar um bocado", Rob parou de gritar e deu uma boa olhada no monstrão.

– Cara!

– Robbie!

– Frankie!

– Robbie! Cara!

E eles se atracaram e começaram a pular, jogando os braços um por cima do outro. Não era briga nem nada do tipo. Era uma demonstração de afeto metaleiro.

No fim os dois se conheciam de Manchester, onde tinham morado anos atrás.

– Esse é o Frankie – falou o Rob todo rouco – Ele é meu amigo. A gente tocava juntos.

– É... e olha só você, cara... virou um fã do Metallica. Que louco!

– É... e você também! Demais.

– É, cara. E eu tenho uma banda, cara – contou Frankie, levantando as sobrancelhas.

– Uma banda? Que louco!

– Muito louco, cara, muito louco.

– E como é que ela se chama?

– Adivinha, cara.

– Não!

– Isso mesmo.

– Não!

– Isso mesmo, cara. Kill All Enemies. K.A.E.

– Essa era, tipo, a nossa banda!

– É isso aí. Ela mesma. O sonho está vivo, cara. Continua rolando – disse Frankie. – Eu sou o compositor e o segundo guitarrista, e o Jamie... ele é o guitarrista solo, e toca muito!

– E o baterista? – perguntou Rob.

– Ainda não tem – respondeu Frankie.

E o Rob, a cara dele mudou. Nunca vi ninguém ficar tão empolgado e depois tão decepcionado em tão pouco tempo. Um segundo antes, parecia que ele tinha descoberto o segredo da vida eterna. E, no instante seguinte, parecia que tinha sido condenado a comer um quilo de merda por dia pelo resto da vida.

Não demorei muito pra entender. Ele encontrou um velho amigo. O cara tem uma banda! É a mesma banda que eles sonhavam em ter! Uau! A banda precisa de um baterista! Uau! O Rob sabe tocar. Tudo o que ele sempre quis foi ter uma banda. Perfeito!

Só que ele não tem bateria.

O Rob me contou que o tal do Philip tinha dado sumiço na dele. Dá pra ser mais sacana que isso? Eu achava que os meus pais eram ruins, mas eles nunca jogaram sujo desse jeito. Fiquei pensando... talvez eles não fossem tão ruins no fim das contas.

Não dava pra não sentir pena do Rob, mas eu preciso admitir que naquele momento fiquei aliviado. Uns dois dias antes, quando ele me contou sobre o padrasto e a bateria, fiquei tão indignado que quase falei que tinha uma, aquela que eu vou vender no eBay...

"Essa foi por pouco, hein?", disse o meu cérebro. "Se você contasse sobre a sua bateria, seria obrigado a convidar esses monstrões cabeludos pra ir tocar lá na sua casa."

E, nesse exato momento, ouvi a minha boca dizer:

– Oi! Eu sou a boca do Chris, e por acaso tenho uma bateria em casa que ninguém usa.

"Quê? Não... não! Para com isso!", implorou o meu cérebro. Em silêncio, infelizmente.

– A gente pode ir até lá agora mesmo – continuou a minha boca. – Vocês podem levar os instrumentos e ensaiar na minha garagem, se quiserem.

Uma hora ia acabar acontecendo. Nunca fui capaz de controlar a minha boca, mas sempre tinha conseguido me safar. E então, por causa de um segundo de estupidez, tudo começou a acontecer tão rápido que eu parecia estar em outro planeta.

No fim Frankie tinha uma van. E a banda estava tocando num centro comunitário da cidade, então ele não só tinha uma van como todos os instrumentos estavam lá dentro. Que conveniente.

E a van estava estacionada a uns dez minutos de caminhada dali. Fomos pra lá sem perder tempo.

A banda só tinha dois caras, mas no fim todo mundo teve que ir também – todos os seis. Vou falar uma coisa pra você, foi bem estranho andar pelas ruas de Leeds com aquela turma. O Frankie era gigante, mas até os menores estavam vestindo roupas de couro, calças jeans rasgadas, camisetas com estampas horrorosas de motos e coisas esmagadas. Cabelos compridos, óculos escuros. Era como andar no meio de um bando de criaturas pré-históricas. As pessoas atravessavam a rua quando a gente chegava perto. Os caras fortões, esses de academia, saíam da frente quando a gente passava.

O meu cérebro estava furioso comigo. "O que você está fazendo?", ele gritava dentro do meu crânio. "Você já não está queimado o suficiente? E se os seus pais ficarem sabendo? E quanto tempo você acha que vai demorar pra esses malucos se voltarem contra você? Esses caras são *uns animais*! Vão invadir a casa e destruir tudo... os móveis, a geladeira, até as paredes da casa. Foge agora, antes que seja tarde demais!"

Você sabe como funciona o cérebro. Ele sempre espera pelo pior.

Rob estava pra lá de empolgado. Parecia que estava no céu. Uma hora ele era um zé-ninguém que nem amigo tinha e pouco depois estava andando pela rua com um monte de monstrões pra ir tocar com uma banda. Ele não sabia direito nem com quem falava – comigo, com Frankie ou com os outros caras. Então falava com todo mundo ao mesmo tempo.

No caminho passamos por uma mulher, uma velhinha, carregando um monte de sacolas de compras até o carro, que estava estacionado na avenida com o marido dela dentro, acenando pra ela ir logo, antes que fosse roubada. Ele ficava enfiando a cabeça pela janela e gritando pra mulher andar depressa.

Frankie fez um sinal com a mão e todo mundo parou. Quando fui ver, estavam todos ajudando a mulher a pôr as coisas no porta-malas. Foi muito engraçado. A mulher lá parada sem entender nada enquanto os trogloditas passavam as sacolas uns pros outros e diziam coisas como "Valeu, cara", "Ei, cuidado com esse pacote de batata frita... você vai quebrar tudo se puser as frutas por cima", ou "Suco de fruta natural, ótima escolha". Absolutamente surreal.

E nessa hora eu pensei: "Acho que vou acabar gostando desses caras no fim das contas".

A coitada da velhinha não sabia se agradecia, se ficava com medo ou se morria de vergonha. Ficou lá parada, tremendo, enquanto o marido se encolhia atrás do volante, olhando de um lado pro outro e tentando não chamar atenção.

Quando terminaram, Frankie se debruçou na janela.

– Se você me permite dizer – ele falou pro marido dela –, acho que você é um tremendo egoísta, cara.

O homem agarrou o volante e ficou olhando pra ele. Frankie deu uns tapinhas nas costas da mulher e a gente seguiu em frente, morrendo de rir da cara do velho.

E eu fiquei pensando: "Uau! Esses caras são muito legais!".

Sabe o que eu acho? Acho que os cérebros são muito menos confiáveis do que a gente imagina.

A barra estava limpa, pelo que deu pra ver. Minha avó fazia aniversário naquele fim de semana, e meus pais tinham ido fazer uma visita pra ela. O carro não estava lá, mas eu deixei a rapaziada esperando na rua e fui lá dentro dar uma olhada. Ninguém. Fui até a garagem, tirei as coisas de cima da bateria e abri a porta.

Eles entraram e começaram a ligar os amplificadores e as guitarras. Rob sentou na bateria e começou a batucar, todo tenso. Senti um pouco de vergonha alheia, porque, pra ser sincero, ele não era muito bom, não. Quando os amplificadores estavam instalados, Frankie pegou a guitarra e pediu pro Rob acompanhar. Eles mandaram uns acordes e... que alívio! Ninguém ali tocava *nada*. Eu não tinha com que me preocupar. Eles eram todos muito ruins.

Eles ficaram um tempinho se preparando, afinando os instrumentos. Depois começaram a mandar ver. Mas pelo jeito Rob estava tocando mal do jeito errado. Frankie puxou o Rob até um espelho velho que tinha ali, encostado na parede, eles ficaram lado a lado, olhando o reflexo e respirando fundo.

– O que eles estão fazendo? – perguntei pro outro guitarrista.

– O Frankie está lembrando de um dos padrastos dele – cochichou Jamie, mostrando respeito. – Ele sempre faz isso antes de tocar. E quer que o Rob faça o mesmo.

Demorou uns cinco minutos. Eles ficaram lá, respirando cada vez mais fundo, contorcendo o rosto como se estivessem num filme B japonês...

– Aaaaaaaaah! – Frankie gritou de repente.

– Aaaaaaarrrrrrggghhh! – grunhiu Rob.

Depois eles foram até os instrumentos e começaram a mandar ver pra valer, como se estivessem esquartejando uma vaca morta, pedacinho por pedacinho.

Que energia! E quer saber? Comecei a entender qual era a deles. Aqueles caras não tocavam muito bem, estava na cara... mas aquele som era carregado de energia. Um dos outros caras pôs o volume no último, e eles continuaram mandando ver.

Uau! Eles estavam sacudindo a casa toda. Era irado. Sentei lá e fiquei admirando o espetáculo, tomando uns goles de uma cerveja. Eu estava gostando daquilo tudo, sou obrigado a admitir. Estava sendo o gente boa da história. Tinha livrado a Billie de uma tremenda encrenca – quem sabe ela não podia até voltar pra Brant quando tudo fosse esclarecido? Tinha feito amizade com um cara que eu pensava ser um monstro, mas que no fundo era legal, e estava garantindo o divertimento daqueles trogloditas. Nada mau pra uma única semana, se você parar pra pensar.

Aos poucos, fui notando um certo ruído de fundo – uma espécie de gritaria abafada. Na verdade devia ser uma gritaria pesada, mas não tinha como ser ouvida enquanto o Kill All Enemies tocava. Aqueles caras estavam mandando uns berros e grunhidos profissionais. Virei pra ver o que era e dei de cara com um homenzinho todo vermelho, gritando e esperneando e debatendo os bracinhos no ar com os punhos fechados. Era patético. Mal parecia uma pessoa. Parecia tão... sem noção. Mas aí ele olhou pra mim e eu me dei conta.

Era o meu pai.

Estava mais furioso do que nunca. Ele veio correndo até mim tão depressa que quase me derrubou. Me agarrou pela gola da camiseta e começou a me sacudir. Estava tão perto de mim que consegui ouvir o que ele gritava mesmo sem a banda parar de tocar.

– Com ordem de quem você armou essa baderna? Com ordem de quem? Como você me faz uma coisa dessas? Aaaaaahhhh!

Os gritos foram ficando mais altos, e de repente a banda parou, e só sobrou ele se esgoelando. Já não sabia mais o que dizer, então ficou ali parado, me agarrando pela camisa com a respiração ofegante.

Frankie largou a guitarra e veio até nós.

– Cara – ele falou pro meu pai. – Você precisa mesmo aprender a se controlar.

– Quê? Que conversa é essa? Fora! Fora da minha casa!

Ele tentou tirar Frankie dali com todas as forças, mas era como se estivesse empurrando uma parede de concreto.

Frankie se inclinou na minha direção e perguntou, meio cochichando:

– Quem é?

– É o meu pai.

– O que foi que deu nele?

– Sei lá. Ele vive fazendo isso.

– Fora, fora! Fora da minha casa ou eu chamo a polícia! – meu pai voltou a gritar.

Ele não tinha muito o que fazer contra meia dúzia de caras com o dobro do tamanho dele. Só ficar ali gritando enquanto todo mundo se olhava e sacudia a cabeça de desânimo.

– Ele é violento? – perguntou Frankie.

– Não, ele só grita mesmo – eu falei, soprando o ar com força. – Mas é melhor vocês irem embora mesmo assim. Desculpa aí.

Frankie suspirou e virou pro meu pai.

– Como você pediu *com educação* – ele falou –, estamos saindo fora. Mas teria sido mais fácil se você tivesse falado com a gente numa boa, cara.

– Já chega. Vou chamar a polícia – ele rosnou.

– Por quê? Que absurdo! Por ele ter sido educado com você? A gente já está indo – eu falei, e comecei a ajudar a banda a recolher as coisas.

Eu estava furioso. Me sentindo humilhado. Aqueles caras até podiam parecer trogloditas, mas eram pessoas educadas, enquanto o meu pai, que parecia ser civilizado, estava agindo como um demente. Que estranho, né? Os pais são as únicas pessoas que a gente conhece desde sempre, ou imagina que conhece. E acredita que são pessoas de bem. Mas aí acontece uma coisa dessas e a gente percebe que, na verdade, eles são uns ignorantes.

– Você... aqui. Agora mesmo! – meu pai gritou pra mim.

– Só um minuto – eu falei. – Estou dando uma ajudinha aqui.

– Aaaaarrrggghhhh! – ele rosnou. E, como não tinha mais o que fazer ali, virou as costas e se mandou. Ajudei o pessoal a guardar as coisas. Quando eles estavam prontos pra sair, meu pai pôs a cabeça pra fora.

– E não quero ver nenhum de vocês por aqui de novo! – ele berrou.

– Tem alguém aqui que precisa aprender a ser mais educado, se você quer saber – comentou Frankie, e mostrou o dedo do meio pro meu pai, que ficou branco de... sei lá... Medo? Raiva? O pessoal se despediu de mim e começou a entrar na van pra ir embora. Eu queria ir também, mas o meu pai me pegou pelo braço.

– Seu desgraçado – ele murmurou. – Agora peguei você. Agora peguei você, entendeu bem?

Ele apontou pra casa com a cabeça. A gente entrou e ele começou com a mesma conversa, tudo de novo. Escola, lição de casa e todo o resto. Fiquei lá sentado ouvindo tudo aquilo e pensando: "Sério que eu preciso aguentar isso? Sério mesmo?".

Rob

DÁ PRA ACREDITAR? ONTEM eu era um zé-ninguém, e agora olha só pra mim! Eu tenho uma banda pra tocar! É isso mesmo. Sou oficialmente o baterista do K.A.E.

– Mas eu não tenho bateria – falei.

– A bateria uma hora aparece, cara – disse Frankie. – Você vai ter que improvisar. Às vezes as melhores músicas surgem de improviso. Só não perde essa raiva! É isso que importa. O seu instrumento é esse, cara... a raiva.

Isso é verdade. É a mais pura verdade. E serve pra mostrar que até um traste como Philip pode servir pra alguma coisa.

– Esse é o meu irmão – Frankie falou pros outros. – E o apelido dele é Trator, porque nada é capaz de impedir esse cara de seguir em frente.

Trator... Legal! Esse sou eu.

Foi o melhor dia da minha vida.

E o Chris? Não tem como ser mais gente boa... Deixou a gente usar a bateria dele! Eu respeito muito aquele cara. E agora entendo por que ele não aguenta mais viver naquela casa. O pai dele é um psicopata! Não dá pra entender... Em vez de ter orgulho de um filho como o Chris, fica gritando e brigando com ele. Esse mundo está todo errado mesmo! Todo mundo ficou preocupado com ele. Frankie ficou dando umas voltas no quarteirão enquanto a gente decidia se voltava lá ou deixava quieto.

– Se ele aparecer machucado lá na Brant na segunda, você avisa pra gente – Frankie pediu. Ele me levou pra casa e parou lá na frente, e foi quando a gente fez um juramento de ser irmãos pra sempre. Aí eu desci e os caras saíram fora. Fui andando até o portão.

O carro do Philip estava lá. Encostei no capô e senti que estava quente. “Ele saiu”, eu pensei. “E agora está aqui me esperando.”

Abri o portão, atravessei o jardim e fui até a porta da frente. Enquanto andava, eu ia encolhendo. Cheguei lá com três metros de altura e, quando enfiei a chave na porta, já tinha o tamanho de um bostinha qualquer.

Billie

Cookie e eu, um casal e tanto. Ele só pensa em se divertir e não se preocupa com nada além de se abastecer de bebida. Com isso eu consigo conviver. Hannah na certa ia dizer que eu merecia coisa melhor, mas pelo menos ele não é do tipo que fica querendo mandar em mim ou me dar lição de moral. E está disposto a me oferecer casa e comida. Me deu uma chave pra eu poder entrar e sair quando quiser e uma nota de vinte pra comprar o que comer enquanto ele estivesse fora. Está me mantendo longe das vistas enquanto a polícia está atrás de mim. Quem mais faria isso por mim? Barbara e Hannah?

Acho que não. Pra que servem os amigos, afinal? Se você não puder fazer isso por mim, não sei por que ia querer a sua amizade.

Cookie trabalhava à tarde e à noite, então dormia bem tarde, mas a gente conseguiu passar um tempo junto na manhã em que eu cheguei. Foi legal. Me senti bem pela primeira vez em muito tempo. Fiquei com vontade de ir buscar umas roupas e o meu celular lá na Barbara. Se eu estivesse com o celular, acho que ia ligar pra Hannah. Mas não tive coragem. Os polícias da cidade me conhecem. Eu seria pega rapidinho.

Pus as minhas roupas na máquina de lavar. Cookie tinha tevê a cabo, então eu vi umas reprises de *Gavin & Stacey* e de *Friends*, depois fiquei entediada e comecei a limpar a casa. Ocupar as mãos. Eu sou uma dona de casa muito boa quando preciso. Só que não tinha roupa nenhuma pra usar, então fiquei andando de um lado pro outro feito uma idiota com uma samba-canção e uma camiseta do Cookie. Ainda assim, quando ele chegou, lá pelas oito, a casa estava em ordem. Ele gostou de ver.

– Olha só pra mim, morando numa casa toda limpinha. Tipo um rei. Isso é que é vida – ele ficava falando.

– Para com isso, seu besta – respondi, mas também estava gostando. Só não gostei quando o amigo dele, o Jez, apareceu, e eu vestida com a cueca do Cookie. Tive que pegar uma calça emprestada pra esconder. Estava me sentindo uma idiota. Eles acharam tudo muito engraçado, principalmente Jez. Aí ele ficou me provocando, como sempre faz – arrastando a asa pro meu lado, tentando me apalpar. Ele faz isso como se estivesse brincando, e bem debaixo do nariz do Cookie, que ignora, mas acho que não gosta, não. Dá pra ver na cara dele. Só que ele nunca fala nada. Em vez disso, diz que ele e Jez são grandes amigos, mas acho que não é bem isso. Acho que ele tem medo do Jez. Ele é um cara grande, o Jez, e detesta ser contrariado. Como eu já disse antes, não gosto desse tipo de valentão. Já falei pro Cookie um monte de vezes, sai na porrada com ele. Mesmo se apanhar, depois disso o cara vai deixar você em paz. Ele desencana. É isso o que eu faço. Mas não estou na minha casa e o Jez não é meu amigo, então tenho que aguentar tudo calada.

Aquilo estragou minha noite. Eles ficaram bebendo um tempão. Cookie é tipo o cara mais sem consideração do mundo – mas pelo menos me faz rir. Não está nem aí pra nada, e não consigo ficar brava com ele por muito tempo. Ele foi pra cama e nós demos uns amassos. Ele me deu uma grana de manhã pra eu ir comprar umas calças e umas roupas que servissem, então pelo menos uma muda de roupa consegui.

Eu só não devia ter me dado ao trabalho de limpar a casa. Ele ficou cheio de ideias depois disso. Apareceu em casa uns dias depois querendo um chá da tarde.

– Pra que você quer chá da tarde? – eu perguntei. – Passou o dia todo num restaurante.

– Estou enjoado de hambúrguer – ele respondeu. – Queria um chá da tarde de verdade.

– Se liga. Vou fazer ovo cozido pra você, então.

– Não, isso é pro café da manhã.

– Está pensando que eu sou sua mulher agora? Só pode estar de brincadeira. O que você quer afinal?

– Sei lá. Alguma coisa que não fosse hambúrguer e batata frita. Faz lá pra mim, Billie.

– Eu não sei cozinhar.

– Mas você é menina.

– Que bom que você percebeu.

– Você não tem aula de atividades domésticas na escola?

– Eu não vou pra escola. E odeio atividades domésticas.

– Ah, vai. É justo eu pedir isso. Estou deixando você ficar aqui.

– Eu não sou a sua mãe.

– Faz pra mim, vai.

Ele me deixou maluca. Acabei saindo e comprando uns pratos prontos no fim das contas. Ele reclamou do preço, mas gostou. Pode parecer idiotice, mas até que gostei da ideia. Ficava ansiosa pra chegar a hora em que ele voltava do trabalho. Era legal dar as boas-vindas pra ele. A gente combinou que eu compraria a comida e ele tomaria um banho quando chegasse. Ele fedia a hambúrguer. O sofá fedia a hambúrguer no lugar onde ele sentava, a cama fedia a hambúrguer, tudo ali fedia a hambúrguer. Até eu estava fedendo a hambúrguer. Eu lavava todas as minhas roupas, mas aí ele chegava e me abraçava e eu começava a cheirar que nem ele.

Depois de um tempo, a gente criou tipo uma rotina. Ele trazia umas cervejas, a gente bebia enquanto eu esquentava a comida. Aí a gente comia e ele ia tomar banho antes de querer encostar em mim. Depois a gente via um pouco de tevê.

– Que legal. Casa limpa, comida no fogão, sexo garantido – ele falou. – Deve ser por isso que o pessoal arruma namorada.

Ele é muito engraçado. Eu nem liguei. Acho que um dia ainda vai aparecer um cara legal na minha vida, mas enquanto isso, sei lá. Eu não ligo. Cookie pode não ser o melhor dos melhores, mas pelo menos com ele sei o que esperar. Ele está do meu lado. Estava me ajudando e me protegendo. Eu sabia que aquilo não ia durar, mas pelo menos por umas duas semanas, mais ou menos... estava tudo bem.

Chris

– Nós fizemos um acordo com você, Chris – disse a minha mãe. – Retiramos a queixa contra aquela menina, e você se comprometeu a voltar para a escola.

– Não foi um acordo, na verdade, foi chantagem – eu argumentei.

– Você mentiu para nós – ela rebateu.

– Como é? Você, uma chantagista, tentando dar lição de moral em mim? Não vai rolar.

– Chris...

– Sabia que a Billie está sumida há uma semana? Ela está morrendo de medo, e vocês querendo arriscar o futuro dela só por causa dos *seus* planos pro *meu* futuro. Qual é a de vocês?

– Pronto, já chega. Vou meter a mão nele agora – falou o meu pai. Sabe como é, esse tipo de gente sempre parte pra violência quando não consegue o que quer numa negociação.

Minha mãe tentou amenizar a situação, mas sem muito ânimo, pelo que eu senti. Meu pai soltou uma lista enorme de proibições e restrições aos meus direitos humanos básicos. Não me dar dinheiro pelo resto do ano, por exemplo (!?!). Ou até eu pôr a lição de casa em dia. Minha mãe não viu problema nenhum nisso. Muito pelo contrário, concordou. Mas e essa história de confiscar as melhores roupas do meu armário...?

– Por quê? – ela quis saber.

– Pra ele se sentir desestimulado a ir pra rua – respondeu meu pai.

– Eu saio até sem calça se precisar – falei.

Meu pai me olhou e franziu a testa.

– Ele faria isso? – perguntou pra minha mãe.

– Acho que sim – ela respondeu.

Ela fez com que ele desistisse da ideia. Mas depois apareceu esta: desmontar a minha bateria e doar pra caridade pra que nenhuma pessoa não autorizada aparecesse pra tocar.

Ela concordou com isso num piscar de olhos.

– Vocês vão pegar uma coisa que é minha sem o meu consentimento? – eu perguntei sem me descontrolar. – Isso é o que se costuma chamar de... Qual é a palavra mesmo? Está na ponta da língua... ah, sim! Roubo, não é?

– Não é roubo. Você não tem nem dezesseis anos... e nós somos seus pais – rebateu a minha mãe.

– Isso mesmo, você não tem idade para ser dono de nada, na verdade – reforçou o meu pai.

Nem me dei ao trabalho de responder. Simplesmente decidi, em silêncio e sem nenhum tipo de aviso prévio, que nada do que eles disseram ia acontecer.

Certo. Segunda-feira de manhã. Fui cuidar da vida. Escola. Tarefas. Wikes. Depois de uns dias de folga, tudo parecia ainda pior. O tediômetro de Chris Trent estava sendo testado além dos limites.

Suportei tudo aquilo sem reclamar.

– O que você está tramando? – a minha mãe quis saber depois desse primeiro dia.

– Nada. Eu decidi ceder – respondi.

– Não vai funcionar – avisou o meu pai.

A primeira parte do plano estava sendo posta em prática – criar neles uma certa sensação de segurança. Que era falsa, claro. Terça-feira, a mesma coisa. Na quarta, eles estavam se sentindo seguros a ponto de sair de casa. Achavam que não ia ter problema, já que iam sair depois da escola. Estavam errados.

Minha mãe saiu com uma amiga, e meu pai foi fazer um curso pra aprender a se sair melhor em entrevistas de emprego. O irmão do Alex tinha uma van. Perfeito.

Precisei explicar tudo direitinho pro Alex. Por alguma razão, ele parecia achar que tinha a responsabilidade de contar ao irmão o que estava acontecendo, na real.

– O John não *quer* saber o que está acontecendo – falei. – Se ficar sabendo, pode ser que ele tenha de dizer não e então vai ter de se virar sem o dinheiro que ele tanto precisa. Certo?

– Mas isso é roubo!

Acho que fiquei meio amargurado nesse momento. Sabe como é. Você faz amigos na escolinha quando ainda não sabe o que é o quê, e aí, quando está crescido o suficiente para entender as coisas, vê que ficou amigo de um porco disfarçado de macaco, e é tarde demais para fazer qualquer coisa a respeito.

– Já tivemos essa conversa – sussurrei pro Alex. – Você não pode roubar uma coisa que já é sua. Portanto, não é roubo.

– Mas você ainda é menor de idade. Tudo o que é seu pertence ao seu pai e à sua mãe. Tecnicamente, você não possui nada. Portanto, é roubo.

A política da covardia. Eu já devia ter aprendido. Eu e Alex – a mesma velha história de sempre, na real. Acabamos fazendo um acordo. Eu precisava ter acesso ao seu irmão John e precisava que Alex ficasse de bico fechado sobre a falta de compreensão paterna quanto à questão. Ele precisava que eu não contasse à sua mãe sobre como ele costumava pegar a roupa de baixo dela emprestada para fins constrangedores.

– Você não faria isso.

– Não faria, é?

– Seja como for, eu estava só olhando.

– Ela não sabe disso.

Sim, eu sei que ele só tinha onze anos na época, mas, acredite em mim, o valor de troca do constrangimento só tinha aumentado ao longo dos anos.

Tudo correu tranquilamente – até a minha mãe voltar mais cedo para casa. O *timing* dela era infalível. Estávamos com tudo carregado na van e John tinha acabado de ligar o motor quando ela surgiu no seu Mini. Mais dois minutos e teríamos escapado limpos, mas em vez disso eu tive que ficar ali sentado enquanto ela se aproximava com o carro e estacionava ao nosso lado.

Baixei a minha janela.

– O que vocês estão fazendo? – ela perguntou curiosa.

Vi John olhando pra mim ansiosamente. A situação podia se tornar crítica a qualquer momento. Decidi arriscar tudo. Eu me inclinei pra frente e falei com ela em voz baixa.

– Eu não contaria ao papai, se fosse você. Sabe como ele fica estressado. Se ele achar que fui eu, vai surtar. Ele já está com coisas demais na cabeça.

– Chris, do que você está falando?

Deixei o cenário terrível para a imaginação dela e me virei para o John:

– Vamos embora – falei.

– Aquela é a sua mãe, não? – perguntou John. – Por que ela está olhando pra você desse jeito?

– Porque é a minha mãe – respondi, mais ou menos honestamente.

John não estava parecendo muito contente, mas acenou pra ela, engatou a marcha e deu a partida. Ela ficou ali, parada, observando. A expressão no seu rosto era incompreensível. Acho que vi ela lançar um olhar suspeito na direção da garagem enquanto nos dirigíamos para a rua, mas a essa altura já era tarde demais. Mesmo assim, desliguei o meu celular. Por via das dúvidas.

Mais tarde, quando papai chegou em casa e descobriu que algum filho da puta tinha entrado e roubado a minha bateria, ele ficou profunda e totalmente enraivecido, fora de controle. Falei pra ele que o ladrão só tinha feito o que ele mesmo vinha planejando fazer, então qual era o problema? E – dá pra acreditar? – ele ainda teve o peito de colocar a culpa em mim. Fiquei furioso. Quero dizer, ele não *sabia*, sabia? Era pura especulação. Ele ficou tão bravo que deu um murro na parede, com força mesmo, e estraçalhou a própria mão. Mamãe só olhou pra mim, mas nunca disse uma só palavra pra ele, que eu saiba.

Mas isso foi depois. Enquanto estava sentado na van, acelerando em direção à cidade, me senti no topo do mundo. Eu tinha conseguido o impossível. Eu tinha roubado a mim mesmo.

Rob

A GENTE ESTAVA ENSAIANDO no centro comunitário. Eu só tinha um pandeiro pra tocar, o que estava me irritando demais. Era uma banda de heavy metal sensacional. E eu podia ser o baterista, mas em vez disso... estava tocando heavy metal com um pandeiro.

E tudo por culpa daquele imbecil do Philip.

O ódio estava tomando conta de mim, e eu pensei: "Eu não devia me sentir assim. Isso quer dizer que ele ganhou. Que o Philip conseguiu me transformar num verme odioso como ele". Dá pra imaginar? Você ser transformado na coisa que mais odeia no mundo? É isso o que os monstros fazem com a gente. A pessoa não é devorada por ele – ela se transforma num deles.

Foi quando apareceu um cara que eu nunca tinha visto antes. A gente ficou olhando pra ele, tipo, quem esse sujeito pensa que é, invadindo o ensaio da banda sem nem bater na porta?

– Rob Crier? – ele chamou.

– Que foi? – perguntei, já imaginando que vinha encrenca pela frente.

Ele apontou pra porta com a cabeça.

– Entrega pra você.

– Deve ser engano.

– É pra você mesmo. Está lá fora.

O cara se virou e saiu, e a gente foi atrás.

Imagina só.

Tinha uma van encostada na frente da porta.

E o Chris estava lá.

– O que está acontecendo aqui? – eu perguntei.

O cara abriu a porta da van e o Chris falou:

– Tchã-rã!

Era a bateria dele.

– Agora ela é sua – ele disse.

– Quê?

– Agora ela é sua!

– Quê?

Fiquei lá parado, só olhando. Minha ficha ainda não tinha caído.

– Você conseguiu fazer o seu pai mudar de ideia?

– Não. Eu estou dando de presente pra você. Feliz aniversário.

– Não é meu aniversário.

– Escuta, gordão, estou oferecendo essa bateria pra você. Vai querer ou não vai?

Fiquei lá parado feito um idiota. Todo mundo ficou me olhando, esperando pra ver o que eu ia dizer.

– Por que você... – eu comecei a perguntar, mas fui interrompido.

– Eu não preciso de uma bateria – disse Chris. – Você pode ficar com ela.

Aí o Frankie começou a gritar do nada:

– A gente tem uma bateria! A gente tem um baterista! A banda está completa, porra!

E aí todo mundo começou a pular, dar socos no ar, se abraçar e gritar como um bando de lunáticos.

Fiquei tão impressionado que nem conseguia me mexer. Só fiquei lá parado... Frankie foi até Chris e deu um abração nele.

– Respeito muito você pelo que fez pelo Rob e pela banda. Muito. Muito mesmo. Você tem o meu respeito.

– Não foi nada – respondeu Chris.

E todos os caras foram até ele e começaram a fazer a maior algazarra, e eu não tinha nem saído do lugar ainda. Então fui até lá, tirei todo mundo do caminho e dei um abraço nele, o mais forte que consegui, até minha voz voltar e eu dizer, apontando pras lágrimas caídas no meu rosto:

– É só assim que eu consigo agradecer você pelo que fez por mim.

Foi meio dramático, mas eu nem liguei. Não estava nem aí pra nada. Não consegui mais falar depois disso e, quando minha voz voltou, respirei fundo como nunca na vida e berrei:

– Éééééééééééééééééé!

Chris

De vez em quando, mas só de vez em quando mesmo, a gente tem a chance de realizar o sonho de alguém. E nem sempre isso é difícil.

De repente, por minha causa, o Kill All Enemies virou uma banda de verdade, e eles queriam comemorar tocando, claro, mandar ver no thrash metal com uma bateria de verdade. Deu um trabalhão pra montar a bateria ali. Rob ficou um tempão babando em cima dela – pelo menos dessa vez não foi culpa minha. Depois ele sentou pra dar uma ensaiada. Aí Frankie, o grandalhão, soltou seu berro cavernoso e eles começaram.

Notas erradas, acordes tortos, microfonia – eles faziam de tudo. Mas a barulheira... Tinha até me esquecido de como eles eram barulhentos. Toda vez que ouvia aquela banda, ficava sem fôlego. Eles gritavam, e rangiam os dentes, e atacavam os instrumentos como se fossem suas namoradas.

Eles pararam depois da primeira música. Frankie se virou pra mim, com os olhos arregalados.

– Demais – ele falou.

– Muito louco – disse um outro.

– A gente é *sensacional* – gritou Frankie.

E o Rob começou a chorar de novo – ele vive fazendo isso – e os outros começaram a pular e se cumprimentar, como se tivessem ganhado na loteria.

Começaram a tocar de novo. Eles eram ótimos. Pararam depois da terceira música. Não tinham mais nenhuma outra. Só três. Depois fomos comer umas bolachinhas. Os caras ficavam olhando pra bateria, depois viravam e falavam...

– Você tem o meu respeito, cara.

– Não foi nada.

– O meu respeito pra valer.

– O que o seu pai falou? – alguém perguntou.

– Disse que achava até bom eu me livrar da bateria – menti.

Pra que arriscar a minha moral com eles dizendo que foi por pura vingança? Eu estava quase indo embora quando Frankie de repente fez seu grande anúncio.

– Escuta, Chris, amigão. A gente tem uma coisa pra dizer – ele falou, e o pessoal todo se reuniu em volta de mim, sorrindo, meio sem graça. Estava na cara que ia ser mais um agradecimento. Eu me preparei pra mais abraços e lágrimas. – A gente conversou um pouco – continuou Frankie – e todo mundo concordou. O que você fez pela banda, cara, foi incrível. Demais mesmo. Você é o cara. É um de nós. E o negócio é o seguinte, eu sei que você entende o que a gente faz. Dá pra ver que você gosta do nosso som. Então é o seguinte... a gente quer que você também faça parte da banda.

Quando ia começar a argumentar, ele me fez um sinal pra esperar.

– Eu sei que você não sabe tocar. E que nem entende muito de metal. Isso não importa. Isso é com a gente. O que a gente quer perguntar pra você, Chris... é se você topa ser o empresário da banda.

Fiquei de queixo caído. Empresário? Eu? É isso o que acontece quando você faz um favor pras pessoas? Elas grudam em você e ficam pedindo favores pelo resto da vida? Eu não estava conseguindo acreditar. Fiquei lá parado, pensando: "Quê? Empresário da sua banda? Só pode ser piada. Eu ia ter menos dor de cabeça adotando um lobo selvagem do que agenciando a sua banda".

Meu cérebro começou a gritar pra mim: "Sem chance! Manda esse cara ir passear, diz que a sua mãe ficou paralítica, que você não sabe nem fazer conta... qualquer coisa. Mas a resposta precisa ser não. Não! Não! Não!".

E a minha boca disse:

– Seria uma honra pra mim, cara.

"Nãããããããããããão!", rugiu o meu cérebro.

– Sério mesmo. Isso é demais. Eu adoraria – confirmou a minha boca.

E eles começaram a berrar, e a se abraçar e a comemorar e, o mais estranho, eu também entrei nessa. Que estranho. Eu não sabia de nada mesmo. Não sabia nem o tipo de pessoa que eu era.

Um dos caras saiu pra comprar cerveja, outro apareceu com um baseado e a gente fez a festa. A banda tocou de novo – e até eu toquei, apesar de não saber. Quando fiquei bêbado, deixei de ouvir as notas erradas e os acordes tortos e comecei a escutar o *som em si*. Eles não são muito bons, mas e daí? Eles podem melhorar. Aposto que o Oasis não devia ser aquilo tudo quando a banda começou. Aposto que os pais deles detestavam aquela barulheira toda. Ou Beethoven. Aposto que, quando Beethoven começou a tocar piano, a mãe dele dizia: "Ludwig, larga isso... você é surdo".

Todo mundo pode melhorar. Só precisa praticar. O K.A.E. tinha o que importava: energia. Era uma banda de verdade. Era como uma tonelada de pedras desabando morro abaixo na sua direção. Era de arrepiar os cabelos... depois de algumas cervejas.

"Talvez", eu pensei, "quem sabe, essa coisa pode acabar dando certo."

Foi só um bom tempo depois, quando estava voltando pra casa, que eu me toquei: "Imagina só! Agora eu tenho um trabalho. E melhor que isso – uma coisa que tenho vontade de fazer". Nunca tinha parado pra pensar a respeito, mas a minha vida toda foi uma preparação pra aquilo. Até o eBay. Eu estava só matando o tempo, fugindo das coisas que não queria fazer e preenchendo as horas vagas com futebol e... joguinhos de poder. Mas agora era pra valer. Eu fazia parte de uma coisa maior que eu. Aqueles caras entenderam quem eu era e o que eu era capaz de fazer. Entenderam direitinho. Quando disseram que me respeitavam, estavam dizendo a verdade. Tudo bem, eles eram um bando de cabeludos vestidos com roupas de couro e eu usava calça de moletom e camiseta, mas me identificava muito mais com eles do que com Alex. Ou com meu pai. Ou com qualquer outra pessoa no mundo.

Respeito.

Eu pensei: "Agora não vou conseguir encontrar tempo pras coisas da escola nem se quiser".

Billie

Foi num sábado à noite. Eu estava lá fazia um tempão, mais de uma semana. Estava indo tudo bem. Cookie ia trabalhar até tarde naquele dia – o lugar onde ele trabalha ficava aberto até meia-noite de sexta e sábado. Era o que eu precisava. Uma noite só pra mim, na frente da tevê. Tomei um bom banho, escolhi um filme pra assistir, deitei... e ouvi uma chave na porta. E quem era? O desgraçado do Jez junto com dois amigos.

– O Cookie não está – eu falei.

– Ah, é? A gente trouxe umas bebidas e coisa e tal – disse Jez.

– É, ele saiu. E eu vou ficar por aqui.

– Ele não vai ligar – falou Jez.

E eles entraram. Senti vontade de gritar. Eles sabiam muito bem que Cookie não ia estar em casa. Passar a noite com Jez e os amigos bizarros dele era a última coisa que eu queria, mas não podia fazer nada a respeito. Todo mundo sabia que, se eu ligasse pro Cookie e contasse tudo, ele ia ficar do lado do Jez. Como sempre. Cookie tinha dado aquela chave pra ele fazia um tempão. O cara nem mora lá, então pra que precisa de uma chave? Que idiotice. Ele sempre faz o que Jez manda. Isso me deixa maluca.

Tinha uns três ou quatro caras – Jez, um outro que chamavam de Staffs e mais dois. Não tinha outro jeito. Eles iam passar a noite toda ali. Iam esperar o Cookie chegar, e aí ele também ia querer ficar lá bebendo. Eu ia passar a noite inteira aguentando aquele bando de imbecis.

Peguei uma vodca com suco de laranja pra mim, mas decidi que ia pegar leve. Não ia dar mole com aqueles caras, não. A bebida estava meio forte, então saí de fininho e pus um pouco de água no copo. Pouco tempo depois, deixei o copo em cima de uma pilha de CDs e acabei derrubando tudo em cima dos discos. Cookie ia ficar louco da vida com aquilo – ele é fanático por música –, então limpei tudo com a manga da blusa e fui até a cozinha sem ninguém perceber. Eu só tinha bebido meio copo.

E então, quando voltei pra sala, senti que estava chapada. Sabe como é? Tipo, perdidona. Eu pensei: "O que está acontecendo comigo?". Não tinha bebido nada, só um copo de vodca, então por que estava caindo pelas tabelas?

– Já fiquei bêbada – disse pro Staffs, que estava atrás de mim.

– Pois é, a mistura do Jez é forte – Staffs respondeu, e me olhou de um jeito bem esquisito.

A gente ficou lá sentado ouvindo música e conversando um pouco. Lembro de ter levantado pra procurar um CD, e que todo mundo riu quando eu cambaleei pela sala. Eu estava sem equilíbrio. Voltei logo pro sofá, mas... eu não tinha nem terminado a primeira bebida. Como podia estar tão bêbada?

Aí tudo virou um borrão. De repente eu estava no sofá dando uns amassos com Jez. Nem sei como isso aconteceu. E de repente não era mais Jez, era Staffs, e ele estava me apalpando toda. E tinha alguém enfiando a mão debaixo da minha blusa e tentando tirar minha calça, mas...

Eu sentei e empurrei os caras, e fiquei pensando: "Tem alguma coisa errada. Eu não sou desse tipo. Meu namorado é o Cookie". Posso até não ser flor que se cheire, mas não ia passar de mão em mão como um pacote de jujubas. E eu só tinha bebido um copo... e os outros caras estavam lá também, só olhando...

Comecei a entrar em pânico, porque estava tão chapada que não conseguia reagir. Era assim que eu estava me sentindo – como se fosse incapaz de reagir. Levantei e fui pro banheiro, e não porque estava com vontade, mas pra pensar um pouco no que estava acontecendo. Joguei água no rosto, tentei acordar. Eu estava muito mal. Sentei e fiquei pensando: "Tem alguma coisa errada, eu não estou assim tão bêbada, não é possível".

E, claro, no fundo eu já sabia o que estava rolando. Tinham batizado a minha bebida, né? Eles tinham me drogado, e aquele merda do Jez e dos amigos idiotas dele iam fazer a festa comigo.

Eu ia ser o ponto alto da noite.

Fiquei pensando: "Não pode ser, isso não pode estar acontecendo comigo. Não é assim que as pessoas são estupradas. Elas são agarradas de surpresa, e gritam, e berram, e resistem. E apanham. Ninguém fica lá deitadona só olhando as coisas acontecerem. E ninguém vai dormir depois e no outro dia já esqueceu tudo. Eu dispenso essa palhaçada".

Levantei e olhei pra janela. Estava aberta, mas não deu pra subir. Não ia ter como. Não estava conseguindo levantar a perna até lá. Eu ficava caindo. Saí do banheiro e fui pro corredor, tentando fazer silêncio. A porta da sala estava fechada, e eles estavam rindo e ouvindo música lá, mas ainda assim não queria ir naquela direção, porque se eu tropeçasse em alguma coisa eles iam ouvir. Fui pro outro lado, pra cozinha. A porta dos fundos estava trancada. Na hora eu nem percebi. Fiquei lá forçando a fechadura, depois ainda fiquei procurando a chave, mas o meu destino já estava selado. E eu ainda perdi um tempão tentando enfiar a chave na fechadura...

Aquele desgraçado, ele devia estar me olhando fazia um tempão. Quando consegui abrir a porta, ele empurrou com o braço e fechou de volta.

Jez.

– Está indo embora da nossa festa, Billie? – ele falou.

– Quero sair – eu respondi, tentando me livrar dele com um empurrão.

– Ainda está cedo – ele falou, e trancou a porta. Fiquei parada olhando pra ele feito uma idiota. Simplesmente não conseguia mais me mexer. Ele me agarrou pelo braço e começou a me puxar de volta pra sala. Meus pés obedeceram, como se eu fosse uma boa menina que fazia tudo o que mandavam. E a coisa chegou a um ponto em que quase deixei de me importar com aquilo tudo. Quase. Quase deixei que ele me levasse de volta pra sala pra me estuprar. Quem ia saber... No fim nem eu ia lembrar, então que diferença fazia?

Mas fazia diferença, sim, lógico. Abri os braços e me agarrei nos batentes da porta da sala.

– Na cozinha – eu resmunguei. – Eu deixei lá...

– O quê? – ele perguntou.

– Espera... – eu falei, e voltei pra lá. E o desgraçado me deixou ir até a porta dos fundos, e me complicar toda pra destrancar a fechadura e começar a abrir de novo antes de aparecer atrás de mim. Ouvi quando ele chegou. Tentei fazer tudo bem depressa, mas não consegui.

Ele meteu a mão na porta e bateu com força de novo.

Eu me virei pra encarar o sujeito. A gente ficou se olhando. E ele percebeu. Ele percebeu que eu já tinha entendido tudo.

– Você não terminou a sua bebida, né? – ele perguntou.

– Eu derramei... – respondi.

Ele sacudiu a cabeça. Cara de pau. Ele nunca ia admitir. Era covarde demais pra isso. A gente ficou se encarando um tempão. A campainha tocou na porta da frente. Ele olhou pra trás.

– Chegou mais um pessoal – ele contou, levantou a sobrancelha e deu uma piscadinha.

– Não – eu pedi. – Por favor, Jez, não faz isso.

Ele sacudiu a cabeça de novo. E se afastou.

– Vamos lá, querida. Está tudo bem.

– Não está tudo bem coisa nenhuma!

Ele sacudiu a cabeça de novo.

– Vamos lá, Billie – ele insistiu. – Você nunca ligou pra isso antes...

– Antes eu não sabia – respondi, e antes de terminar a falar já estava pensando: "Antes? Isso já me aconteceu antes?".

Jez ficou me olhando e sorrindo. Ele acenou com a cabeça.

– Você gostou, Billie. Adorou. Eu vi. E gostei de ver você curtindo a noite toda.

Eu estava tentando raciocinar um pouco... O nome disso era Rohypnol, né? A droga do "Boa noite, Cinderela". A pessoa nem fica sabendo, e nem lembra de nada no dia seguinte. E ele estava me dizendo que já tinha acontecido antes?

– Seu mentiroso desgraçado – falei. – Não acredito em nada disso. Eu ia saber. Já fiquei enjoada vários dias só de encostar em você. Agora me deixa sair...

Tentei dar um empurrão nele, mas não adiantou nada. Eu estava tão fraca que não aguentava nem comigo mesma, muito menos com ele.

– E o Cookie? Você não diz que é amigo dele? – perguntei.

Jez me olhou meio de lado e sacudiu a cabeça.

– O Cookie não liga, Billie. Ele não se incomoda de dividir as coisas dele com os amigos.

– Eu não sou uma coisa, e não sou dele...

Tentei me livrar dele com mais um empurrão, mas aquele braço segurava a porta como uma viga de madeira... e eu não tinha forças.

– O Cookie não ia fazer isso comigo – eu falei e comecei a chorar.

– Esquece o Cookie.

Staffs tinha ido abrir a porta enquanto isso. Vozes no corredor. Música. Eu parecia estar ouvindo tudo debaixo d'água, mas de resto estava tudo normal. Só que eu não estava normal. Não estava nem perto do meu normal. Virei pra porta e encontrei o braço dele ainda lá, segurando com força.

Jez abaixou pra falar comigo.

– Você se acha muito durona, né? Mas agora não tem como ser, né, Billie? Nem um pouquinho – ele falou e balançou a cabeça. E depois abriu um sorriso. – Bom, que seja. Toma outra bebida. Você não vai nem lembrar. Eu vou ficar de olho em tudo, não vou deixar ninguém abusar demais. Vamos lá. Não dificulta as coisas, Billie. Qual é o seu problema?

Ele tirou o braço da frente e apontou lá pra dentro com o queixo. Eu não saí de onde estava.

– Dinheiro – eu pedi.

Jez revirou os olhos. Como quem diz: "Por que preciso pagar por uma coisa que posso ter de graça?".

– Quanto? – ele perguntou. E enfiou a mão no bolso e se inclinou pra trás.

Eu sabia que só tinha uma chance. Fiquei disfarçando, tentando não olhar pro saco dele, me preparando, alinhando meu corpo. Esperei até que ele olhasse pra mão aberta e... soltei a perna com todas as forças.

Foi um golpe perfeito. Ele veio abaixo sem fazer nenhum ruído, como uma folha de papel ou um jornal. Parecia até estar em câmera lenta. Fui cambaleando até a porta. Era uma fechadura comum, mas eu não conseguia abrir. Estava ouvindo os outros caras atravessarem o corredor. Devo ter feito mais barulho do que imaginava. Aí percebi por que a fechadura não estava funcionando – ela já estava aberta. Ele não tinha trancado de novo. Abri e saí aos tropeções pelo quintal, batendo a porta atrás de mim. Corri até o muro que separava a casa do quintal do vizinho. A porta se abriu e eles saíram.

Fiquei encostada no muro por um instante. Olhei pra eles, eles me olharam. Aí resolvi pular, e caí no chão duro do outro lado. Era só o que eu podia fazer. Depois disso só fiquei lá deitada, esperando.

– Que merda – alguém falou.

Depois ficaram em silêncio.

– Porra, Jez, e agora? – perguntou outro.

Acho que eles não perceberam que eu tinha caído estirada e sem forças do outro lado do muro. Ou estavam preocupados com o que os vizinhos iam dizer se encontrassem uma menina semidesmaiada, dopada de Rohypnol, bem no meio do quintal. Fosse o que fosse, eles ficaram lá parados, resmungando e reclamando... e depois voltaram pra dentro e fecharam a porta.

Esperei um pouco pra ver se não tinha mais ninguém lá fora. Aí levantei e saí cambaleando pelo quintal da casa, esbarrando em tudo. Ouvi alguém lá dentro – uma velhinha, eu acho – dizer:

– Quem está aí?

Eu nem dei bola. Pulei o muro dela, depois outro. Não queria sair pro beco que passa por trás das casas, porque eles podiam estar lá me procurando. Pulei em outro quintal e fiquei lá parada esperando durante horas. Pra mim pareceram horas. Depois saí pra rua. Fui andando aos tropeções até encontrar uma cerca viva. Eu caí atrás dela... Fechei os olhos... E desmaiei.

Hannah

ELES NÃO PARECIAM MUITO felizes. Mas isso já era de se esperar. O filho deles tinha sido expulso da escola, e logo em seguida os dois foram chamados para uma conversa numa URE. E não uma URE qualquer – a URE em que o filho deles havia sofrido uma agressão terrível. Não podia ser coisa boa. E ele nem estava mais frequentando a Brant.

Mas eles vieram mesmo assim. Classe média, bom padrão de vida. Fazem de tudo pelo filho. Não é o tipo de gente que se vê sempre por aqui. Quando se trata de crianças pobres, as privações falam por si mesmas. No caso dos riquinhos, os pais são tão ocupados que não têm tempo pros filhos. É um outro tipo de negligência quando a pessoa tem todas as coisas que o dinheiro pode comprar. Mas, como diz o ditado, dinheiro não traz felicidade. E quer saber? Não traz mesmo. Mas, no geral, os pais de classe média tendem a cuidar muito bem dos filhos.

– Que bom que vocês vieram, apesar de não serem obrigados.

– O que for preciso para ajudar o Chris – disse o pai.

– Vamos ser bem sinceros, senhora...

– Hannah. Podem me chamar de Hannah.

A mãe. Assistente social. Estava acostumada a resolver os problemas dos outros, mas não a ouvir conselhos. Se o que eu tinha a dizer fosse uma novidade para ela, aquilo certamente iria ferir o seu orgulho.

– Já estamos cansados de saber tudo o que existe para ser dito sobre o Chris – ela falou.

– Certo, então vou direto ao ponto. Assim, se o que eu tenho a dizer não for novidade, não desperdiço mais o tempo de vocês. Em resumo, acho que o Chris tem dois problemas que precisam ser encarados de uma vez por todas.

Eles me olharam. Pareciam surpresos. Aquela palavra... problemas. Eles achavam que já tinham descartado tudo o que fosse possível.

– Ele é um garoto muito teimoso – comentou o pai. Depois se interrompeu. – Mas continue.

– Todos aqui sabemos que Chris é um menino inteligente... muito inteligente – eu falei. Era melhor começar sempre com um elogio. – Sei que a Reedon é uma escola concorrida, mas não é das melhores. Para dizer a verdade, não recebemos muita gente de lá, mas a reputação deles já foi melhor. Eles não sabem muito bem como lidar com certas questões...

– Tanto eles como nós estamos nos esforçando bastante para resolver o caso do Chris desde que ele entrou na escola – rebateu a mãe.

– Sim, e eu sei que não existem muitas opções de boas escolas por aqui. Mas o que estou querendo dizer é que acho que essa escola não oferece desafios suficientes para manter o interesse do Chris. Ele fica entediado. Como eu disse antes, é um menino muito esperto. Inteligentíssimo. E, para completar... bom, ele tem um certo grau de dislexia.

Silêncio.

Levantei as sobrancelhas e abri um sorrisinho. Tentei não parecer condescendente, nem nervosa, nem arrogante. Eles ficaram me olhando como se eu tivesse dito que Chris era uma sereia.

– O Chris não tem dislexia – rebateu a mãe. – Ele fez uma porção de testes tempos atrás.

– Ah, fez? E onde foi? – eu quis saber.

– Na escola.

– E deu tudo negativo – garantiu o pai.

– Então não foi nada parecido com isto – eu falei, e mostrei os questionários que tinha dado para ele responder.

Eles pareciam estar em choque. Principalmente ela. Uma assistente social, mãe de um filho de quinze anos com um caso não diagnosticado de dislexia? Aquilo não era nada bom.

Fui discorrendo sobre os fatores que confirmavam o diagnóstico enquanto eles examinavam os papéis. Aversão a atividades de leitura e escrita. Lentidão para produzir atividades apesar da inteligência. As eternas desculpas para driblar as tarefas...

– Veja só isso. Veja só isso – disse a mãe de repente. Ela abriu a bolsa e tirou lá de dentro um trabalho muito bem-feito. De ciências. – O Chris fez isso outro dia, quando nós o obrigamos a ficar em casa. Dê só uma olhada. Um ótimo trabalho. Sem nenhum erro de ortografia. Introdução, argumentação, conclusão. Tudo perfeito. Você está me dizendo que quem fez isso foi uma criança disléxica?

Dei uma olhada no trabalho.

– Está muito bom, mas só tem uma página. Alunos do ensino médio precisam fazer trabalhos muito mais longos que isso. E, quanto a ser perfeito... bom, isso é o álibi dele, concorda? O mesmo vale para a tal loja online. É impecável, mas ele não escreve uma palavra ali na frente de alguém. Por quê? Porque ele precisa ficar horas revisando cada palavra para deixar tudo certo. É por isso que vocês nunca veem o Chris escrevendo.

– Mas e os testes que ele fez na escola? Quando foi que ele fez tudo aquilo? – o pai perguntou para a esposa.

– No oitavo ano.

– Ele passou com louvor. O que dizer sobre isso? Dislexia não é uma coisa que se pega de repente, certo?

Eu fiz uma careta.

– O Chris tem suas técnicas. Pode ter passado os questionários para um amigo. Pode ter inventado uma desculpa para ganhar mais tempo...

– Que absurdo – rebateu a mãe.

– É mesmo? – questionou o pai. – Depois de tudo o que ele já fez? Você acha mesmo essa ideia absurda?

– Como foi que você conseguiu fazer com que ele fizesse isso, então? – questionou a mãe.

– Fiquei sentada bem ao lado dele – contei e dei risada. – Coitadinho do Chris, pensei que fosse sair correndo da sala. Ele odiou ter que fazer isso.

A mãe ficou pálida. O pai esticou o braço e segurou a mão dela. Um cara legal. Onde estava aquele imbecil arrogante de quem o Chris sempre falava? Sabe o que eu aprendi? Não dá para acreditar em uma palavra que aquele menino fala. De jeito nenhum.

– Não acredito... – ela começou. – É isso mesmo? Porque se for... não acredito que nós não descobrimos antes.

Ela se interrompeu de repente e me olhou. Percebi o que ela estava pensando.

Sim, querida. Se você usasse mais a sua capacidade de observação em casa em vez de trabalhar tanto, teria percebido por si mesma. E agora só falta um ano para os exames finais do ensino médio, e ele não tem motivação nem para tentar...

Mas eu não disse isso, claro que não.

– Sra. Trent, o Chris é um dos meninos mais inteligentes e sem dúvida o mais determinado que já conheci. Está conseguindo enrolar todo mundo há anos. E, para ajudar, tinha uma conjunção de fatores agindo contra ele. Se o problema fosse um só, inteligência acima da média, escola ruim ou um pouco de dislexia, daria para resolver facilmente. Dois deles... talvez. Mas os três juntos... ora... E não podemos nos esquecer do quanto ele é determinado. E motivado. E competitivo. Ele não gosta de fazer nada malfeito, né? – eu perguntei e encolhi os ombros. – Pois é.

– Não acredito – ela falou, olhando para os papéis. – Esse sacana. Esse sacana desgraçado. Esse tempo todo...

Eu dei risada.

– Vamos ser sinceras, sra. Trent. Ele merece a nossa admiração. E vou dizer uma coisa: Chris vai se dar muito bem na vida, com ou sem um diploma de ensino médio.

Ela tentou sorrir, mas ainda estava abalada. Ele riu. O fato estava aceito e consumado. Ponto para eles. Não deve ter sido fácil.

Passamos mais um tempinho conversando sobre a Brant, sobre o trabalho que fazemos e tudo mais. Senti pena dela. Caso tivesse ela mesma aplicado os testes, teria feito direito. Mas ela jamais pensou em questionar a escola. E por que faria isso?

Quando saíram, eles já estavam mais animados. O pai estava visivelmente aliviado.

– Pelo menos agora sabemos com o que estamos lidando – ele falou.

A mãe o olhou de lado.

– Que foi? – ele perguntou.

– Agora já é tarde demais.

– Nunca é tarde demais – ele rebateu.

E eles foram embora, levando junto os papéis. Para mim, ela estava certa. Era tarde demais, pelo menos no que dizia respeito aos exames finais do ensino médio. Boa sorte para eles.

Voltei para a minha mesa, peguei o celular e olhei as mensagens. Nenhum sinal da Billie. Já fazia mais de uma semana. A cada dia eu ficava mais convencida de que havia acontecido alguma tragédia. Tinha uma mensagem da Barbara. Uma palavra. "Nada." Nada, nada, nada. Vamos lá, Billie... Ligue para mim. Fale comigo. Pelo amor de Deus... pelo menos dê um sinal de vida!

Mandei outra mensagem. Quando ela ler aquilo, vai saber o quanto eu me preocupei. Eu mandei uma mensagem por hora durante a última semana inteira.

Billie, eu te amo. Me liga. H.

Billie

Não sei que horas eram quando acordei. Madrugada. Muito frio, tudo escuro. Acordei e tentei me mexer. Ainda estava meio zonza, mas a droga que eles tinham me dado estava perdendo efeito.

Comecei a caminhar.

Não fazia ideia da hora, mas o céu começou a clarear enquanto eu andava. Demorou um tempão. O tempo todo fiquei pensando: "Seus desgraçados, seus desgraçados". Eu nunca ia descobrir o que eles estavam tramando se não tivesse derrubado a bebida. E o Cookie? "Ele não se incomoda de dividir as coisas dele com os amigos." Não foi a primeira vez que eles apareceram e eu fiquei tão bêbada que perdi a noção de tudo. Quantas vezes foram?

Não sei se o que ele falou era verdade. Jez é um escroto, ele ia gostar de dizer aquilo só pra me chatear. E o Cookie morre de medo dele. Mas não faria isso. Jamais. Ou faria?

Eu não sabia nem se já tinha sido estuprada.

Andei e andei sem parar. Deixei a droga toda sair do meu corpo, fosse qual fosse. Finalmente vi o parque. E uma vizinha passeando com o cachorro. Ela me chamou, mas eu não respondi. Queria ir pra casa, mas ainda era cedo demais. Minha chave estava na casa do Cookie. Barbara sempre trancava a casa à noite, então fiquei sentada num banco, e acho que cochilei.

Depois fui pra casa.

Não tinha ninguém por lá.

Senti vontade de gritar. Se eles estivessem em casa, ia ser o meu fim. WASP, reformatório, prisão. Mas pelo menos aquilo tudo ia terminar. Pensei em sentar numa poltrona e esperar, mas, assim que percebi que a casa estava vazia, soube o que fazer. Eu ia roubar tudo o que conseguisse levar dali e continuar a minha fuga. Ainda tinha alguns dias de liberdade. Sem nenhum lugar pra ir, nenhuma pessoa pra encontrar, nada pra fazer. Mas eu ia em frente mesmo assim.

Andei pela casa toda. Meu celular estava na mesa. A Barbara tinha colocado créditos nele, inacreditável. Eu liguei o aparelho. Peguei umas roupas, enfiei numa sacola. Vasculhei as gavetas e encontrei dinheiro – não muito, só algumas libras. Achei melhor procurar na cozinha. Às vezes eles deixavam uns trocados por lá, e eu precisava comer. Dei uma olhada nos armários e de repente me peguei remexendo nos talheres.

"As facas", eu pensei.

Parei um pouco pra pensar. E fiquei angustiada, porque sabia o que tinha que fazer. Eu ia ser presa. E só Deus sabia o que ainda estava prestes a encarar, porque, vamos dizer a verdade, estava tudo indo ladeira abaixo. Estava na cara que as coisas estavam ruins pro meu lado. E ele, o Jez... ele ia se safar. Depois de tentar me estuprar. Junto com os amiguinhos dele. Iam ficar livres e soltos por aí. Como o Cookie.

Você não ligava, Cookie? Não se incomodava? Era assim que você ajudava o seu amigo que nunca consegue mulher?

Não sei se o que ele falou sobre Cookie era mentira ou não. Eu acho que sim. Mesmo assim, nunca mais ia dar as caras por lá. Mas o Jez, esse precisava pagar pelo que fez comigo.

Barbara guarda as facas em uma caixa de madeira, tem umas cinco ou seis. Peguei a maior, a mais assustadora, parecia uma espada, mas aí lembrei de uma coisa que me disseram quando eu era pequena. Uma lâmina fina é a ideal para esfaquear uma pessoa. Longa, fina e fácil de esconder e de sacar. Ninguém vai querer que a faca fique enroscada em algum lugar. É entrar e sair. E dar uma torcidinha com o pulso na saída.

Larguei a grande e peguei uma menorzinha. Mais curta, lâmina fina. Mais fácil de esconder. Barbara tem uma ferramenta na cozinha que usa para afiar as facas. Procurei numa gaveta e encontrei. Pareciam dois bracinhos cruzados. Passei a lâmina algumas vezes naquela coisa e testei o fio com o polegar.

Estava afiada.

Era isso que deixava aquele sacana com tesão? Transar com uma menina desmaiada e depois ver os amiguinhos fazendo a mesma coisa? Sem ela nunca ficar sabendo? Vamos ver se ele vai ficar com tesão quando estiver com essa coisa enfiada na barriga.

Eu pensei: "Vou fazer isso mesmo. Não tenho nada a perder. Já perdi tudo. Pelo menos posso garantir que ele não vai fazer isso com mais ninguém".

Pus a faca na sacola e abri a geladeira. Tinha um bilhete lá dentro, virado pra mim, que dizia: "Tem um recado para você na mesa da cozinha".

Olhei pra trás. Estava lá mesmo, e eu não tinha nem percebido. E, além disso, uma nota de vinte dobrada no meio do papel. Que história era aquela? Barbara nunca me dá dinheiro quando eu me comporto mal. Peguei e comecei a ler. Imaginei que Hannah tivesse pedido pra me deixarem dinheiro, mas aí ouvi vozes lá fora. Eram eles. Barbara, Hannah e Dan, todos juntos.

Minha nossa. Eles estavam unidos. Era tudo o que eu precisava.

Enfiei a nota e o dinheiro no bolso, saí pela porta dos fundos e corri pelo jardim. Olhei pra trás – ainda não tinham voltado. Pulei a cerca viva – estava bem grande, ganhei uns arranhões. Atravessei o jardim ao lado e saí pra rua.

Assim que saí, fui me esconder no parque pra ler o bilhete... e adivinha só? Eu tinha perdido o negócio. Deve ter voado do meu bolso de trás enquanto eu fugia. Inacreditável. E o dinheiro... vinte paus! Fiquei bem brava. Voltei pra procurar, refiz os meus passos. E encontrei. Mas não dava pra pegar... estava caído lá no meio do jardim.

Fiquei mais chateada por causa do bilhete do que pelo dinheiro. Acho que uma parte de mim queria saber o que eles tinham pra dizer, apesar de já imaginar. Fiquei escondida uns quinze minutos numa moita até a maldita Barbara aparecer e encontrar as coisas no chão. Ela voltou correndo pra casa, gritando "Hannah" com todas as forças.

E assim eu perdi tudo, o dinheiro, o bilhete, tudo. Voltei lá pro parque. Ouvi que eles estavam gritando o meu nome. Sem chance. Eu tinha umas contas pra acertar.

Pensei: "Ainda é cedo. O Jez ainda deve estar na cama".

Ele trabalhava à noite também, como garçom num bar. Eu sabia onde era, já tinha ido com Cookie até lá algumas vezes. Ele entrava às seis. Eu lembrava de tudo.

Eu pegaria o cara no caminho pro trabalho. Não estava nem aí se ele morresse. Ele merecia. Eu ia ser presa. Prisão perpétua. Mas o que isso significa na prática? Vinte, vinte e cinco anos? E eles podiam pegar ainda mais leve, porque Jez não valia nada. Aí eu ia pegar doze, ou no máximo dez anos. Ou quem sabe eu podia fazer só um furo nele, e ele ia perder um monte de sangue e sofrer pra diabo, mas ia sobreviver, e aí eu pegava só tentativa de homicídio. Ou, se tivesse sorte, ninguém ia me ver e ele ia morrer no meio de uma poça de sangue sem saber nem quem tinha feito aquilo. Esse era o cenário ideal. Mas eu não estava contando com isso, não com a sorte que tenho. Só ia ter uma chance de fazer isso, e estava decidida a aproveitar. Se precisasse ser no meio da rua, com metade da população de Leeds olhando, eu ia fazer do mesmo jeito.

Já estava tudo planejado na minha cabeça. Eu sabia onde ele morava. Ia entrar em ação enquanto ele saísse de casa. Ia ficar escondida atrás da lixeira e... *bam*! Entrar e sair. A lâmina não era muito comprida, mas era suficiente. Pelo menos eu não ia deixar barato, certo?

Pela primeira vez na vida eu ia fazer a coisa certa...

Apalpei o bolso à procura do celular. Pensei em ver as mensagens. Dá pra acreditar que eu deixei o meu telefone lá também? Até conseguia ver, na minha cabeça, o aparelho em cima da mesa. Eles apareceram de repente e eu fugi... que besteira! Bom, eu não podia voltar lá pra buscar, né? Não naquele momento.

Ainda tinha umas horas pra esperar. E nada pra fazer. Fui até o meu velho banco, onde ninguém ia me encontrar, e fiquei por lá. Só queria ficar sozinha, deixar o tempo passar e fazer o que precisava fazer. Depois disso eles podiam me prender e a minha vida podia continuar rolando ladeira abaixo, como sempre.

Chris

Domingo de manhã. Ensaio da banda. É isso o que eu faço agora nos fins de semana. A gente estava usando a garagem de alguém pra tocar. Não era muito legal, mas era melhor que nada.

Eles começaram com uma versão poderosa de "Not My Daddy", um dos melhores números do Frankie. Era sobre um pai que não prestava. Eu me identificava com aquilo. As coisas estavam caminhando. A banda tinha dois caras quando eu entrei na jogada. Com o Rob foram três, e agora tinha também um baixista. Quatro. Espera aí, você vai me dizer, ninguém na banda tinha um baixo. Bom, agora tem. E, pra melhorar, tinha sido de *graça*. O dono anterior não ia gostar muito da ideia, mas como o meu pai não tocava aquilo fazia mais de um ano... bom, eu podia me preocupar com as consequências só mais tarde, certo?

Mas ainda tinha muita coisa pela frente. A gente precisava de um lugar melhor pra ensaiar, mais instrumentos, mais equipamentos. E uma formação um pouco diferente. O Frankie causava uma tremenda impressão, mas era... sei lá, ainda estava faltando alguma coisa. Eu já estava procurando um novo vocalista.

Está vendo como é? Isso se chama cabeça de empresário. É muito mais legal que o eBay. Principalmente na hora de falar pras garotas... Pois é, empresário. Marcar shows, alavancar uma carreira. Você sabe. Procurar uma gravadora pros caras...

O ensaio foi bem legal. Eu estava conversando com os caras sobre a nova formação. Queria que eles aceitassem a ideia de ter uma garota na banda. Por que não? O Arch Enemy tem uma vocalista, e é uma das bandas favoritas deles. E é uma banda muito boa. É demais. Se a gente encontrasse a pessoa certa, uma vocalista ia criar, sabe como é, um interesse.

De repente o Rob deu um pulo com o telefone na mão.

– Encontraram ela! – ele gritou. – A Billie! Encontraram ela!

– Onde?

– No parque. Acabei de receber uma mensagem da Hannah. A gente precisa ir até lá pra ajudar.

No fim ninguém tinha exatamente encontrado a Billie. Ela foi vista por uma vizinha no parque. Hannah, a mãe adotiva dela e sabe-se lá mais quem saíram pra procurar. Ela entrou em casa enquanto não tinha ninguém, mas eles voltaram e ela se assustou. Parecia que tinha pegado o telefone e deixado na mesa da cozinha, então *ainda* não sabia que a queixa foi retirada. Ninguém conseguiu falar nada, e ela se mandou de novo. O alerta vermelho estava ligado.

– A gente precisa ajudar – disse Rob enlouquecido.

– Uma donzela em perigo – disse Frankie. Ele me olhou e piscou, e acenou a cabeça pro Rob, que já estava se preparando pra sair.

Ah. Entendi. Frankie balançou a cabeça e levantou as sobrancelhas. Eu saquei. Rob ia entrar em ação.

– Quer que a gente ajude também, Rob? – perguntou Frankie, mas Rob sacudiu a cabeça.

– Não, ela é minha amiga, e do Chris também. Ela confia na gente... Vai ficar tudo bem.

Ela confia na gente? O cara que baixou as calças dela? E o outro que ia fazer com que ela fosse presa por pisar nas bolas dele? (Até onde ela sabia, pelo menos.) Só podia ser brincadeira. Mesmo assim eu fui com ele, em parte pra ajudar Rob e em parte porque tinha um assunto pra tratar com Billie Trevors.

Vou dar uma dica. Vocal de death metal. Entendeu? Uma vocalista. Tinha tudo pra dar certo.

PARTE 4

Kill All Enemies

Rob

FRANKIE DEU UMA CARONA pra gente até o parque. Os caras queriam ajudar também, mas não deixei. Queria *eu mesmo* encontrar a Billie. Por que não? Estava tudo dando certo pra mim nos últimos tempos. Essas coisas podem acontecer no fim das contas. Os sonhos podem virar realidade. Eu sou a prova viva de que as pessoas nunca podem perder a esperança, nunca mesmo.

Demos umas voltas por lá. Nada. Perguntei pra todo mundo que a gente encontrou, mas nem sinal dela. Hannah também estava por lá, junto com um casal, que no fim descobri que eram os pais adotivos da Billie. Eles também não tinham nenhuma pista. Ela parecia estar querendo se desvencilhar da gente. Pensei que não tinha mais jeito, mas aí pegamos um atalho que o Chris conhecia atrás de umas moitas e...

– Vocal de death metal a leste – disse o Chris.

E lá estava ela, deitada num banco, escondida atrás de um matinho e tal. Não dava nem pra perceber que tinha alguém ali, mas o Chris conhecia bem aquele lugar.

– Liga pra Hannah – eu falei, e fui correndo até ela. Ouvi o Chris atrás de mim me pedindo pra esperar... mas eu não estava nem um pouco a fim de esperar! Queria ser o primeiro a chegar. Queria ser aquele que ia dizer pra ela que estava tudo bem.

– Billie! – eu gritei. Ela me ouviu e sentou no banco quando cheguei mais perto. Eu devia ter tomado mais cuidado, mas tinha uma coisa pra dizer pra ela, e nada no mundo ia me impedir de fazer isso.

Ela pulou do banco quando cheguei lá e tentei começar a falar, mas eu estava tão empolgado e tinha corrido tanto que estava sem fôlego. Fiquei lá parado que nem um idiota, ofegando e tentando me comunicar sem conseguir. Ela me olhou como se eu fosse alguma espécie de idiota e saiu andando, e eu pensei: "Não vou perder essa chance de jeito nenhum!".

Não tive a menor dúvida. Não fazia nem ideia do que podia ter acontecido com ela. Joguei os braços pra frente e dei um abraço bem apertado nela.

Pof! Ela atacou os meus braços. De repente eu estava cambaleando pra trás, e ela estava gritando comigo.

– Não, Billie! – eu falei. Me agachei e tentei sair do caminho. E aí... vi que ela tinha uma faca na mão. Apareceu do nada. Não vi nem de onde ela tirou.

– Billie, não! – eu implorei. Pelo meu tom de voz, parecia uma coisa banal, como se alguém tivesse roubando as batatinhas fritas do meu lanche. Mas aí o Chris deu um grito bem alto, e percebi que ela ia mesmo me esfaquear. Estava toda vermelha, com os dentes escancarados como o de um cachorro raivoso, e tremendo toda, como se estivesse prestes a ter um colapso nervoso. Os olhos dela pareciam vazios. Aquela não era a Billie que eu conhecia.

– A gente retirou a queixa – berrou o Chris. – Billie!

Acho que ela nem ouviu. Eu precisava fazer alguma coisa. Abri a minha boca e...

– Billie... – eu falei – ...você quer sair comigo?

– Quê?

Acho que eu estava tão surpreso quanto ela. Mas... agora já estava dito.

– Você quer sair comigo? Eu gosto de você. Por favor, Billie. O que você acha?

Foi uma coisa bem idiota pra se dizer, eu acho. Quase tão idiota quanto o abraço que eu tinha tentado dar antes. Mas atraiu a atenção dela. Ela me olhou, e depois olhou pra faca como se nunca tivesse visto aquela coisa antes, e então deu um passo atrás.

– Quê? – ela repetiu.

– Billie – falou o Chris. – Larga essa faca.

Ela olhou pra ele. Parecia não estar entendendo nada.

– Somos seus amigos – ele continuou. – Você não tem por que brigar com a gente.

Billie olhou pro Chris, e depois pra mim. Eu balancei a cabeça. E aí, bem devagar, ela foi baixando o braço...

Depois ouvi um grito. Era Hannah correndo na nossa direção. E o casal atrás dela, tentando acompanhar a correria, uma fila indiana no meio do parque.

– Me dá essa faca, Billie – eu falei. – Eles não precisam ver isso.

Ela me entregou, e eu enfiei no bolso. A cara dela se contorceu toda. Ela começou a chorar.

– Ah, Billie – eu soltei. – Posso abraçar você agora? Só um abraço.

Ela fez que sim com a cabeça, de um jeito bem discreto. Eu fui até ela, dessa vez com mais calma, e a gente se abraçou. Eu dei um abraço nela, e ela retribuiu o abraço. Senti que ela começou a estremecer, e quando me dei conta estava chorando no meu ombro como uma garotinha.

Hannah

Eu fui correndo até lá. Barbara ficou gritando para eu esperar, mas não quis nem saber. Manter a forma às vezes compensa. E lá estavam eles, o trio parada dura. Chris parado logo ao lado, e Billie e Rob, os dois abraçados. Ela estava nos braços dele, chorando copiosamente. Eu queria chegar na frente de todo mundo e dar um abraço nela, mas ele foi mais rápido.

Parei ao lado deles.

– Pronto, querida – falei. – Pronto, querida, está todo mundo aqui.

Ela me olhou por cima do ombro dele e tentou sorrir. Depois apareceu Barbara, toda esbaforida, junto com Dan, e eles também ficaram ali parados, vendo Billie chorar. Ela logo se afastou do Rob. Veio até mim e me deu um beijo. Depois foi até a Barbara e deu um abraço nela.

Barbara parecia perplexa. Ela apertou Billie com força.

– Vamos para casa, Billie, agora mesmo – ela disse com firmeza.

Billie concordou com a cabeça. Barbara me olhou e eu fiz um sinal de positivo, e ela a levou, ainda chorando. Eu não tirei os olhos dela. E... estava um pouco magoada, para dizer a verdade. Eu estava lá de braços abertos, e ela preferiu Rob e Barbara. Mas... ela tinha conseguido, né? Tinha deixado as pessoas se aproximarem. Não estava mais nem tentando esconder as lágrimas. Barbara vai cuidar bem dela. E Rob... bom, ele não era o tipo de pessoa com quem ela costumava andar, parecia até ser de outra espécie. Mas era um bom garoto. Quem poderia imaginar que a Billie ia terminar chorando no ombro de um bom menino?

Ela estava aprendendo.

"Agora sim", pensei. "Estamos chegando lá."

Rob

Eu fui andando pra casa e pensando: "É isso o que eu quero pra minha vida. Agora tenho tudo o que sempre quis". Finalmente criei coragem pra chamar a Billie pra sair. Acho que ela vai aceitar. Mas nunca se sabe. Pelo menos eu tentei.

E aí eu cheguei em casa. E lembrei.

Fazia duas semanas que tinha voltado da casa da minha mãe. Pensei que ele já tivesse ido no dia anterior, mas no fim só tinha ido levar o carro pra inspeção veicular. Estava tudo certo com o carro. E era domingo. Ele devia achar que ela ia estar em casa. Ele devia ter ido, quase certo.

Pois é. Tinha chegado a hora.

Encostei no capô do carro, como fazia toda vez que chegava em casa.

Estava quente.

Estava tudo em silêncio dentro de casa. Philip estava na cozinha preparando alguma coisa pra comer. A porta estava aberta. Ele acenou com a cabeça quando eu passei.

– Tudo bem? – ele perguntou.

– Tudo – eu respondi. E pensei: "Legal! Ele não foi. Uau". Comecei a me sentir bem de novo. Davey estava em casa também. Dava pra ouvir o som ligado no quarto dele.

– Tudo bem, Davey? – gritei.

Fui até o meu quarto, liguei o computador e esperei o sistema iniciar. Fiquei pensando, Philip agiu de um jeito meio estranho lá embaixo. Eu não sabia muito bem por que, deve ter sido a maneira como ele me olhou.

O programa do computador ainda não estava carregado. Levantei e fui até o quarto do Davey.

– Davey? – eu chamei não muito alto, pro Philip não ouvir. – Davey? Está tudo bem? – eu insisti, mas ele não respondeu. Virei a maçaneta, mas a porta estava trancada. – O que aconteceu? – eu perguntei, apesar de não ter nenhum motivo pra desconfiar que tinha acontecido alguma coisa.

Philip apareceu no pé da escada.

– Deixe o menino em paz, seu animal. Ele está cansado – disse Philip.

Voltei pro meu quarto e fiquei por lá um tempo. Mas depois voltei e tentei abrir a porta.

– Davey – eu chamei baixinho.

– Que foi? – ele perguntou, e parecia estar meio pra baixo, sabe como é?

– Me deixa entrar – eu pedi.

– Vai embora – ele mandou.

E eu pensei, sem nenhuma razão: "Isso eu não vou deixar barato".

Virei a maçaneta e joguei todo o meu peso contra a porta, mas em silêncio. Na primeira pancada ela cedeu. Dava pra ouvir os parafusos entortando. Davey estava deitado na cama, escondendo o rosto de mim.

– Davey? – eu chamei, fui até ele, agarrei seu ombro e puxei na minha direção, e foi aí que vi que algum desgraçado tinha batido nele. A lateral do rosto dele estava toda vermelha. Ele não queria que eu visse e ficou se debatendo, e eu dizendo "Deixa eu ver, deixa eu ver", e ele respondendo "Me deixa em paz, me deixa em paz". Algum valentão tinha metido a mão no meu irmão, e pra valer – o olho dele estava inchado, o rosto todo vermelho, e ele estava chorando.

Fiquei louco de raiva.

– Quem fez isso? – eu quis saber. – Quem foi que fez isso com você? Foi o Riley? Quem fez isso?

Ele ficava dizendo "Me deixa em paz, me deixa em paz, para com isso", e continuava chorando cada vez mais. Aí de repente ele virou e eu vi todo o estrago – nariz sangrando, boca inchada, olho roxo, a pele toda marcada – e ele gritou bem na minha cara:

– Por que você está me perguntando isso? Você sabe quem foi! Você sabe. Você sabe muito bem quem foi!

Ele se virou e começou a chorar bem alto. Voltei pro meu quarto. Sentei lá e comecei a jogar no computador – não sei por quanto tempo, uns minutos, quem sabe, talvez mais. Mas aí levantei de repente e fui correndo lá pra baixo. Desci correndo sem nem pensar no que estava fazendo. Antes que eu acabasse desistindo.

Philip sabia. Apareceu no corredor com o cinto dobrado na mão.

– Então você acha que consegue me encarar, é? – ele perguntou.

– Acho que sim – eu respondi.

Fui pra cima dele, mas ele estalou o cinto e *paf*! – bem no meio da minha cara. Minha nossa, como ardeu. Ele ainda acertou mais umas duas cintadas enquanto eu estava zonzo, mas consegui chegar perto, dei um empurrão nele e soltei a mão, um soco bem aberto, fazendo um movimento circular com o braço. Ele se esquivou, mas o corredor era estreito, e acabei acertando a cara dele, meio de raspão. Foi o primeiro soco que eu dei na vida. Ele pôs a mão no queixo, abriu um sorriso e sacudiu a cabeça.

– É só isso? – ele provocou. – É só isso que você vai fazer?

Tentei dar outro soco. Ele me acertou no nariz. Meus olhos se encheram de lágrimas, não consegui ver mais nada. Mandei uma porrada bem no estômago dele. Deu até pra ouvir o ar saindo. Ele largou o cinto quando percebeu que a coisa ia ficar séria. A gente se atracou no corredor, e quando ele tropeçou e cambaleou acertei um soco bem dado, com toda a força, bem no pescoço. Ele foi pro chão, desabou em cima do carpete do corredor. E sabe o que eu fiz depois disso? Quer saber mesmo?

Fui chutando o filho da puta pelo corredor até chegar na porta da frente. Ele ficava tentando levantar, mas eu fui descendo a botinada, uma atrás da outra. *Pof, pof, pof,* até a porta da rua.

– Para com isso, para com isso – ele pediu. Mas eu não parei. Nem quando ele chegou na porta eu parei. Continuei chutando até ouvir Davey atrás de mim, gritando:

– Já chega, Rob! Já está bom!

Aí eu parei. E fiquei parado ali, ofegando.

– Quer dar uma nele também? – perguntei pro Davey, mas ele sacudiu a cabeça.

Depois virei pro Philip, caído no chão, com a respiração pesada. Minha sorte tinha mudado mesmo. As coisas estavam ficando cada vez melhores. Nada ia ser capaz de me parar. Era a hora da verdade. O maior obstáculo. E eu consegui. Acabei com ele, quebrei o feitiço da bosta, e finalmente estava voltando a ser eu mesmo.

Ainda estava de casaco. Tinha uma coisa pesando no meu bolso. Apalpei com a mão e senti o que era – a faca da Billie. Saquei a faca do bolso. Olhei pra minha mão e pensei: "Posso acabar com tudo isso agora. E pra sempre... pela minha mãe, pelo Davey e por mim". Ele já ia levantando, mas parou quando viu a faca. Olhou pra ela e depois pra mim, e eu encarei de volta. Ele ia levantar. Eu podia impedir. Quando você enfia uma faca em alguém, fica marcado na vida dessa pessoa pra sempre.

Ficamos um tempão parados ali. Philip estava ofegante, olhando pra mim. E aí... ele sorriu.

– Você não tem coragem, não é mesmo? – ele falou.

– Você ia adorar, né? – respondi. Eu não sabia o que ia dizer. Então deixei rolar. – Ia ser uma vitória pra você, porque eu ia me rebaixar ao seu nível. Mas eu não vou fazer isso. Então é melhor você sumir da minha frente e seguir com a sua vidinha infeliz e patética antes que eu expulse você daqui na base da porrada – eu disse, e me virei pro Davey, que estava de pé na escada. – Certo, Davey?

– Certo, Rob – respondeu.

Virei as costas e voltei pra dentro. Ainda olhei pra trás e soltei um "Babaca!", só por gosto. Depois fui pro meu quarto.

"É isso aí, Robbie", eu disse pra mim mesmo. E depois... depois fui fazer minha lição de casa.

Chris

Era aula de ciências. Com Wikes. Pela primeira vez na vida, cheguei adiantado. Estava esperando do lado de fora da sala, perto da janela, do lado do extintor de incêndio. Ninguém sabia ainda, mas aquele era o meu último dia de escola.

A banda tinha feito o primeiro show uns dias antes. Kill All Enemies – A Mil por Hora até o Inferno. Espalhei um monte de folhetos, mas quase nenhum convidado meu apareceu. Foi vergonhoso. Alex foi até lá, se esgueirou um pouco pelos cantos e depois caiu fora. "Você gostou?", eu perguntei numa mensagem de celular. "Não cheguei nem a cogitar isso", foi o que ele respondeu.

E desde esse dia eu virei uma espécie de pária. Comecei a fazer parte de outra turma. Ou, pra ser mais exato, de outro mundo. Eu conhecia aquele pessoal desde pequeno, mas foi só mudar meu gosto musical, deixar o cabelo crescer e vestir uma jaqueta de couro e pronto! – ninguém mais queria saber de mim.

E olha que o show foi demais. Billie apavorou no vocal de death metal. Ela e Frankie mandaram ver nos microfones – que dupla! Não sei se ela vai continuar na banda, mas estou torcendo. Eu subi no palco na última música, pra ajudar nos vocais. Não sei nem cantar, mas o pessoal insistiu.

– Lado a lado. Como irmãos – disse Frankie.

Os amigos deles estavam todos lá – uns quarenta ou cinquenta. E uns três conhecidos meus. Novos amigos, vida nova. A loja no eBay está no ar de novo. Eu tenho a banda. Está tudo melhorando pra mim. A não ser uma coisa...

A escola. Não tenho tempo, nem vontade... sem chance. Pensei que os meus pais estavam quase desistindo, mas, acredite se quiser, eles deram um jeito pra me aceitarem de volta, e com a ajuda da sacana da Hannah. Dislexia. Pelo jeito todos os testes que eu fiz antes estavam errados.

Pra mim não foi nenhuma surpresa. Ler e escrever sempre me deram no saco. Eu preciso sentar e suar a camisa, enquanto pro resto do pessoal é moleza. O problema foi que eles descobriram isso com uns quatro anos de atraso.

Mas eles deram um jeito de resolver tudo, claro. A escola colaborou. Contrataram um especialista pra me ajudar. Ah, e pediram um monte de desculpas. Eles tinham falhado comigo, e a escola também, mas no fim o resultado foi o mesmo. Tarefas, trabalhos, lições e tudo mais.

Eu nem disse nada. Por que me dar ao trabalho? Eles já ouviram tudo o que eu tinha pra falar. E eu sabia exatamente como sabotar aquele plano idiota antes mesmo de colocarem a coisa em prática. Só ia precisar de um pouco de coragem. Posso até ter dificuldade pra escrever, mas coragem... isso eu tenho de sobra.

Do lugar onde eu estava, perto da janela, dava pra ver as canetas coloridas do Wikes pra escrever no quadro branco, prontinhas pra arruinar a nossa mente. O Alex, o Mickey e os outros moleques me olharam de um jeito esquisito quando entraram na sala – como um bando de ovelhinhas a caminho do matadouro. E eu? Eu tinha tudo o que precisava ali mesmo, penduradinho na parede perto da janela.

Não precisei esperar muito. Wikes logo apareceu no corredor e... uau! O diretor estava junto. Perfeito.

O meu último ato ia ser glorioso.

Esperei até chegarem mais perto. Não estava nem um pouco a fim de estragar tudo deixando os dois escaparem. Quando eles me viram, abri um sorrisinho. Na hora H, fiquei meio envergonhado. Tipo, eles não faziam a menor ideia do que vinha pela frente. Na verdade nem eu, só sabia que estava fazendo aquilo pelo Rob, pelo Frankie, pela Billie e por mim também, e por todo mundo que é obrigado a passar anos e anos fazendo coisas que detesta, e isso tudo só porque ninguém tem o bom senso de deixar as pessoas fazerem o que acharem melhor pra elas mesmas. Arranquei o extintor do suporte quando eles estavam a poucos metros de mim. Eles interromperam o passo.

– O que você pensa que está fazendo, Trent? – rosnou Wikes.

O diretor ficou só me olhando, como se não estivesse acreditando no que estava vendo.

– Não – ele falou.

– Ah, sim – eu respondi, levantei o extintor, tirei o pino e...

Eles não tinham pra onde fugir. Saíram correndo pelo corredor, mas eu fui atrás, pra mostrar que o meu alvo eram eles mesmo. E foi perfeito. Eles começaram a se debater no meio daquela espuma grudenta, e acabaram de bunda no chão, sem ter pra onde correr, sem ter onde se esconder, cobertos de espuma branca como dois bolos de confeiteiro. Esvaziei o extintor e depois arremessei pela janela. *Crec!* Adoro o som do vidro se quebrando. Depois virei as costas e saí daquela merda de lugar pra nunca mais voltar.

Agradecimentos

Minha ideia para este livro era que ele fosse “baseado em fatos reais” – ou seja, que contasse a história de pessoas de verdade. Desde essas primeiras entrevistas, porém, como era de se esperar, muita coisa mudou... Os personagens foram crescendo e se fundindo uns com os outros, alguns foram sendo inventados, certas situações foram omitidas, outras ganharam mais destaque, outras ainda foram modificadas... Resumindo, os relatos foram ficcionalizados. Mas espero que muita gente com quem conversei quando estava escrevendo o livro ainda consiga se reconhecer nestas páginas.

Como resultado desse processo, tenho muitas pessoas a agradecer. Tive uma grande ajuda para escrever este livro, já que o projeto como um todo foi feito por encomenda do Channel Four, com a intenção de produzir um programa de tevê a partir do que eu escrevesse. A produtora Lime Pictures contratou uma pesquisadora para me ajudar, o que foi decisivo para que o processo de coleta de material fosse bem-sucedido. Meu muito obrigado, então, para o C4 pela oportunidade, apesar de o programa nunca ter saído do papel, e um agradecimento especial para Tony Wood, que vendeu a ideia para eles lá no início. E também para Tim Compton, que roteirizou as primeiras versões, e principalmente para Natalie Grant, a pesquisadora, que tanto me ajudou nos estágios iniciais da escrita. Quantas dessas pessoas você é capaz de reconhecer nos personagens deste livro, Nat?

Meu muito obrigado também para Kaye Tew, da Manchester Metropolitan University, a primeira pessoa com quem conversei, e para seu filho Callum.

Falei com muita gente em Unidades de Ressocialização Escolar (Pupil Referral Units – PRUs), lares adotivos e outras entidades do tipo em todo o noroeste da Inglaterra. Organizações como essas são muito diferentes de região para região, mas com algumas poucas exceções encontrei nelas lugares maravilhosos, administrados por profissionais exemplares. Em especial Karen e Jenny, de Didsbury, e Lisa e Joelle, de Wirral. E também Rob Loach, de Harrogate, e todos os que trabalham na sensacional unidade de Blackburn. Frutas frescas em todas as salas e flores no corredor – tantas que me causaram admiração.

Quanto aos jovens com quem conversei, e que tanta admiração me despertaram, meus maiores agradecimentos vão para Jamie, Matt e Jay do Kill All Enemies por me contarem suas histórias – além de me deixarem usar o nome de sua banda. Eles se transformaram nos seres humanos generosos que são hoje por pura força de vontade – e através da música. E, como não poderia deixar de ser, um agradecimento especial para Bobby-Joe – um verdadeiro guerreiro e um exemplo a ser seguido.

Existe muito mais gente para agradecer – eu poderia continuar por páginas e páginas. Se você não está aqui, é por um único motivo: foram muitas as grandes histórias contadas, tanto pelos profissionais como pelos alunos, e não dá para usar todas elas em um só livro. Tenho material suficiente para mais três, e sem precisar me repetir.

Eu gostaria de agradecer a todos aqueles que me ajudaram a fazer este livro: Mary Byre, pelas excelentes sugestões, e toda a equipe da Puffin – Sarah, minha editora, Wendy Tse e Samantha Mackintosh pelo trabalho de organização do texto e de escolha das palavras certas.

Por fim, meu muito, muito obrigado para Anita, minha companheira, que passou dias e dias junto comigo, editando o material e me dando conselhos – ela se mostrou incansável, implacável e inabalável. A melhor editora que já tive.

Obrigado a todos vocês – espero que tenham gostado do livro.

UMA SÉRIE COM MUITA HISTÓRIA PRA CONTAR

Alexandre, o Grande, *Pierre Briant* | **Budismo,** *Claude Levenson* | **Cabala,** *Roland Goetschel* | **Capitalismo,** *Clau Jessua* | **Cérebro,** *Michael O'Shea* | **China moderna,** *Ra Mitter* | **Cleópatra,** *Christian-Georges Schwentzel* | **A crise 1929,** *Bernard Gazier* | **Cruzadas,** *Cécile Morrisson* | **Dinossa ros,** *David Norman* | **Economia: 100 palavras-chave,** *Jea -Paul Betbèze* | **Egito Antigo,** *Sophie Desplancques* | **Escr chinesa,** *Viviane Alleton* | **Evolução,** *Brian e Deborah Ch lesworth* | **Existencialismo,** *Jacques Colette* | **Geração Be** *Claudio Willer* | **Guerra da Secessão,** *Farid Ameur* | **História medicina,** *William Bynum* | **História da vida,** *Michael J. Bent* | **Império Romano,** *Patrick Le Roux* | **Impressionismo,** *Doi nique Lobstein* | **Islã,** *Paul Balta* | **Jesus,** *Charles Perrot* | **Jo M. Keynes,** *Bernard Gazier* | **Jung,** *Anthony Stevens* | **Ka** *Roger Scruton* | **Lincoln,** *Allen C. Guelzo* | **Maquiavel,** *Que tin Skinner* | **Marxismo,** *Henri Lefebvre* | **Memória,** *Jonathan Foster* | **Mitologia grega,** *Pierre Grimal* | **Nietzsche,** *Jean G nier* | **Paris: uma história,** *Yvan Combeau* | **Platão,** *Julia Anna* **Primeira Guerra Mundial,** *Michael Howard* | **Relativida** *Russel Stannard* | **Revolução Francesa,** *Frédéric Bluc* *Stéphane Rials e Jean Tulard* | **Rousseau,** *Robert Wokler* | **Sa tos Dumont,** *Alcy Cheuiche* | **Sigmund Freud,** *Edson Sous Paulo Endo* | **Sócrates,** *Christopher Taylor* | **Teoria quânti** *John Polkinghorne* | **Tragédias gregas,** *Pascal Thiercy* | **Vinh** *Jean-François Gautier*

L&PM POCKET ENCYCLOPÆDIA

Conhecimento na medida certa